ROSA LIKSOM

ÜBER DEN STROM

ROMAN

Aus dem Finnischen
von Stefan Moster

PENGUIN VERLAG

Danke,
Harri Haanpää

Kaum hatten Katri und ich mit viel Plackerei das Vieh auf die Landstraße gescheucht, hüllte sich der Himmel in einen herbstlichen Dunstschleier, und es fing an, eisige Nadeln zu nieseln. Alle Kühe außer der Ilona erschraken vor den scharfkantigen Tropfen und liefen auseinander. Die Sisko, die Pirkko und die Liina rannten den Graben entlang, die Kerttu riss in den Wald aus, das Kälbchen Sokkeri, das die Sisko im Vormonat zur Welt gebracht hatte, tanzte auf der Stelle, die Soma stieg der Kielo auf den Rücken, und beide schrien. Zum Glück war das Weidengestrüpp vor dem Kiefernwald so dicht, nass und schwarz, dass die Kerttu nicht hindurchkam. Niedergeschlagen und mit hängendem Kopf kehrte sie auf die Straße zurück. Ich blickte hinter mich. Da kamen in vollem Tempo Martta, die Stallmagd vom Nachbarhof, und ihr Hilfsbursche Matti mit dem Vieh vom Bauern Iisakki. Wir hatten abgemacht, dass wir zusammen gehen.

Von Norden her trottete müdes Volk mit seinen Tieren herbei, aus der anderen Richtung kamen in langer Reihe die Kühe und das Jungvieh der Dörfler angehoppelt. Weiter hinten humpelte Taneli, der Hengst vom Nachbarn.

Er zog einen morschen Karren, auf dem ein paar dünne Greise mit weißen Gesichtern hockten. Die stammten wahrscheinlich aus dem Walddorf weiter weg, weil ich sie nicht kannte. Ein altes Männchen diente dem stumm dahinziehenden Volk als Anführer. Es jammerte, es könne kaum atmen und habe ein Stechen in der Brust. Die Welt ist schon ein seltsamer Ort, dachte ich bei mir.

In der Woche zuvor war mein Vater kurz auf Heimatbesuch gewesen, weil er Evakuierungsurlaub bekommen hatte. Er sagte, der Russe kann jeden Tag kommen, oder wir müssen anfangen, uns mit den Deutschen zu schlagen. Jedenfalls sollt ihr samt den Kühen schleunigst über den Strom nach Westen. Wie düster er ist, dachte ich bei mir. Er war ganz in sich zusammengesunken, und seine Hände hingen einfach so herab. Es sah aus, als hätte er aufgegeben. Den Rest des Abends lag ich in meinem Bett und hörte, wie meine Mutter zu ihm sagte, du musst Gott vertrauen. Darauf meinte mein Vater, Gott hilft denen, die sich selbst helfen, und was mich betrifft, habe ich die letzten Reste von meinem Gott an der Ostfront gelassen.

Mein Vater war gerade mal einen Tag und eine Nacht daheim gewesen, als der Befehl kam, wieder in den Kampf zu ziehen. Bevor er sich auf den Weg machte, rief er mich zu sich und sagte, dass er mir die Verantwortung für meine Mutter gibt. Sieh zu, dass sie noch am Leben ist, wenn ich zurückkomme, sagte er und umarmte mich schrecklich fest und lang. Ich spürte, wie er die Tränen zurückhielt.

Meine Mutter ging dann mit dem Onkel ein paar Tage vor uns in Richtung Strom. Vor dem Aufbruch watschelte sie mit ihrem Bauch zum Geschirrschrank in der guten Stube, raffte in der Schublade ein paar Silberlöffel zusammen und steckte sie in die Tasche, die mein Vater ihr geschenkt hatte. Der Onkel blätterte am Schreibtisch in der waldseitigen Kammer sorgfältig alle Papiere durch, nahm einige davon heraus, stopfte sie in die Aktentasche aus Schweinsleder, schob sich die Tasche unter den Arm und sagte, wenn wir auf der Westseite sind, gucken wir zusammen, wo wir uns niederlassen. Meine Mutter trödelte, wie immer, wenn es irgendwo hinging. Schließlich half ihr der Onkel auf die Ladefläche des Lastautos, zwischen verschnürten Pappkartons, Spanschachteln, Kommodenspiegel, dem von Opa geerbten Ohrensessel und anderen Leuten aus dem Dorf. Ich betrachtete die beiden und dachte, die sehen aus wie ein Pärchen. Dieser Gedanke kam mir so eklig vor, dass ich ihn sofort wegwischte. Das Auto tuckerte los, nahm stotternd Fahrt auf und verschwand hinter der ersten Kurve. Murre warf mir einen kurzen Blick zu, dann rannte er hinterher. Ich rief ihn zurück, aber er hörte nicht.

Katri packte mich an der Schulter und rief, los, weiter. Ich zählte die Kühe. Es waren alle da. In ihrer Not gingen sie weiter. Ich warf noch einen Blick über die Schulter. Da war das Vieh aus unserem Dorf und das aus den Nachbardörfern, und es wurde von Mädchen und kleinen Jungen getrieben, die ich kannte. Ausgewachsene Menschen waren so gut wie keine zu sehen, abgesehen von ein paar älteren

Weibsleuten. Die legten ihren Weg mit dem Stock in der Hand zurück, weil ihre Beine nicht mehr richtig trugen. Eines verband uns alle: Wir waren unterwegs und zogen in Richtung Westen.

Am Palsamoor streifte ein dreibeiniges Rentier herum. Wir waren schon ein gutes Stück an ihm vorbei, da hörte man einen Schuss. Ich blickte mich um und sah das Rentier zuckend am Grabenrand liegen. Wenig später ging der eisige Regen in einen kräftigen Hagelschauer über, der nach dem Moor zu Nieselregen schmolz. Ein wütender Wind bog das zunderbraune, regennasse Gras rechts und links der Straße und riss an meinem Rock. Auf der Höhe der letzten Milchsammelstelle, die zu unserem Dorf gehörte, kam ein zweijähriger Stier aus dem Wald gesprungen, auf dessen Flanken die Buchstaben K.P. gemalt waren. Sofort fing er an, die Sisko zu besteigen, dann war er auch schon auf der Kerttu drauf und versuchte es schließlich noch bei der Ilona. Die Ilona guckte ihn aber so böse von unten heraus an, dass er sich trollte. Ich verpasste ihm mit der Weidenrute eins aufs Hinterteil und schrie ihn mit schriller Stimme an, aber der Stier schwenkte bloß die prallen Eier und den steifen Schwengel. Zwei Kuhjungen schwangen sich auf ihre Pferde und versuchten, ihn aus der Herde zu treiben. Das klappte natürlich nicht. Der Stier war so brünstig, dass ihn nicht mal eine Wand aus dicken Balken aufgehalten hätte. Sein Schwanz ragte kerzengerade zum Himmel. Die Kühe wurden wild, und das ganze Vieh aus unserem Dorf lief auseinander. Die einen stürmten einfach davon, die anderen warteten mit gerecktem Arsch, dass sie an die Reihe kamen. Ich musste durch die Gräben und an den Waldrändern entlangrennen, bis ich unser Vieh wieder auf der Straße hatte. Dann zählte ich die Köpfe. Einer fehlte. Martta sagte, die Kerttu wäre in der Kurve da drüben an ihr vorbeigehuscht. Ich überließ Katri das Vieh und eilte schnurstracks der Kerttu hinterher. Ich vermutete, dass sie nach Hause wollte, obwohl da niemand mehr war.

Unser heimischer Hof sah trostlos aus, dabei war er gerade noch voller Leben gewesen. Nicht mal die Katze Tirsu, die das Haus hüten sollte, ließ sich blicken. Ich stellte fest, dass der Frühherbstfrost den Ringelblumen vor der Veranda den Garaus gemacht hatte. Das Kammerfenster stand einen Spaltbreit offen. Ich ging ins Haus. In der Küche hatten wir die alte Bank stehen und den Teppich an der Wand hängen lassen, und es roch nach geräuchertem Fisch. In der Kammer hing noch der Geruch meiner Mutter, weil sie dort immer gelegen hatte, wenn sie krank gewesen war. Mich packte von innen her das Grauen, schnell machte ich das Fenster zu und rannte wieder hinaus. Auf dem Hof warf ich einen Blick in die Nebengebäude. Fast trat mir das Wasser in die Augen, aber gleichzeitig war ich erleichtert, denn im leeren Kuhstall fand ich die Kerttu. Sie zitterte und sah mich irgendwie verdutzt an. Vorsichtig ging ich auf sie zu. Dann war ich auch schon bei ihr, wischte ihr den

Schweiß vom Hals, begegnete ihrem Blick und schämte mich. Ich schämte mich, der Mensch zu sein, dem sie ausgeliefert war. Keine Angst, redete ich ihr zu, wir machen nur einen Ausflug, auf die andere Seite vom Strom, dort gibt es süßes Futter, Heu ohne Schimmel und einen warmen Stall. Die Kerttu hörte zu, aber ich sah, dass sie mir nicht glaubte. Trotzdem gelang es mir, sie aus dem Verschlag zu locken. Sie torkelte den Hofweg entlang zur Straße, und als sie am Ende einer langen Gerade die Kolonne sah, muhte sie und rannte los.

In der Zeit, in der ich die Kerttu geholt hatte, hatte sich der K.P.-Stier so weit beruhigt, dass er stramm zwischen den anderen voranschritt. Dabei schnappte er so schwer nach Luft, dass es spritzte. Er schlich sich an die Ilona heran, und uns blieb nichts anderes übrig, als ihn als Teil unseres Viehs und unserer Kolonne hinzunehmen. Beim Sumpf überholte uns ein Lastauto der finnischen Armee. Auf der Ladefläche standen Burschen, die ich nicht kannte. Sie sahen fast witzig aus. Sie hatten nämlich zu große Waffenröcke an und schwere Patronengürtel um die dünnen Hälse hängen. Für einen Augenblick sah ich unter ihnen Elia-Efraim, den Sohn vom Dorfschneider. Der hatte seinem Vater damals geholfen, als meine Mutter mir für Omas Beerdigung ein neues Sonntagskleid machen ließ. Ich empfand tiefes Mitleid mit den Burschen, weil ich in ihnen unseren Jakke und unseren Sakke sah, die nicht mehr lebten. Auch die waren noch Buben gewesen, als sie im Dezember neununddreißig freiwillig zum Kämpfen an die Ostfront gezogen waren.

An jeder Weggabelung schloss sich weiteres Vieh mit seinen Hütern an. Fast alle waren, wenn man die Fuhrmänner mit den Pferden nicht mitrechnete, Mädchen in meinem Alter oder ein paar Jahre älter oder aber Rotznasen wie Matti, der Uneheliche, der zu Martta, der Stallmagd vom Nachbarn, gehörte. Er war erst neun, aber schon ein Arbeiter, der was konnte. Noch bevor wir die Ländereien von Laamanen erreichten, bildeten wir auf der Straße ein langes, wuseliges Sammelsurium. Die Zahl der ausgewachsenen Rinder überstieg die hundert. Außerdem waren ziemlich große Kälber, Färsen und Farren mit dabei. Die Männer kutschierten auf ihren Pferdewagen Kisten mit Säuen drin. Den Schweinen war kalt bei dem Herbstwetter, sie quiekten erbärmlich. Auf den Wagen standen auch Spankörbe, in denen es gackerte, und ein Hahn krähte. Jemand hatte seine Hühner mitgenommen, obwohl die Anweisung gelautet hatte, ihnen vor dem Aufbruch die Hälse durchzuschneiden. Die frisch geborenen Kälber und alles, was unter zwei Jahre alt war, durfte auf den Wagen mitfahren. Mit Staunen in den Augen sahen die jungen Tiere zu, wie der Wald vorbeihuschte. Die Kälber hatten einerseits Glück, dass sie kurz vor der Flucht auf die Welt gekommen waren und gefahren wurden. Andererseits hatten sie Pech, nämlich in dem Sinn, dass sie gerade dann geboren wurden, als sie den Geburtsstall verlassen und in ein anderes Land fliehen mussten.

Von Kurve zu Kurve beruhigte sich das Vieh allmählich, und gegen Abend schritt die ganze Karawane nass und gleichgültig vor Müdigkeit in zwei Reihen dahin wie die

Soldaten. Ruperti und Eevertti, die alten Fuhrmänner aus unserem Dorf, lenkten sanft die Taimi und den Tauno, die schnauften, weil sie schon so alt waren, dass sie nicht einmal für den Krieg gebraucht wurden. Die Wagen beider Pferde standen voller Melkgeschirr. Der von Tauno hatte so kurze Deichseln, dass der Klepper bei jedem Schritt mit dem Hinterhuf gegen den Karren schlug. Das tat natürlich weh, und der Schmerz brachte ihn zum Laufen, worauf es noch mehr wehtat.

Die Buben aus dem Nachbardorf führten gekonnt die schlotternden Fohlen, die willenlos vor sich hin starrten, weil sie nicht verstehen konnten, wohin man sie brachte. An der Sieben-Straßen-Kreuzung – eine davon war eigentlich bloß ein winziger Nadelweg, eine zweite ein Fuhrweg und eine dritte der Postweg – erscholl ein deutscher Marsch, und aus der anderen Richtung hörte man schleppend gesungen »Ein feste Burg ist unser Gott«.

Mitten in dem Krach standen ein paar Lottas aus dem Kirchdorf und der Gemeindearzt, der jeden hastig fragte: Bist du gesund? Ich nickte, und Katri, die der Onkel geholt hat, damit sie mir hilft, antwortete mit einem tiefen Seufzer. Die Alten, die Blutklumpen spuckten, wurden vom Arzt und einer Sanitätslotta aus der Kolonne ausgesondert. Eine Kleinlotta sagte, die werden auf die Westseite vom Strom gebracht, ins nächste Infektionskrankenhaus. Rekruten halfen den Kranken auf die Ladefläche eines Lastautos der Armee, auf das man eine Art Windschutz aus Sperrholz gebaut hatte. In einer zweiten Gruppe wurden diejenigen gesammelt, die Geschwüre hatten oder eiterten, diejenigen mit Krätze, die mit Hals- und Ohrenentzündung, die von Rheuma Geplagten und solche, die mit Eingeweidebrüchen leben mussten. Diejenigen, die sich verbrannt hatten oder denen etwas abgefroren war, wurden in einer dritten Gruppe gesammelt. Auf dem Postweg näherten sich ein paar ältere deutsche Soldaten. Zuerst schlossen sie sich unserer Kolonne an, aber bald schon überholten sie uns. Ich beobachtete, wie sie mit einer Winde ein Loch in jeden zweiten Strommast drehten, eine Ladung hineinstopften und sagten, sie sprengen die Masten, wenn wir vorbeigegangen sind. Die übrigen Masten sägten sie auf halber Höhe ab.

Für die erste Übernachtung war uns der Landrücken bei Laamanen zugewiesen worden. Als wir ankamen, herrschte dort vollkommenes Durcheinander, denn die Rinder unterschiedlicher Dörfer hatten sich vermischt. Jedes Rind aus unserem Dorf hatte ein *Kilkura* am Hals hängen, in das wir daheim seinen Namen, sein Alter und den Namen und die Adresse seines Besitzers geritzt hatten. In die Ohren der Kühe aus dem Walddorf hatte man Schnitte gemacht wie bei Rentieren. Manchen Kühen waren auch die Anfangsbuchstaben ihres Bauern in die Kruppe gebrannt oder aufgemalt worden. Dazwischen gingen Kühe, die anscheinend überhaupt nicht markiert, sondern der Obhut des HERRN überlassen worden waren. Das Melkvieh mit den stärksten Nerven rupfte hinter der Strohscheune Junggras. Die Kühe, die in dem Trubel ihre Herde verloren hatten, brüllten. Die Pferde wieherten, die Säue quiekten in den Kisten, die

Hühner gackerten, und die Hunde kläfften. Nur das Blöken der Schafe fehlte im Chor. Die waren in den Wäldern der heimischen Dörfer ihrem Schicksal überlassen worden, weil es nach der Freiheit des Sommers nicht mal dem Teufel gelungen wäre, sie einzufangen. Die Färsen rannten mit Schaum vor dem Mund umher, stießen sich gegenseitig und bestiegen sich, röchelten wie in den letzten Zügen und gehorchten den halbwüchsigen Melkerinnen nicht und noch weniger den Bälgern, die als Viehhüter versuchten, irgendwie Ordnung in das Ganze zu bringen.

Ich sah mir das Schauspiel eine Weile wie gelähmt an und verstand, dass wir noch Schlimmeres vor uns hatten, wenn wir es nicht schafften, die Kühe in ihre jeweils eigenen Umzäunungen zu treiben.

Winzige Hagelkörner, die mit dem Wind kamen, setzten mich in Bewegung. Katri rief, komm, wir führen unsere Viecher auf die Seite, bevor sie in dem Gewühle noch wild werden. Bange redete sie der Ilona pausenlos zu, dass alles gut wird. Schließlich stapfte die Ilona auf die Seite und blieb stolz wie die Zarin vor einer großen Eberesche stehen. Als Älteste aus unserem Stall gab sie das Beispiel, wie man sich unter wild gewordenen Artgenossen zu benehmen hatte. Es gelang uns, die anderen Kühe um die Ilona herum zu versammeln, die Sisko und die Sokkeri eingerechnet. Die Soma und die Kielo fanden wir ein Stück weiter weg. Da lagen sie wie verwirrte Zwillinge, obwohl sie ein Jahr Altersunterschied hatten. Katri passte auf die Herde auf, in der die Kühe beieinander Schutz und Wärme suchten, und ich ging den anderen helfen.

Bis zum späten Nachmittag hatten wir die Kühe aus unserem Dorf von den Kühen der Nachbardörfer getrennt. Alle waren in ihren eigenen Umzäunungen. Die Kälber hatten wir in den Sommerstall getrieben und die Schweine in die anderen Ställe geführt. Die Hühnerkörbe trugen wir in den alten Lagerschuppen. Der Bombenstier aus Ratasvuoma, der einst die Ilona bestiegen hatte, und unser Janne hatten sich in dem Chaos gefunden. Messer-Väinö hatte beide hinten am Wagen von der Tamara angebunden. Mal musterten sie sich gegenseitig mit finsterem Blick, mal leckten sie sich gegenseitig das Maul, dann wieder brüllten sie wie brünstige Jungbullen. Der Wind legte sich, und es hörte auf zu regnen. Meine Füße waren klatschnass und eiskalt, gleichzeitig lief mir derart der Schweiß, dass mir das Kleid am Rücken klebte. Immerhin schützte die Jacke meine Schultern. Katri machte mir Beine, damit ich ihr beim Melken half. Sie molk die Kerttu, ich die Liina, die Sisko und die Ilona. Die Pirkko war eine ausgewachsene Kuh, aber ihre Zitzen brauchte man nicht anzufassen, weil sie gelt war. Bald hatten wir Milch für die Kälber und konnten selbst so viel davon wegsaufen, dass wir fast kotzen mussten. Erschöpft und frierend saßen wir nebeneinander auf einem Stein und hielten uns fest an den Händen. Immer finsterer wurde die Herbstnacht. Die Sorge um das Vieh lastete so schwer auf mir, dass ich die Luft tief einsaugen musste. Martta kam zu uns und sagte, wir können in der Scheune schlafen, da gibt's Heu, in das können wir uns eingraben.

In der Scheune hatten sich zig Viehtreiber versammelt. Jemand röchelte, jemand stöhnte im Schlaf. Ältere Mädchen und wilde Kuhbuben lagen nebeneinander und wurden vom schwachen Licht des zunehmenden Mondes beschienen, das durch ein kleines Fenster fiel. Martta öffnete ihr Bündel. Es enthielt drei Gegenstände: einen Topf aus Email, eine Suppenkelle und einen Löffel. Zufrieden schnürte sie das Bündel wieder zu und versteckte es im Heu. Martta und Matti machten eine tiefe Kuhle, in der rollten wir uns dann zusammen. Matti kuschelte sich an Martta, ich rutschte an Katri heran und lauschte, wie ihre Lunge klang. Ich dachte an unser Haus. Wir konnten vor dem Krieg fliehen, das Haus aber nicht. Wie es ihm wohl ergehen würde? Wird es eine Granate abbekommen, wird eine Bombe darauf fallen, wird es angezündet werden? Und was wird aus mir?

Nach dem Morgenmelken brachten Katri und ich dem Vieh Wasser aus dem Ziehbrunnen und trockenes Heu aus dem Stall. Vor dem Speichergebäude war eine Gulaschkanone aufgetaucht, aus der Lottas und ein paar Schwestern aus dem Soldatenheim Erbsensuppe an uns ausgaben. Wir aßen abwechselnd aus Marttas Topf, weil an Tellern, Schüsseln, Löffeln und Tassen Mangel herrschte. Die Suppe schmeckte so gut, dass ich darin hätte schwimmen können.

Dann sprang die Sonne auf die Weiden und wärmte bald auch mir angenehm das Gesicht. Katri und ich machten blau. Wir guckten uns die Leute an. Als wir davon genug hatten, holte ich eine Bürste aus dem Stall, und wir striegelten zusammen die Kälber. Katri machte mir vier Zöpfe, so wie es in Karelien Brauch ist. Ich kämmte ihr die blonden, groben Haare richtig durch und band sie im Nacken zusammen. Wir flochten uns Schachteln aus Birkenrinde, rannten in den Kiefernwald und sammelten Pilze, reife Preiselbeeren und halb verfrorene, wässrige Blaubeeren, bis die Schachteln voll waren. Matti entdeckte am Rand eines Sumpfes unter dem Moos jede Menge dicke Moosbeeren. Die waren so reif, dass mir der Saft über den Handteller lief, als mir Matti eine Handvoll hineinschüttete. Da musste ich an den Krieg und an den Tod denken. Ich spürte ganz deutlich, dass ich lebte und mich eine Schnur mit der Welt verband. Ein Admiral flog mir aufs Handgelenk. Er war schwarz und hatte orange Bänder auf den Flügeln, wie es sich gehörte. Unsere Lehrerin hatte gesagt, es dauert zwei Generationen, bis so ein Schmetterling mit dem Wind aus südlichen Ländern zu uns geflogen kommt. Mir fiel auf, dass der K.P. brav der Ilona hinterherlief. Die Ilona tat so, als merkte sie nichts. Plötzlich drehte der K.P. durch, stürmte durch den Graben in den Kiefernwald und verschwand. Hoch am Himmel tauchten zwei schwarze Punkte auf, die sich nach Norden bewegten. Ihr donnerndes Dröhnen stach in den Ohren.

Wir hatten fast einen ganzen Tag lang gerastet und getan. In der Feldküche rief jemand, hier gibt es Schaffleisch, das hat die Bäuerin gestiftet. Katri und ich rannten hin und bekamen je einen Fleischbrocken auf die Hand. Wir setzten uns auf die Treppe und vertilgten in der Abenddämmerung das Lamm, dass uns das Fett nur so aus den Mundwinkeln lief. Dabei sah ich, wie auf der anderen Seite der Straße ein alter Mann die Feldraine abbrannte. Flackernd fraßen sich die Flammen am Graben entlang vorwärts, wie eine Wand stieg schwarzer Rauch zum Himmel auf. Da kam mir der Gedanke, dass die alte Welt untergeht, und in meinem Bauch rumorte die Angst vor dem, was morgen kommt. Ich konnte mich aber beruhigen, indem ich dachte, die Zeit ändert sich, so wie sich alles ändert, sie löst sich auf, zerfällt, verklumpt zu etwas anderem, und daraus entsteht und wächst dann etwas Neues.

Vom Kommandanten des Schutzkorps kam der Befehl, weiterzuziehen. Martta hatte die Soldaten, die auf der Anhöhe herumstanden, gefragt, warum wir ausgerechnet am Abend losgeschickt werden, aber entweder kannten sie den Grund nicht oder wollten ihn nicht nennen. Martta rief, dass sie nirgendwohin geht. Einer der Soldaten kam zu ihr und sagte, ihr tut, was man euch befiehlt, wer aufmuckt, wird erschossen. Ich sah, wie er Katri dabei zuzwinkerte.

Eine Herde nach der anderen verließ den Laamanen-Landrücken. Manche Leitkühe hatten Zaumzeug und ein Mädchen, das sie führte, bei den meisten klimperte eine Glocke am Hals. Noch immer zogen auf der Straße Vieh, Viehmägde und sonstiges Volk aus dem Norden in Richtung Süden. Vielen wuselte ein Lapphund oder ein gemischtrassiger Rentierhund um die Beine herum. Ich betete, dass es unser Murre, der dem Onkel und meiner Mutter hinterhergerannt war, auf die Fähre und nach Westen geschafft hatte und in Sicherheit war.

Wir wichen in den feuchten Straßengraben aus, weil wir uns ganz ans Ende zurückfallen lassen wollten. Ich rechnete mir nämlich aus, dass ich so das Vieh am besten ruhig halten konnte. Dann schlossen wir uns mit unserem Vieh der Karawane an und zogen dem Sonnenuntergang entgegen, ohne zu wissen, wo wir uns als Nächstes niederlassen würden.

Es war tiefgrau und später Abend, aber es regnete nicht. Nach einigen Getreidefeldern kam uns eine Kolonne russischer Kriegsgefangener entgegen, die von Deutschen geführt wurde. Die Gefangenen hatten erbärmliche Fetzen am Leib, man hatte ihnen die Köpfe kahl geschoren, und sie schlotterten. Ein deutscher Offizier kommandierte uns auf die alte Straße. Wenig später stapften wir in einer langen Schlange an einer Reihe Ebereschen und an gepflügten Äckern vorbei auf einen giftgrünen Wald zu und der Nacht entgegen. Die alte Straße wurde immer schmäler, wurde zur Dorfstraße und schließlich zu einem feuchten Viehweg, auf dem vom Regen verschont gebliebene raschelnde Ebereschen- und Birkenblätter lagen. In der Feuchtigkeit des späten Abends glitzerten Spinnweben an den Zweigen der Bäume und Sträucher.

Es war schon dunkel, als wir einen schmalen Fluss erreichten. Vorsichtig setzten die Kühe die Hufe zwischen die glatten Steine, trotzdem hopsten und stolperten sie mit Angst im Hals. Sie hatten blutige Beine, sogar an den Eutern hatten die Äste umgestürzter Bäume ihnen Schrammen beschert. Am anderen Ufer verschwand Marttas Vieh tief im Wald, und unsere Kühe folgten. Sie rochen die Butter- und Birkenpilze. Ich sagte zu Martta, wir bleiben über Nacht hier und lassen das Vieh Pilze schlemmen, solange es welche gibt. Matti und ich holten zwei anständig ausgedorrte Kiefern aus dem Wald und machten ein Balkenfeuer. Rot und gelb leckten die Flammen über das alte Holz. Wir waren fix und fertig, trotzdem hatte ich ein leichtes Herz. Ich kam mir so losgelöst vor wie ein wildes Ren. Ich zog in die weite Welt hinaus, die für mich neu und unbekannt war. Wir schliefen in der Wärme des Feuers wie Katzenjunge auf einem Haufen.

In der Morgendämmerung brachen wir auf. Der Himmel wurde heller, als wir einen breiteren Waldweg mit Silberfichten rechts und links erreichten. Bis Mittag gingen wir sehr erleichtert voran, aber dann wurde der Weg wieder zum Viehweg und dann zu einem Fallenstellerpfad, der in einem mit Wollgras verzierten Sumpf verschwand. Katri schluchzte, wir würden noch im Sumpf ertrinken. Ich sah, dass ihre Kräfte geschwunden waren und dass sie Angst hatte. Auch ich wollte schon aufgeben. Da rief Martta, dass es hinter dem Sumpf festen Boden gibt. Also klemmten wir uns die Schuhe unter die Arme und wateten mit bloßen Füßen durch den Sumpf. Die Kühe sanken bis zu den Bäuchen in den Moorlöchern ein, die schon eine dünne Eisschicht hatten. Sie muhten wie Schlachtvieh. Die Ilona sah mich an, in ihren Augen brannte das Entsetzen. Als ich endlich wieder Waldboden unter den Füßen spürte, liefen auch mir die Tränen aus den Augen. Aber die Sonne stieg zum Himmel auf, und ihr goldenes Licht brachte Trost. Wir hielten an, um durchzuatmen. Die Sisko reckte die Schnauze nach den Baumwipfeln, versuchte zu brüllen, bekam jedoch keinen Laut heraus.

Am nördlichen Himmel ballten sich Wolken zusammen. Sie schoben sich vor die Sonne, und das Licht verschwand. Ich ging zur Ilona, kraulte sie an der Innenseite der Ohren, wie sie es mochte, und sagte, wir geben nicht auf. Dann fing es träge an zu schneien. Große Flocken, nass wie frisch gewaschene Handtücher, wischten mir über Augen, Mund und Backen und rannen in den Kragen. Die Liina hatte sich schon die Hufe abgelaufen, sie hinterließ blutige Spuren auf dem weißgrauen Boden. Es half aber nichts, wir mussten weiter. Dann erreichten wir die verdreckte Straße. Ich war ganz klamm vom nassen Schnee, aber allein die Landstraße, auch wenn sie rutschig war, gab mir Kraft. Ich sah Katri an. Sie versuchte zu lächeln. Wir kamen an eine Stelle mit Feldern rechts und links. Eine Wolke nach der anderen verzog sich, und es wurde wärmer. Schon quoll die ganze Müdigkeit aus den Ohren und löste sich in Luft auf. Ich sah mich selbst als selbstständige Viehbesitzerin, die was kann und die einen anständigen Stall für ihre Kühe und in der Stube ebenso viele Bücher hat, aber andere, als der Onkel in der guten Stube hat. Solche, die ich noch nicht gelesen habe.

Alles mögliche Volk zockelte an uns vorbei: Reste einer Division deutscher Soldaten, von der Ostgrenze zurückkehrende ausgehungerte und schmutzige finnische Soldaten, in deren Augen der Grimm des Überlebens glänzte, Lottas und Fronthelferinnen sowie ein Mensch aus dem Süden, der während der Kriegszeit am Strom gewohnt hatte und sich jetzt vor dem Krieg gegen die Deutschen wieder nach Hause flüchtete. Wir hatten die zwei Töchter vom Vetter meines Vaters bei uns im Haus gehabt. Sie waren auf der Flucht vor dem Krieg und jünger als ich gewesen. Ich mochte sie beide nicht, weil sie aus der Hauptstadt kamen und Angst vor Tieren hatten. Zum Glück schickte sie meine Mutter schon im Spätsommer mit dem Kantor aus dem Kirchdorf wieder in den Süden zurück.

Es kamen uns Zugrentiere entgegen, hinter denen ein Sommerschlitten angebunden war oder sogar drei. Der eine hatte frisches Rentierfleisch geladen, der andere zwei Bottiche mit Deckel, vielleicht mit Salzfisch drin. Ein Frontpferd, das die Nerven verloren hatte, kam uns ebenfalls entgegen. Es schlurfte und zog einen schief laufenden Wagen. Dabei wurde es von einem düsteren Kerl mit Bart gelenkt, der ein Dutzend arme Schlucker geladen hatte, alle ausgezehrt von fünf Kriegsjahren. Sie hatten die Gesichter von alten Menschen. Es kam uns alles Mögliche entgegen, eine Kommode, der Deckel von einem Ausziehsofa, ein Geschirrschrank, ein Esstisch, rußige Bratpfannen, Vertikos, ein Königssessel, eine Blumenbank, ein Engelbild und Spanschachteln mit Deckeln, ein Spinnrad, eine Schüssel für Sauerteig, eine Teigmulde, pralle Papiersäcke, von denen einer ein Loch hatte, aus dem ein bunter Wandteppich herausspitzte, Holzkisten und Stoffbündel, kaputtes Rentierzaumzeug, gebrochene Deichseln, Heurechen, Blechtöpfe und eine verbogene Schaufel.

Es war zur blauen Stunde, als wir die Ländereien vom Gut Marjasaari erreichten. Die Luft war klar. Wir bogen in eine prächtige Birkenallee ein. Die Kühe des Hofs standen neben der Allee auf der Weide. Sie verzogen die Mäuler, als sie uns sahen, fingen an zu brüllen und stampften wütend mit den Vorderfüßen auf die Erde. Und dann brach auch schon die Leitkuh durch den morschen Zaun und die anderen Kühe hinterher. Eine schoss auf die Sisko zu, um sie zu stoßen, eine andere brachte die Soma zum Springen. Erst als die Bälgerschar des Hauses angerannt kam, um das Vieh wieder auf die Weide zu treiben, beruhigte sich die Lage.

Wo wir hinsahen, war was los. Rekruten stellten riesige Zelte auf einem nassen Kartoffelacker auf. Wir schafften es, unser Vieh vor eine Strohscheune zu treiben. Die Tiere legten sich sofort hin. Martta ging sich umhören und sagte, es wäre in keinem Gebäude mehr Platz und nicht erlaubt, Feuer zu machen, wir müssten in unseren nassen Kleidern unter freiem Himmel schlafen. Ich ging zwischen den Tieren hindurch zur Sauna, in der Hoffnung, dort die Unterkleider ein bisschen trocknen zu können, aber vor der Sauna empfing mich der Arsch einer Kuh. In der Sauna selbst schienen drei alte wiederkäuende Kühe zu stehen. Neben dem Saunagebäude war ein Armeezelt aufgestellt worden, neben dessen Eingang die Fahne vom Roten Kreuz hing. Eine blasse, stille Schlange hatte sich vor dem Zelt gebildet. Einer hatte sich den Fuß verletzt, ein anderer die Schulter, jemand schwankte erkältet auf der Stelle, manche hatten Abschürfungen oder tiefe Wunden an Armen und Beinen, einer hatte einen trommeldicken Bauch, der ihn schwer im Stich ließ.

Ich erkannte die Stimme von der Sisko. Sie brüllte erbärmlich. Ich ging nachsehen. Sie lag auf der Erde, ihr Euter war unglaublich geschwollen und tat natürlich weh. Die Sokkeri stupste sie mit letzter Kraft an, damit sie aufstand, aber die Sisko blieb einfach liegen. Ich sah, dass sie kein Fieber hatte. Sie war nur fix und fertig und konnte nicht aufstehen. Ich holte Katri, Martta und Matti zu Hilfe, und zusammen schafften wir es, sie auf die Beine zu bringen. Die Sokkeri saugte kurz und brach dann müde zusammen. Ich molk die Sisko und gab der Tyyra, der Sylvi und der Laulu, also Marttas großen, betrübt dastehenden Kälbern, die Biestmilch zu trinken. Das machte sie munter und flößte mir den Glauben ein, dass sie unterwegs nicht getötet werden mussten. In den Rest der Milch warf ich eine Handvoll dicker Blaubeeren und pralle Preiselbeeren, und die Mischung schlürften wir dann zusammen.

Herbstschneeregen setzte ein, ging aber allmählich in faulen Regen über. Bald hörte auch der auf, und es wurde ein bisschen wärmer. Matti kam mit der Nachricht, dass es am Gutshaus etwas zu essen gab. Wir gingen hin. Um die

Feldküche herum wimmelte es vor Menschen: Soldaten, Leute von der Landwehr und vor allem Viehtreiber wie wir. Alle Sorten von Flüchtlingen. Ein paar ehemalige deutsche Waffenbrüder und jetzige Feinde gehörten auch dazu. Lottas teilten dicke Erbsensuppe aus. Marttas Topf, Löffel und Tasse gingen von einer Hand zur anderen. Meine Hände zitterten dermaßen, dass auch die Schultern schlotterten, aber nachdem ich mir eine große Portion Eintopf in den Magen geschaufelt hatte, hörte das Zittern auf. Ich spürte, wie das Blut in den Bauch schoss, und war ganz benommen. Eine Lotta mit hellem Gesicht rief, es sind Zelte aufgestellt worden, in denen können alle schlafen.

Im Zelt war es feucht wie in einer schlecht geheizten Sauna. Auf der Erde hatten man Fichtenzweige als Unterlage ausgebreitet. Ich zog Kleid und Unterwäsche aus und hängte sie zum Trocknen auf die Leine, die unter dem Zeltdach gespannt war. Nur mit der Jacke am Leib setzte ich mich hin. Unter den Gestank von ehrlichem Dreck und feuchten Lumpen mischte sich der frische Geruch der Fichtennadeln. Mitten im Zelt glühte blutrot ein Kanonenofen. Die Zeltkommandantin, ebenfalls eine Lotta, sagte, ihr könnt schlafen, wir Lottas passen auf, dass das Feuer nicht ausgeht. Matti schlüpfte unter Marttas Achsel, ich an Katris Seite.

In der Nacht musste ich pissen und kroch aus dem Zelt. Die wolkenlose Himmelskuppel hatte ein Loch neben dem anderen. Die Sterne waren regungslose Öffnungen in der Himmelsasche, mal flimmerten sie matt, mal heller. Ein mehrere Millionen Jahre alter Stern loderte richtig. Ich fragte mich, warum man von den Sternen nur das Licht sah und sonst nichts. Ein heller Stern sieht größer aus als ein matter, kann aber kleiner sein. Mit dem Fernrohr vom Onkel hatte ich das selbst gesehen. Im September des Vorjahrs guckten wir uns vom Gipfel des Ahmavaara aus, den der Onkel Selene-Berg nannte, die wandernde Venus an. Der Onkel erzählte, dass das sowohl der Abend- als auch der Morgenstern ist. Und die Sterne sind Fenster in die Vorzeit. Auch wir sind von dort gekommen. Oma meinte, die Sterne sind aus glänzendem Eis und Kristall gemacht, so wie der Kronleuchter in der guten Stube von Isotalo, aber der Onkel wusste, dass in den Sternen ein Gasofen lodert. Daher kommt das Licht. Wenn das Feuer ausgeht, stirbt der Stern.

Eine Kriebelmücke biss mich wütend in den Arsch. Ich verzog mich wieder ins Zelt, schnupperte den Zitronengeruch von Katris Achsel und sank in festen Schlaf.

Über Nacht waren neue Leute vor unserem Zelt aufgetaucht: eine alte Frau, die einen Haufen Kinder dabeihatte, zwei plattbrüstige Weiber, denen eine qualmende Pfeife im zahnlosen Mund hing, ein langer Kerl mit Bart, der ein kleines lahmes Mädchen im Rucksack trug, außerdem zwei muntere Rechtgläubige, die im Überschwang Zionslieder sangen. Um die Bande herum lagen ein paar dürre, hungrige alte Knacker. Ich hörte, wie weit weg auf den Feldern die Dreschmaschine lärmte. Im Osten war der Himmel violett. Ich hatte Angst, dass es wieder anfing zu regnen. Jemand rief, die Straßen sind verstopft. Wir müssen auf den Marschbefehl warten, wusste er. Katri sagte, dass sie vom Westen geträumt hatte. Dort fütterte nicht der Mensch die Tiere, sondern eine Maschine.

Außer der Sisko gaben die Kühe nur wenig Milch, weil sie nichts zu fressen bekommen hatten. Wir bekamen immerhin gleich am Morgen Gerstengrütze, die die Lottas gekocht hatten. Ich ging zur Liina. Sie lag da, als hätte sie alle Hoffnung verloren. Sie guckte mich nicht mal an. Ihr Huf war in erbärmlichem Zustand. Nicht aufgeben, flüsterte ich ihr ins Ohr. Die Sokkeri wankte, und auch die Kälber von

Martta ließen traurig die Köpfe hängen und sahen aus, als hätten sie alles gegeben. Matti erzählte, dass er im Nachbarhaus um Heu gebettelt, aber keinen einzigen Halm gekriegt hatte. Die Bäuerin hatte gesagt, sie bräuchten das Heu selbst, sie würden daheimbleiben.

Martta sagte, die Leute aus Juustovaara hätten beschlossen, die Kühe im Stall zu lassen, obwohl sie selbst nach Westen wollten. Die Mägde würden dann in der Nacht heimlich über den Strom rudern und sie melken. Die Schafe und die Schweine hätten sie schon in den Wald getrieben und den Hühnern die Köpfe abgehackt. Martta seufzte, das sind grausame Leute, weil sie die Tiere ihrem Schicksal überlassen, diese wer weiß woher geholten neuen Deutschen, von denen man weiß, dass sie so brünstig sind, dass sie in der Not auch den Jungkühen die Ärsche wund ficken.

Martta war in den Seedörfern als eine der besten Gerüchteschleudern der Gegend bekannt. Wenn jemand Rauch roch, wusste Martta, wo es brannte. Sie sagte, sie hätte herausgefunden, dass im Walddorf alle Höfe gemeinsam das Getreide gedroschen haben, auch die armen, die nicht zur Dreschgenossenschaft gehörten, und dass die Vuonoroa-Oma, die als knickerige Person bekannt war, die Sau geschlachtet hat, um sie gegen ein paar Flaschen Kognak von den Deutschen einzutauschen. Die würde sie dann an Durstige verkaufen, wenn das Getreide gedroschen ist und die Säcke versteckt worden sind. Martta erzählte auch, dass an diesem Abend auf der Landungsbrücke vom Raattanen zum Dreschtanz aufgespielt wird, und flüsterte Katri ins Ohr, da gehen wir hin, du und ich, die Verrückte lassen wir hier, die kann mit Matti aufs Vieh aufpassen. Mit der Verrückten meinte sie mich. Ich hatte einmal aus Versehen zu ihr gesagt, dass die Sonne ein Stern ist. Katri sagte, alle wüssten, dass Tanzen unter Androhung von Bußgeld und Gefängnis verboten ist, sie wollte nicht als Evakuierte der Amtsgewalt in die Hände fallen, und sie würde sich auch nicht trauen, mir und Matti die Kühe zu überlassen. Martta meinte dazu nur, Katri weiß nicht, was Spaß macht, obwohl sie immer groß vom fröhlichen Karelien tönt, außerdem sind wir zum Glück bald im Ausland und dürfen jeden Tag tanzen, wenn wir wollen, und man wird uns richtige Galoschen geben, weil im Westen alle reich sind und die Leute eingebildet, die Männer haben Hüte aus Filz auf, bei den Herrschaften biegen sich die Tische unter den Zuckerspeisen, die Häuser sind groß, sogar das Getreide ist, wenn es sich gelegt hat, zweimal so lang und viel dicker als hier dasjenige, das sich noch nicht gelegt hat, und in den Geschäften gibt es lauter Sachen, die wir niederen Arbeitstiere uns nicht mal vorstellen können.

Auf Marttas Gesicht erschien ein ganz kleines, spöttisches Lächeln, als sie ihre kräftigen Beine der untergehenden Sonne entgegenstreckte, bevor sie aufstand. Sie drückte den Rücken durch, hob den Kopf und schwenkte beim Gehen die Hüften, als wäre sie der Nabel der Welt.

Am späten Abend hatte sich das Vieh beruhigt, und ich setzte mich mit Katri hinter einen Stoß mit Holzscheiten. Es war, als wäre die Klarheit, aber auch die Wärme vergangener Augustnächte angeschwebt gekommen, um uns zu trösten. Hinter dem Wald hörte man leise Melodien aus einer Mundharmonika und das Gepolter einer Polka. Ich dachte, es wäre wunderbar, zuzugucken, wie die Menschen tanzen. Da tauchte Matti auf. Er hatte eine kleine Dose in der Hand, die er von irgendeinem Deutschen bekommen hatte. Er machte die Dose auf und stellte sie auf den Boden. Sie roch nach gekochtem Stockfisch. Dann holte Matti eine Handvoll Zucker aus der Tasche und gab jeder von uns drei Stück. Sie hatten eine komische Farbe und rochen nach Anis. Matti zog wie ein Mann das Messer aus der Scheide und schnitzte drei Spieße, machte in der Dose Feuer, steckte ein Zuckerstück auf einen Spieß und fing an, es zu braten. Wir machten es genauso, und als der Zucker geröstet war, bliesen wir, damit er abkühlte, und steckten ihn in den Mund. So wärmten wir alle Zuckerstücke und lutschten sie. Schon war uns zum Lachen. Matti drehte sich eine Weile wie ein Kreisel auf der Wiese, dann schlief er ein. Ich sagte zu Katri, lass uns tanzen gehen. Hand in Hand rannten wir durch den Wald zur Landungsbrücke. Die war voller Menschen. Wir mischten uns unter junge Soldaten, Deutsche, Flittchen, Mädchen, Frauen und Männer. Wie die Wilden tanzten wir jeden Jenkka, jede Polka, jeden Walzer, Fox und Tango. Bis zum Steißbein lief der Schweiß, und wir wirbelten herum wie die Bohnen in der Rösttrommel. Obwohl wir immer mehr aufdrehten, trafen wir den Takt, und wir lachten, als wären wir aus der Irrenanstalt abgehauen. Ab und zu versuchte uns ein Kanonier zu stoppen und sich Katri zu schnappen, aber ich zog sie jedes Mal weg. Ich war vom Tanzen so in Fahrt, ich dachte, wenn die Militärpolizei kommt und mich und Katri ins Gefängnis bringt, dann soll sie doch. Matti wird sich schon ums Vieh kümmern.

Als die Musik aus war, wären die Kanoniere am liebsten mit uns gekommen. Aber wir nahmen sie nicht mit. Wir gingen durch die knackig kalte Nacht zu unserem Quartier. Es musste fast unter null Grad gewesen sein, weil die Erde Nebel ausstieß. Ich sagte zu Katri, daheim hätte ich nicht zum Tanzen gedurft, weil ich noch nicht im Konfirmandenunterricht gewesen bin.

Im Zelt empfingen uns eine süße Wärme und schweres Schnarchen. Matti sägte jede Menge Holz. Ich legte den Kopf in Katris Arm, betrachtete ihre glatten, feuchten Lippen, und sie strich mir über die Locken. Mir kam in den Sinn, wie ich das Laufen gelernt und Anna, unsere Stallmagd, mich zum Abendmelken mitgenommen hatte. Meine Mutter lag schon im Bett, und Oma wollte mir nicht hinterherrennen. Im Stall hob mich Anna in den Pferch der frisch geborenen Hilla, damit ich den Kühen nicht zwischen den Beinen herumlief. Die Hilla leckte mir übers Haar, und ich nuckelte an ihrem Ohr. Als wir dann beide größer wurden, durfte ich ihren Schwanz festhalten, wenn Anna sie molk.

Katri, Matti und ich warteten bei den Kühen auf den Marschbefehl. Martta schlief tief und fest im Zelt und roch nach Kognak. Matti rieb sich die Stirn und murrte, in seinem Kopf würde ein Specht hämmern. Ich sagte nichts, dachte aber, die Lieder sind billig zu haben, wenn man nach so einem lustigen Zuckerabend mit ein bisschen Kopfweh davonkommt. Katri grub mit dem großen Zeh eine kleine Grube in die feuchte Erde. Ich horchte mit dem einen Ohr auf das Wimmern der Kriebelmücken und mit dem anderen darauf, wie das absterbende hohe Röhricht leise klagte. Meine Tanzbeine waren munter, aber im Rücken drückten bereits die Mühen und Plagen der nächsten Etappe. Ich erkundigte mich bei einem fremden Fuhrmann, wo er hinfährt. Zum Strom, sagte er. Ich fragte ihn, ob er unsere Sokkeri und Marttas drei große Kälber mitnehmen würde, weil sie nicht mehr laufen konnten. Er versprach es.

Matti schaute mich finster an und erzählte, Soldaten wären vorausgegangen, um mit dem Beil Markierungen in die Bäume zu hauen, weil wir eine Strecke ohne Weg vor uns hätten. Eine große, fette Fliege, wahrscheinlich aus dem

Westen, berührte seine flaumige Wange. Matti scheuchte sie weg. Bald summte sie wieder um ihn herum. Da schnappte sie Matti mit der Faust und steckte sie lebend in die Hosentasche. Ich ging zur Ilona und streichelte ihr lang und andächtig die Schnauze. Zusammen betrachteten wir einen alten Traubenkirschbaum, der noch ein paar dicke grüne Blätter hatte.

Schließlich bekamen wir die Erlaubnis, loszuziehen. Die letzten Wolkenfetzen verzogen sich vom blauen Himmel, und die Sonne versuchte, die schlammige Straße zu trocknen, in der Panzerketten tiefe, hässliche Spuren hinterlassen hatten. Hässlich, wenn man es zum Beispiel mit den Spuren von Hasen vergleicht oder von Fuchs oder Vielfraß. Die Kolonne bog von der Straße in den Wald ab. Bei einigermaßen klarem, leichtem Wetter zogen wir durch lichten Urwald. Ich folgte den Kerben, die in die kirchturmhohen Kiefern geschlagen worden waren. Das Vieh freute sich, weil eine dicke Moosschicht die Erde bedeckte. Manchmal schlängelten sich die Kühe zwischen den Ästen der umgestürzten, feuchten, mit Pilzen besetzten morschen Bäume hindurch und schnupperten am groben Totholz und an Hunderte Jahre alten Baumleichen, die auf der Erde lagen. Wir machten eine kleine Pause und ließen das Vieh nach Pilzen und Eispreiselbeeren suchen. Katri und Martta legten sich ins Moos. Ich hielt ein bisschen Abstand, weil ich meine Ruhe haben wollte. Da kam Matti angeschossen. Er hatte sich schwarze Bartflechte ans Kinn und unter die Nase gehängt. Ich fühlte mich frisch. Ich lauschte auf die stehende Stille der Einöde und betrachtete die Wacholder aus Adams Zeiten, die Kienstöcke, die eine Ewigkeit gelebt hatten, und die Stämme der massiven Kiefern, die eine dicke Schuppenborke hatten.

Als Waldkenner hatte mir mein Vater beigebracht, wie aus einer Kiefer im Lauf der Jahre eine Großkiefer wird, die *Petäjä* genannt wird, dann eine mit Mützenwipfel, die man *Aihki* nennt, und zum Schluss eine Silberkiefer, die zu Erde wird. Er zeigte mir, wie man an der Schuppenborke das Alter ausrechnen kann. Wenn es im Sommer warm ist, wachsen die Bäume gut, erzählte er, wenn es kalt ist, wachsen sie nicht. Ich musterte die Bäume. Da stand mindestens eine über sechshundert Jahre alte *Aihki*. Die hatte schon eine gute Größe, als Kolumbus nach Amerika segelte. Ihre Äste und Wurzeln streckten sich zwischen die Äste und Wurzeln der anderen Bäume. In der Krone einer starken Fichte schaukelte ein Raufußkauz. Seine gelb-schwarzen Augen schimmerten, er wartete auf die Dämmerung, damit er losfliegen konnte. Ich glaubte zu hören, wie die Bäume miteinander redeten. Die Sonne sprühte ihre Strahlen auf die kleinen Lichtungen, und Mückenschwärme stiegen in der Luft auf und ab. Im Gras sirrten Blattwespen und Heuschrecken wie in Afrika am Äquator, wo der Mensch herstammt. Wie es wohl hier im hohen Norden war, bevor es auf der Erde auch nur ein einziges Tier gab und an den Menschen noch nicht zu denken war? Wie hoch die Kiefern damals wuchsen! Ich dachte an das Bilderbuch vom Onkel. Da gab es Zeichnungen von Tieren, die es auf der Erde mal gegeben hatte, aber nicht mehr gibt.

Hätte ich mich vor ein Mammut geworfen, hätte es keine Angst vor mir gehabt, sondern wäre nahe herangekommen, hätte mich beschnuppert oder angestupst. Oder wenn ein viele Hundert Kilo schwerer Säbelzahntiger mich gesehen hätte, hätte er bloß einen kurzen Blick auf mich geworfen und wäre weitergegangen. Einmal fragte ich den Onkel, wie es möglich ist, dass alle großen Echsen vor Tausenden von Jahren ausgestorben sind, wo es doch in der Bibel heißt, dass Gott die Erde vor ein paar Tausend Jahren innerhalb von sieben Tagen schuf. Der Onkel sagte, die Bibel ist voller Märchen, aber behalt das für dich. Schon vor vielen Milliarden Jahren hat es Leben auf der Erde gegeben. Das Leben ist in warmen Giftpfützen entstanden und hat sich dann weiterentwickelt. Kleine Echsen sind aufgetaucht und dann die Dinosaurier. Die kamen um, als ein riesiger Stein vom Himmel fiel, der alle Wälder in Brand setzte, die Luft verdarb, das Wetter änderte und solche Gifte aufsteigen ließ, dass alles vernichtet wurde und auch alle Pflanzen krepierten und die Erde wieder fast leer war, und von den Arten, die als rattengroße Tiere oder winzige Vögel, als Samen oder Keime in warmen Pfützen durchhielten, wurden innerhalb von zig Millionen Jahren die Urahnen der Tiere, die wir kennen, gebacken. Von denen starb immer ein Teil, weil es mal zu kaltes Wetter gab und es dann wieder zu warm war. Die Eiszeit fing immer so an, dass im Frühjahr das Eis nicht schmolz, sondern die Kälte anhielt, die Eisdecke schluckte auch die Bäume, wuchs und breitete sich vom Norden her bis an die Donau aus. Dann wechselte die Sonne den Platz, und das Eis fing an zu tauen. Berge, Hügel und Fjälls kamen zum Vorschein, die Wipfel der toten Bäume und schließlich die Erde selbst. Sie sah das Licht, bekam Kraft aus dem Weltall und fing an, neues Leben zu backen. Und wenn man mit der Rechnung in der Zeit vor ein paar Millionen Jahren ankommt, ziehen schon alle möglichen Affen und Urmenschen durch Afrika. Vor zwei Millionen Jahren wanderte dann ein Mensch wie ich unter vielen Sorten von Tieren umher. Nach der letzten kleinen Eiszeit kam der Mensch in die hiesige Einöde und aß die Mammute auf.

Ich dachte, dass wieder so ein Stein auf die Erdkugel fallen und alles verändern könnte, und kam gerade in unserer Zeit an, als der Urwald aufhörte. Auf einmal stand ich an der Schwelle zwischen dem Wald der Vergangenheit und dem Wald der Zukunft. So eine Landschaft hatte ich noch nie gesehen. Große Stümpfe ragten scharf empor, Erdhügel schwollen auf dem Kahlschlag, der Boden war von Reisig und kleinen Bäumen übersät, hier und da hatte man den einen oder anderen größeren stehen lassen, was die abgenagte Landschaft noch trauriger machte. Wir mussten das Vieh auf die Rodung treiben. Zuerst wehrten sich die Kühe, denn sie wollten so ein Minenfeld nicht betreten. Aber es half nichts, wir mussten durch. Die Äste, die auf der Erde lagen, schürften mir die Beine auf, und es kam mir vor, als wollten sie mir auch die Kleider vom Leib reißen. Am Nachmittag konnten wir dann vom Rand der Verwüstung zu einem lehmigen Waldweg hinaufsteigen. Von dem Waldweg bogen wir auf die Landstraße ein. Auf der Böschung liefen ein paar Männer hin und her, die riefen, hopp, hopp, seht zu, dass ihr dem Krieg aus den Füßen kommt. Autos der Deutschen brummten an uns vorbei und bespritzten uns mit trockenem Dreck. Bis zum Horizont reichten die Autoschlangen, die nach Norden rollten. Auf einem Wall waren die Deutschen dabei, eine Granatwerferstellung zu bauen. Ein Teil vom Vieh musste eine Werst nach der anderen im lehmigen Straßengraben laufen, weil Kriegsgerät die Hälfte der Straße versperrte.

Die Tiere, die da durch den Schlamm torkelten, waren erschöpft. Zwar schienen die Kühe noch Vertrauen in die Zukunft zu haben, aber die Färsen taumelten, als wären sie kurz davor, zusammenzubrechen. Die Ilona versuchte, die Stimmung hochzuhalten. Sie guckte immer wieder nach hinten und schwenkte den Kopf, als wollte sie sagen: Hilft ja alles nichts, wir müssen weiter. Auch ich war derart fertig, dass ich die Augen nicht sah, wenn ich der Pirkko, die neben mir ging, ins Gesicht schaute. Ich dachte, wir schaffen es nicht bis zum Strom. Mir knurrte vor Hunger der Magen, und der Durst schnürte mir die Kehle zusammen. Meine Füße brannten, und die Hände taten vom Melken weh. Daheim hatte ich mit Anna zusammen gemolken, jetzt musste ich fast alle Kühe alleine melken, weil Katri so schlecht im Melken war. Aber trotz aller Beschwerden hatte ich das Gefühl, dass wir Viehtreiberinnen eins waren, und das tröstete mich. Dass ich die Kühe, die Färsen und Katri hatte, gab mir die Kraft, den nächsten Anstieg zu schaffen. Ich war nicht allein mit der Verantwortung für das Vieh, im Gegensatz zu Martta. Matti zählte ich nicht mit, weil er noch ein Hosenscheißer war.

Inzwischen war die Liina hinter die anderen zurückgefallen. Sie humpelte schwer, dachte bei jedem Schritt an ihr krankes Bein. Ich rannte zu ihr und sah mir den Huf an. Bis zum Knochen war der Nagel aufgerissen. Es gab mir einen Stich ins Herz, das zu sehen. Ihre Augen waren voller Qual. Sie hinkte und guckte mich zwischendurch flehend an, aber was hätte ich tun können. Mir blieb nichts anderes übrig, als sie mit der Gerte wieder zur Herde zu treiben.

Still und ohne etwas zu sagen trotteten wir den unebenen Straßenrand entlang. Der Wind kam in Böen, schüttelte die Äste an den Bäumen und bespritzte uns und das Vieh mit Wasser aus den Pfützen der letzten Tage. Ich versuchte, mir einen Spaß daraus zu machen, mir die weißen Wolken anzugucken, die durch die Schlammpfützen segelten. Eine Gruppe finnischer Soldaten stand neben der Straße und glotzte uns an. Als wir vorbeigegangen waren, fingen sie an, Strommasten zu fällen, so wie es die Deutschen getan hatten, aber auf etwas andere Art. Vor uns hörte man das Dröhnen von Pferdefuhrwerken, hinter uns mattes Rattern von Maschinengewehren.

Dann kamen wir an eine Kreuzung. Dort hielt in der Mitte ein Motorrad mit drei Alpenjägern. Einer hatte eine Runenarmbinde, zwei hatten beim Lächeln Grübchen und hielten die Gewehre im Anschlag. Wir gingen weiter in Richtung Brücke. Am Brückenkopf liefen ein paar Wehrmachtsoldaten herum. Sie ließen uns höflich passieren, und wir trieben die lange Schlange auf die Holzbrücke und auf die andere Seite. Als auch die letzte Kuh am anderen Ufer und schon ein Stück weitergezockelt war, hörte man von der Brücke her eine Serie von lauten Knallen, und es stiegen mehrere schwarze Rauchsäulen auf.

Die Straße wurde besser, und die Kühe, die von den Explosionen erschrocken waren, gingen wieder leichter. Martta traute sich zu sagen: Das Leben ist eine einzige Hölle, aber man muss ja leben. Mir fiel Stänker-Jaakko ein, der sich aufgehängt hatte, weil er sein Elternhaus beim Kartenspielen verloren und nicht mehr weitergewusst hatte. Im Vergleich dazu konnten wir uns nicht beklagen. Hinter uns lag das, was ich kannte, aber was lag vor uns? Als ich klein war und meine Mutter bei allem fragte, warum, guckte sie mich müde an und sagte, geh raus, spielen. Als ich dann in die Schule ging und sie zum Beispiel über die Kühe ausfragte, sagte sie, ich weiß nichts über die alten Viecher, geh Hausaufgaben machen, wenn du deine Arbeit erledigt hast. Aber manchmal schauten wir auf dem Weg ins Kirchdorf bei ihrer alten Schulkameradin vorbei, wo ich in Illustrierten blättern und Lippenstift und Schuhe mit hohen Absätzen ausprobieren durfte. Dann konnte es sein, dass mich meine Mutter mit freundlichen Augen anschaute und sagte, so hässlich bist du gar nicht, du musst dich nicht schämen.

Ein deutscher Lastwagen kam uns entgegen. Er hatte einen Haufen Zeug, alte Leute und heulende kleine Gören mit ihren Müttern geladen. Sie ahnten nicht, dass die Straße nach der nächsten Kurve unterbrochen war.

Wir bekamen den Befehl, das Lager aufzuschlagen. Ein Chef von den Schutztruppen leitete die Kolonne auf einen leeren Hof. Die Bewohner waren bereits in den Westen abgehauen. Wir machten die Abendarbeiten. Ich trank einen Becher von der Milch, die die Sisko gegeben hatte, aber ganz langsam, damit er nicht gleich leer war. Martta hatte von jemandem aus dem Seedorf einen halben Laib Roggenbrot und zwei geröstete Barsche bekommen. Wir hockten uns unter eine Birke und lutschten lange an jedem Bissen. Dabei sah ich Matti an. Er hatte schwarze Ringe um die Augen, und sein Gesicht war schmäler geworden. Katri sagte, im Friedensfrühjahr 1940, als sie mit ihren Leuten wieder zurück nach Karelien konnten, war am Rand ihres Dorfs ein Teich entstanden, den eine Bombe gemacht hatte. Darin ging sie jeden Tag schwimmen. Die Sonne schien, und sie dachte, so wird es für den Rest ihres Lebens sein.

Katri seufzte tief und ließ die Augen zufallen.

Wasser für das Vieh konnten wir aus dem Brunnen holen, aber die Heuscheune war leer. Unruhig staksten die Kühe auf dem von Regen aufgeweichten Feld herum. Ihre

Leiber zitterten vor Angst und Hunger, und es stieg dünner Dampf von ihnen auf, der dem Mond, der hinter dem Wald aufging, entgegenschwebte. Hungrig fiel das Vieh auf die Erde. Wir versuchten, im Haus zu schlafen, aber es war besetzt bis auf die letzte Bodendiele. Martta und Matti schliefen auf der Eingangstreppe, Katri und ich krochen neben die Ilona. Sie gab uns Schutz und Wärme. Ich sah mir Katris blaue Flecken an, die sie sich auf der Strecke durch den Urwald an den Armen zugezogen hatte, und lauschte ihrem leisen Schlafweinen. Ich dachte an das, was der Onkel gesagt hatte, nämlich dass die Deutschen nach Hause gehen und unsere Häuser nicht anrühren werden, sondern alles so lassen, wie es ist, sodass wir in zwei Wochen wieder in unseren eigenen Betten schlafen können, aber wenn der Russe kommt, dann reißt er die Häuser an sich und bleibt. Ich musste an die weißen Rosen denken, die meine Oma unterm Schlafzimmerfenster stehen hatte. Ich hatte sie in den Keller getragen, damit sie dort auf den Frühling warteten. Meine Mutter hatte vor dem Aufbruch die Pelargonien, die Fuchsien und die Fleißigen Lieschen in die gute Stube zum Hibiskus und zur Schusterpalme gestellt. Dort verkümmerten sie jetzt, weil es ihnen an Wasser und Wärme fehlte. Den Kaktus hatte sie auf dem schwarzen Schrank stehen lassen. Immer wenn man ihn mit dem Finger berührte, sonderte er eine zähe, brennende Flüssigkeit ab. Plötzlich fing ich an zu zittern und hatte das Gefühl, dass ich ganz leer bin. Dass nur der Wind in meiner leeren Hülle rauscht. Dass es mich nicht einmal gibt. Vor lauter Angst und Schmerz drückte ich mich noch fester an die Ilona, und als ich den ruhigen Puls ihres Herzens hörte, füllte ich mich wieder, und auch das Zittern verging.

Nach der Morgenarbeit erspähte ich tanzende Kraniche auf dem Feld und hörte ihren grellen Rufen zu. Sie streckten die langen Hälse, als würden sie den Rückflug üben. Katri streichelte der Pirkko die Stirnhaare. Ich ging zum Pissen hinter eine Kiefer und stellte fest, dass die Hälfte von meinem Leinenkleid weg war. Katri tröstete mich, bestimmt hätte eine von unseren Kühen es in der Nacht vor Hunger weggefressen. Sie zog ihren geblümten, aus Rayon genähten Unterrock aus und gab ihn mir. Dabei flüsterte sie, im Viehstall würde sich jemand auf dem Dachboden verstecken. Sie war am Morgen aufgewacht, als jemand am Dachbodenfenster herumlungerte.

Über Nacht hatte die Landwehr ein bisschen Heu gebracht. Manche Kühe fraßen noch, unsere wiederkäuten schon. Die Lottas hatten eine Gulaschkanone besorgt, und wir bekamen dicke Fischsuppe. Matti führte sich auf wie ein Betrunkener und sagte, das Essen würde ihm zu Kopf steigen wie der Wein der Deutschen. Ich ging zur Liina, um mir ihren Fuß anzusehen. Der Hornteil des Hinterhufs hatte sich gelöst, und der Fuß war entzündet. Katri erkundigte sich, ob es irgendwo einen Kurpfuscher gab. Bald kam ein buckliges Weib, untersuchte den Huf, rieb ihn mit Liniment ein, band einen Stofffetzen darum und sagte, ich soll die Soldaten anbetteln, damit sie die Liina zum nächsten Punkt bringen, sonst muss sie geschlachtet werden. Also ging ich zu einem Mann mit langem Bart, der in Soldatenuniform umherstiefelte, und erklärte ihm, in was für einer Not ich steckte.

Der Transport ließ sich organisieren, und die Liina sah mich vom Traktoranhänger aus dankbar an. Unsere Kolonne durfte sich der Menge von Menschen anschließen, die auf der Straße vorbeikamen. Die einen stammten aus dem Flintendorf, die anderen vom Ounasjoki. Ohne Eile wanderten wir im Sonnenglitzern dahin, weil die Kühe und vor allem die Färsen am Ende waren. Die Rinder waren es nicht gewohnt, bei kaltem Herbstwetter so lange Strecken zurückzulegen, wie wir es getan hatten. Was sie plagte, waren die dünnen Beine im Verhältnis zum großknochigen Leib, außerdem hatten sie zuletzt im heimischen Stall Futter in den Magen gekriegt, danach nur ein paar Pilze, wenig Heu und ein bisschen Wasser.

Vom Himmel rauschte die Welle der schwirrenden Flügel herab. Viele Formationen flogen dort oben in Richtung Marokko oder China. Jede bestand aus Hunderten Kranichen. Innerlich rief ich, kommt im April wieder zu uns zurück und bringt Freude in unser Leben.

Auf einmal hatte ich auf dem langen, trostlosen Marsch den Geruch von frisch gesägtem Holz in der Nase. Da wusste ich, dass wir bald am Strom sein würden. Ich kannte den Geruch, weil der Onkel in einem Kirchdorf am Strom wohnte und meine Mutter dort geboren worden war. Die Kühe schnupperten gierig die Luft, sie nahmen mit den Schnauzen den Duft von Wasser wahr, beschleunigten die Schritte und fingen sogar mit ihren letzten Kräften an zu rennen. Wir hinterher, aber wir wurden nur Zweite. Katri,

Martta und Matti folgten dem Vieh ans Wasser. Ich blieb auf der Böschung oberhalb des Fährufers. Dort unten wimmelte es nur so vor Vieh und Mensch. Ich dachte, gerade noch sind wir auf heimischer Erde gewesen, bald aber werden wir Flüchtlinge in einem anderen Land sein. Als sich die Augen an den Ameisenhaufen aus Menschen gewöhnt hatten, erkannte ich zwischen Mensch und Vieh auch wild bellende Köter. Unter ihnen grollte Jekku aus der Nachbarschaft, obwohl der von Natur aus so scheu und schüchtern war. Ich versuchte, die Sokkeri auszumachen, aber die Kälberherde war so weit weg am Ufer, dass ich nicht unterscheiden konnte, wer wer ist. Ich erblickte Ruperti und hinter ihm Eevertti mit ihren Pferden Taimi und Tauno. Dann hielt ich nach meiner Mutter und dem Onkel Ausschau, weil sie versprochen hatten, am Ufer auf uns zu warten. Mir fiel ein, wie der Onkel mich vor ein paar Tagen dazu abkommandiert hatte, das alte Essservice meiner Großmutter in eine Holzkiste zu packen und sie mit dem Knecht vom Nachbarn an einer ruhigen Stelle im Fluss zu versenken. Wir hatten noch einen großen Stein auf die Kiste gelegt, damit sie bei Hochwasser nicht weggespült wurde.

Ich ging auf der Uferböschung hin und her, suchte den Onkel und meine Mutter und kam zu dem Schluss, dass sie nicht auf uns gewartet hatten, sondern über den Strom gegangen waren und gedacht hatten, Katri und ich würden schon ohne sie auskommen. Da kam Martta angerannt. Sie hatte gehört, dass Messer-Väinö am Vortag unsere Tamara und Janne über den Strom geführt und in Sicherheit gebracht hatte. Ich war gleichzeitig erleichtert und entsetzt, weil ich dachte, dass wir sie nie mehr finden werden, wenn der Krieg vorbei ist. Aber dann beruhigte ich mich und sagte mir, dass wir im Moment nichts weiter tun konnten als einfach nur da sein.

Auf der Stromböschung lungerten alte Vagabunden herum, die es nicht eilig zu haben schienen. Auf den Wartebänken saßen Hofbesitzer aus den Seedörfern in strammen Sonntagskleidern; die Armen, also die Leute vom Strom und die Einödmenschen aus dem Osten, standen in einer Gruppe für sich zusammen. Eine dick aufgedonnerte Frauensperson mit sechs kleinen Bälgern hatte jedem davon eine Schnur ums Fußgelenk gebunden und hielt sie so zusammen. Die einen sagten, sie kämen aus Koillismaa, andere aus Kainuu, wieder andere aus einem Marktflecken in der Wildmark bei Rovaniemi. Ein finnischer Soldat, der sich mit einer deutschen Runenuniform ausstaffiert hatte, stieß mir den Gewehrlauf in den Rücken und sagte, was wetzt du die ganze Zeit hin und her, bleib stehen. Ich gehorchte natürlich, weil im Krieg ein Soldat und ein Gewehr eine Kombination sind, gegen die man nicht aufsässig sein soll. Überall sah man Deutsche mit Runenabzeichen. Auf der Evakuierungsfähre herrschte ein so dichtes Gedränge, dass die Deutschen alle Menschen und die Tiere, die sie mitschleppten, wieder ans Ufer trieben. Es war ein hässlicher Anblick, wie die Kühe ausrutschten, die Menschen zwischen den Viechern eingeklemmt wurden und die Deutschen brüllten. Unter dem, was von der Fähre kam, erkannte ich nur den Taneli, den hinkenden Hengst aus der Nachbarschaft, der mit der Blesse. Er floh ins Schilf und wieherte dort ohne Zaumzeug. Es war ihm irgendwie gelungen, seinen morschen Wagen loszuwerden. Ich fühlte die Erleichterung mit ihm, weil ich immer gut mit ihm ausgekommen war. Jahrelang war ich zur Pferdekoppel gegangen, um mit ihm zu plaudern.

Ich spähte nach Süden. Dort sah ich am Ufer Katri und unsere Kühe, die am Wasser hin und her sprangen wie neugeboren. Die Liina sah ich nicht, dafür aber die Sokkeri. Sie hüpfte munter neben der Sisko her. Ein Trupp Deutscher machte Anstalten, das Vieh vom Ufer wegzutreiben. Weil die Kühe nicht gehorchten, schoss ein Soldat mit der Pistole in eine weißgraue Wolke, die aussah wie eine Rentierleber. Die Kühe zuckten bei dem Knall zusammen, erschraken und rannten die Böschung hinauf. Die Leute dort flüchteten vor ihnen. Die ganze Erde bebte und zitterte. Zwei Färsen, die ich nicht kannte, gerieten in Panik und gingen schwimmen. Ich schlängelte mich durch die Menge bis ans Ufer. Dort planschten die Färsen zwischen lauter Packstücken. Am Oberlauf waren Holzkisten zu Wasser gelassen worden, damit die Strömung sie auf die Westseite brachte. Die Treiberin der ins Wasser geratenen Färsen brüllte am Ufer. Ihr Helfer, ein kaum zehnjähriger Bub, schob das erstbeste Boot ins Wasser und ruderte den Viechern hinterher. Die Wellen zischten, schlugen gegen das Boot, und Gischt spritzte am Bug auf. Der Kopf der einen Färse ging unter, kam wieder an die Oberfläche und versank erneut. Danach kam er nicht wieder hoch. Der Junge rief die Deutschen zu Hilfe, aber die scherten sich nicht um ihn. Ein Mann, der zur Landwehr gehörte, schnappte sich von einem Pferdekarren ein Seilbündel, klemmte es sich unter den Arm, schob ein etwas weiter weg am Ufer liegendes Boot ins Wasser und ruderte wie ein Verrückter der Färse und dem Jungen hinterher. Starke Wellen liefen beiderseits des Bugs entlang. Der Mann war stark, kam gegen die Wellen an und war bald schon neben dem Boot des Jungen, schob sich aber daran vorbei. Die Strömung mit den Schaumkronen erfasste die erschöpfte Färse und trieb sie mit voller Geschwindigkeit an einer Grasinsel vorbei dem Unterlauf entgegen. Am Ufer wurde spekuliert, dass sie ertrinkt, aber als der Mann zurückgerudert kam, sagte er, die Färse ist von der Strömung auf eine kleine Waldinsel im Unterlauf getrieben worden, dort holen wir sie mit dem Boot, wenn sie sich beruhigt hat. Mit den Augen durchkämmte ich die Böschung am anderen Ufer des herbstkalten Stromes und das dahinter liegende niedrige, frostanfällige Land, in dem keine Sümpfe zu erkennen waren. Es war nah, aber gleichzeitig so weit weg.

Wind aus dem Norden kam auf. Er drückte die Wolken dichter an die Erde heran. Jede von uns sammelte ihr Vieh ein. Katri und ich trieben unsere Kühe und die Sokkeri bei einer alten Espe zusammen. Die hatte noch zitternde schwarz-gelbe Blätter und gab so ein bisschen Windschutz. Am Ufer kriegten sich vom König geschickte Rekruten und deutsche Soldaten zwischen Milchkarren, Betten, Fahrrädern, Tischen, Truhenstühlen, mit Wolldecken geschützten Kommoden und in Teppiche gewickelten hohen Bodenvasen in die Haare. Sie zankten darüber, welche Landesherren über unser Schicksal entscheiden durften.

Die Soldaten des Königs gaben den Deutschen nicht nach, weil sie vom Landesherrn von Norrbotten die Erlaubnis erhalten hatten, die Evakuierung zu leiten und die Marschordnung zu bestimmen: zwei Stück Vieh auf einmal auf die Fähre, dazu so viel viehloses Volk, wie draufpasste, und dann rüber. Der Wind nahm immer mehr zu. Er wehte mir die fettigen Haare in den Mund, und ich spuckte sie aus. Martta kam mit der Nachricht an, dass wir mindestens über Nacht warten mussten, bis wir an die Reihe kamen und der Wind nachgelassen hatte, weil die Gischt so hoch spritzte, dass die Fähre, die gerade abgelegt hatte, schaukelte wie die Arche Noah in den Fluten des Meeres Sinai. Martta breitete die Arme aus und sagte noch, sie hätte eine frohe Botschaft zu verkünden: Ihre großen Kälber Sylvi, Tyyra und Laula und dazu die Liina wären schon im Westen. In der Hinsicht war alles gut gegangen.

Erleichtert und unruhig zugleich kauerten wir auf der Erde. Der Boden atmete mir die Herbstkälte direkt auf die Möse. Die Anspannung und die in die Länge gezogene Erwartung schwappten in brennenden Wellen in meiner knurrenden Magengegend. Irgendwann kam ein Fräulein mit Himmelfahrtsnase und feinem Ulster zu uns. Martta kannte sie. Sie war den ganzen Krieg über als Kindermädchen in der Stadt Kemi gewesen. Das feine Fräulein erzählte, sie hätte einen Bräutigam, Helmut, der in Hamburg auf sie warte, und sie hätte im Hafen Toppila aufs Schiff gehen und zu ihrem Schatz fahren sollen, aber an der Kreuzung, wo die Straße zum Hafen abging, hätte totales Chaos geherrscht. Dort wären die Autos, die die unsrigen Frauen der Deutschen transportierten, finnischen Soldaten in die Fänge geraten, und keiner wäre mehr aus dem Stau herausgekommen. Neidische Männer und Weiber, die über das zeugungs- und gebärfähige Alter hinaus waren, hätten herumgestanden und die Frauen der Deutschen als Nutten tituliert. Anständige Kontormenschen wären da versammelt gewesen, aber auch Spekulanten, Zuhälter, Schieber, Schwindler und Schwarzmarkthändler in feinen Sachen. Außerdem hätten sich Freunde und Lohnarbeiter der Deutschen angeschlossen, russische Kriegsgefangene, deren Zähne von Würmern zerfressen waren, dazu gewöhnliche Gaffer, von denen es immer drei an jedem Finger gibt. Nach und nach hätten sich die Straßen mit allem möglichen Zeug und Krempel gefüllt. Alles wäre voller Kriegsgerät und sonstigem Zubehör der Deutschen gewesen. Auf derselben Straße, aber weiter weg von der Kreuzung, wären Kriegsflüchtlinge aus der Lappmark und aus Fjäll-Lappland auf Schusters Rappen in Richtung Pohjanmaa gezogen, wo die Messerstecher wohnen, also in die entgegengesetzte Richtung wie die Deutschen, die es eilig hatten, zu den Schiffen zu kommen, die am Nordmeerufer auf sie warteten, obwohl der Führer ihnen befohlen hatte, zu bleiben, wohin sie abkommandiert worden waren, und dort bis zum letzten Mann zu kämpfen. Dem feinen Fräulein war es schließlich gelungen, durch den Wald auf eine andere Straße zu kommen und von unseren eigenen Leuten bis hierher ans Ufer mitgenommen zu werden. Das Gestrüpp hatte ihr die einzigen noch heilen Perlonstrümpfe zerrissen. Denen trauerte sie nach. Von hier aus wollte sie sich durch den Westen bis nach Hamburg stehlen.

Wir versuchten, näher an die Fähre heranzukommen, damit wir als Erste sahen und hörten, wann wir rüberkämen. Das klappte nicht, weil noch mehr Deutsche ans Ufer kamen und Rabatz machten. Sie stießen Katri und mich mit den Gewehrkolben weg und machten uns mit Zeichen klar, dass sie uns einen Birkenast in die Möse schieben würden, wenn wir nicht verschwinden. Jemand, der ihre Sprache konnte, sagte, unsere Waffenbrüder wollten mit der von uns gebauten Fähre ihren Krempel weiter nach Norden transportieren, auf dem Strom nach oben. Die Soldaten des Königs und die Kerle von der Landwehr standen als Sperre vor der Schranke. Deutsche mit Runenabzeichen zerrten sie weg und schossen zwischendurch in die Luft.

Der Abend ging in die Nacht über. Katri schlief, und ich wachte. Ich dachte, wenn die Deutschen die Fähre mitnehmen, müssen wir mit dem Vieh über den Strom schwimmen. Oder bringen uns die Deutschen um? Es gab auch noch die Variante, dass wir weiter nach unten wandern und dort versuchen mussten, auf die andere Seite zu kommen. Ich hatte ein Gefühl im Kopf, als wäre ein Messer hineingerammt worden. Martta rief, die Fähre bewegt sich, die Deutschen haben nachgegeben, sie rächen sich für ihre Niederlage an den Kühen vom Klapihartiala-Hof, sie ertränken eine Kuh nach der anderen in der Scheiße ihrer Latrinen und haben mit Waffengewalt die Kühe von Laihavaara und Kurttusenperä an sich gerissen und sie auf die Ladefläche eines Lastwagens getrieben.

Ich dachte, die nehmen sich lebende Kühe als Proviant mit, so bleibt das Fleisch länger frisch, und ging nachsehen. Die Deutschen waren verschwunden, zwei Mädchen in Waffenröcken der Wehrmacht flennten ihnen hinterher.

Ich saß wach im Schutz der Espen und hoffte, wartete und ersehnte fieberhaft, dass wir schnell nach Westen kämen. Mein Gehirn kochte, und ich überlegte, wie viel mein Kopf aushält, bis er platzt und man mich mit Gewalt in die Irrenanstalt bringt. Kurz bevor die dichte Dunkelheit im Sonnenaufgang zu schmelzen anfing, kam Matti angerannt und sagte, als Nächstes setzt das Vieh von Jalkavaara über, und dann kommen wir dran. Ich sprang auf und rannte ans Ufer. Das Vieh von Jalkavaara stand schon vor der Schranke. Dazu gehörten zwölf Melkkühe, die Färsen, die Bullen und noch die Kälber dazu. Sie wurden von den schüchternen Drillingen von Jalkavaara gehütet, von denen zwei genau gleich aussahen und der dritte wie aus Holz geschnitzt. Ich hatte sie in der Sonntagsschule kennengelernt. Die wurde von der einbeinigen Alma gehalten, die der Messer-Väinö eine Hure nannte. Ich mochte Alma. Sie hatte eine weiche Stimme und redete nie von Versklavung, Hölle und der Last der Erbsünde. Sie las uns nur schöne Stellen aus der Bibel vor, so wie das erste Buch von Moses, wo es Licht wird, das Hohelied und die Entstehung der Liebe, die Erschaffung Evas und das Leben im Weinberg des Paradieses. Ich überlegte mir damals, ob ich wie Eva werden will, demütig, still, sanft und allerliebst wie eine Vogelbeere.

Wir banden das Vieh näher am Ufer an, damit wir sahen, wie man auf die Fähre geht. Ein schöner Anblick war das nicht. Die Viehhirten mussten antreiben, mit der Gerte schlagen, an den Schwänzen ziehen, treten und eine vor Angst Durchfall scheißende Kuh nach der anderen mit Gewalt an Bord befördern. Die Fähre dröhnte unter den Hufen, und das machte den Kühen so sehr Angst wie der Anblick des Schlachters. Der ansonsten so milde Klepper von Jalkavaara mit dem ernsten Gesicht schlug derart aus, dass man ihm die Hinterläufe über den Knien zusammenband und ihn so auf die Fähre zerrte. Das ängstliche Muhen der Kühe hörte man noch, als die Fähre bereits das andere Ufer erreicht hatte. Als ich mir das ansah, dachte ich, was sind wir Menschen grausam, dass wir die Kühe hierhergebracht haben, in den kalten und dunklen Norden.

Die Sonne war schon ein gutes Stück den Berghang hinaufgeklettert, als der Ruf ertönte, dass als Nächstes unser Vieh an der Reihe ist. Die Ilona marschierte in guter Haltung neben Katri auf die Fähre zu. Die Kerttu, die Pirkko, die Sisko und hinter der Sisko die Sokkeri folgten demütig dem Beispiel. Alles schien zu klappen, aber als die Ilona an Bord ging, geriet die Fähre ins Schwanken, und die Tiere erschraken und gerieten in Panik. Die Färsen, die an Land warteten, bis sie drankamen, zuckten zusammen und stießen grelle Laute aus. Sie fürchteten sich so sehr, dass ihre Haut zitterte. Ich warf die Gerte auf die Erde, legte der Kielo die Hände aufs Rückgrat und bewegte mich vorsichtig auf den Hals zu. Sie blickte mich misstrauisch an, und ihre Haut bebte. Ich streichelte ihre Flanke und ihren Hals.

Sie schüttelte den Kopf und funkelte mich böse an. Daraufhin rückte ich mit dem ganzen Körper dicht an sie heran und flüsterte ihr das Versprechen ins Ohr, dass es am anderen Ufer reichlich zu fressen gibt. Sie musterte mich, zögerte, betrat am Ende aber vorsichtig die Fähre. Die Soma folgte ihr. Ich war so stolz, dass Anna und ich uns so gut um unser Vieh gekümmert hatten, dass das Vieh Vertrauen zu mir hatte. Ich war auch stolz auf Katri und auf mich, weil wir es bis hierher geschafft hatten. Von jetzt an konnte es nur besser werden.

Als die Fähre ablegte, schwammen ihr ein paar Lapphunde und ein Spitz mit angelegten Ohren hinterher. Die Fähre tuckerte zurück, und die Hunde folgten ihr. Danach banden die Soldaten sie mit Seilen an Birkenstämmen fest. Neuer Versuch. Das erbärmliche Jaulen der Hunde schwamm von Welle zu Welle bis zu uns. Wie durch einen Blitzschlag kam ein zorniger Wind aus Nordost auf und malte scharfe Kanten in die Wellen. Auf beiden Seiten der Fähre spritzte die Gischt und wollte sich auf uns stürzen. Vor der Mitte des Stroms änderte der Wind die Richtung, und wenig später verwandelte sich die Gischt in hohe Wellen mit Schaumkronen. Die Kerttu bekam Tränen in die Augen. Ich streichelte sie weg.

Wir waren mehr Vieh und Volk, als es Platz zum Stehen gab. Schwer und langsam stampfte die Fähre im schäumenden Wasser voran. Sie zitterte unter unseren Füßen, schwankte und schaukelte dermaßen, dass die Kälber immer wieder am Umkippen waren. Der Motor hustete und furzte schwarze Rauchwolken in die Luft. Keine einzige Kuh muhte, alle waren starr vor Entsetzen. Katri drückte sich an die Ilona und schluchzte. Sie hatte Angst, dass die Fähre untergeht und wir alle ertrinken. Ich hielt mich am Hals von der Kerttu fest und linste zwischendurch ans andere Ufer, wie es stieg und sich senkte und schief legte. Die grauen Wellen mit den weißen Rändern hechelten, weil zwischen ihnen eine Kötermeute schwamm. Die Hunde, die an den Birken festgebunden waren, hatten die Seile durchgebissen und versuchten jetzt, die Fähre einzuholen. Eine verirrte Schellente flog über ihnen. Die Fähre stampfte nach Westen, und mir kam es vor, als würde in jeder Welle ein Spalt entstehen. Ich dachte mir, dass wir ganz bald Fremde in einem fremden Staat sein würden, von dem unser Land zu Anbeginn der Zeiten mal ein Teil gewesen war. Würden wir noch in der damaligen Zeit leben, würden wir im eigenen Land von einem Flussufer zum anderen wechseln. Wir würden dieselbe Sprache sprechen, so wie jetzt, aber drüben herrscht Frieden und bei uns Krieg. Drüben haben sie etwas zu essen und Waren in den Läden, und viele können sich mit ihren Kronen ganze Packungen Kekse und Süßigkeiten kaufen.

Ich versuchte mir vorzustellen, wie es ist, in einem Land zu leben, in dem die Männer nicht Krieg führen müssen. Sakke und Jakke, meine Halbbrüder, hätten dem Alter nach nicht in den Krieg gemusst, aber die Wahnsinnigen waren freiwillig gegangen. Sakke sagte, er zieht lieber in den Krieg als zur Holzarbeit in den Wald. Er ging lustlos, Jakke voller Eifer. Wenn der Eino vom Nachbarn geht, geh ich auch, sagte er. An der Front brachten sie Burschen um, die so alt waren wie sie, die über das Leben die gleichen Sachen dachten wie sie auch. Als die beiden Jungs an der Front blieben und mein Vater im Krieg war, verfiel meine Mutter wieder in die Untätigkeit und taugte nicht mehr zur Ganztagsbäuerin. Der Onkel hielt die Zügel in der Hand, wenn er bei uns war, aber wenn er zum Arbeiten ins Kirchdorf fuhr, mussten Anna und ich seinen Platz einnehmen. Wir machten alle Frauen- und Männerarbeiten. Immerhin kochte Miila das Essen, machte drinnen sauber und behielt meine Mutter im Auge, damit sie nicht in den Fluss ging.

Rumpelnd legte die Fähre an. Das Ufer sah in der neuen Heimat genauso aus wie in der alten. Die Fenster von ein paar grauen Häusern guckten nach Süden. Junge Männer warteten auf der Uferböschung. Einer hatte ein Schild in der Hand, auf dem »Norrbottnisches Infanterieregiment Nummer 9« stand. Hinter den Männern linsten ein paar picklige Rekruten nach uns. Am Wasser herrschte der gleiche Krach und Trubel wie dort, wo wir herkamen: Die Rinder brüllten, die Färsen schrien, das übrige Vieh krakeelte jedes in seiner eigenen Sprache. Die meisten Menschen gaben keinen Mucks von sich, die einen, weil sie voller Angst waren, die anderen einfach so, und manche rannten in ihrer Not hin und her. Da gab es Fromme, die sich voller Ergriffenheit hin und her wiegten, und humpelnde verlorene Söhne, die richtig mit Erlaubnis ins Ausland gedurft und vielleicht geglaubt hatten, sie kämen hier an den gedeckten Tisch. Es gab unruhige lahme Schwachsinnige, dem Schicksal in die Arme geworfene Griesgrame, Mädchen, die älter waren als ich und vor Abenteuerlust zitterten, und Viehmägde von der neugierigen Sorte, die vor Begeisterung glühten, weil sie was Neues sahen, also solche wie ich. Eine Reihe örtlicher Lottas stand fein säuberlich an der Seite. Ihre Schürzen und Hauben leuchteten blütenweiß.

An der Schranke nahm uns ein altersschwacher Aufpasser in Empfang, der sich eine abgewetzte Armeejacke übergezogen und viel zu weite Hosen anhatte. An der Jackenbrust hatte er mit einer Stopfnadel einen Zettel befestigt. Darauf stand »Lasse«. Er rief, nicht drängeln, ihr kommt alle ans Ufer, es wird keiner auf der Fähre zurückgelassen. Zuerst wurden die reichen und gelehrten Männer mit ihren eingebildete Frauen, ihren Bälgern und ihren eingebildeten Mägden an Land gelassen, solche wie der Kämmerer aus unserer Gemeinde und der Landwehrchef mit seiner Mischpoke, dann kamen die Bauern mit der aufrechten Haltung an die Reihe, dann die Kätner und Kleinbauern vom Stromufer, die sich in ihr Schicksal fügten und in der Hosentasche Gerstenfladen zerdrückten, und nach ihnen die Landlosen und die Parasiten, von denen manche bloß ein winziges Bündel in der Hand hatten. Zum Schluss schleppten sich diejenigen an Land, die sich zum Lumpenproletariat zählten. Die ohne Vieh waren ein Dutzend. Viele von ihnen blieben kurz am Ufer stehen, in der Hand den Hefewecken und den Becher Schokoladenmilch, die sie von den Lottas gegen die schlimmste Not bekommen hatten. Eine Greisin, die in eine Wolldecke gewickelt war, ließ den Blick übers Ufer ihrer ehemaligen Heimat schweifen, vor dem weiß wie eine Kerze ein einzelner Schwan schwamm.

Bald wurden auch wir an Land kommandiert. In dem Gedränge fiel die Sokkeri ins Wasser und wurde zwischen dem Ponton und dem frisch zusammengeschusterten Stumpf von Anleger eingeklemmt. Die Knochen wurden ihr zerquetscht, und ihr entsetzlicher Todesschrei zerschnitt die Dämmerung. Ich und irgendein Mann versuchten sie rauszuziehen, aber es half nichts. Die Sokkeri kämpfte zuerst wütend und dann verzweifelt gegen den Tod an und war am Ende leichte Beute für den Sensenmann. Es schnürte mir die Kehle zusammen, als ich ihr geringeltes Stirnhaar streichelte und sie aus nächster Nähe anguckte. Die letzten Zuckungen des Lebens krampften ihren Kälberkörper zusammen, dann erlosch das Leben in ihr. Es blieb nur ein regungsloser Rumpf übrig, mit dem geheimnisvollen Lächeln des Schmerzes und des Todes auf der Schnauze. Eines, von dem man nicht sagen kann, ob es Trauer oder Freude ist. Die Sisko stürmte brüllend zu ihrem Kalb, leckte seinen kleinen Kopf und brach direkt am Wasser kraftlos zusammen. Ihre Augen waren so leidend, dass in meinem Innern ein Feuer aufloderte: Wie kann der allmächtige und vollkommen gute Gott so etwas geschehen lassen? Die Sokkeri hatte niemandem etwas getan.

Katri führte das übrige Vieh unter eine Erle mit dickem Stamm und breitem Wipfel, ich blieb zum Trost bei der Sisko. Noch Stunden, nachdem die Bauern die tote Sokkeri weggeschafft hatten, musste ich der Sisko beruhigende Wörter ins Ohr flüstern. Ich erklärte ihr, die Sokkeri hat ihren eigenen Tod, so wie ich meinen und du deinen, und wie die fernen Sterne, die Sonne und die Erde, das ganze

Weltall. Wer einmal geboren ist, stirbt jeden Tag ein bisschen, so lange, bis der Sensenmann kommt. Bei manchen kommt er früher als beim anderen, aber alle haben früher oder später das Ende vor sich. Bei mir fragte ich mich: Wenn der Mensch eine unsterbliche Seele hat, hat dann die Sokkeri auch eine? Und die Kiefern und die Weidenröschen? Die Vorstellung der unsterblichen Seele kam mir schrecklich und tröstlich zugleich vor.

Gerade bevor der treue Begleiter von mir und der Erde, nämlich der Mond mit seinen Bergen, Kratern, Meeren und Tälern hinter den Wolken am Himmel zum Vorschein kam, gelang es mir, die Sisko mitsamt ihrer Seele durch Beschwörung wieder auf die Beine zu bringen. Die Herde nahm sie demütig in Empfang, wie sie so erbärmlich angetorkelt kam. Auch Katri hatte große Trauer. Sie sagte, das wird uns dein Vater nie verzeihen. Ich sagte zu ihr: Der ist nicht so grausam wie Gott.

Wir warteten auf Martta und Matti und ihr Vieh, die nicht auf dieselbe Fähre gepasst hatten. Unser Vieh hatte nun einen Kopf weniger. Die Ilona, die Kerttu, die Pirkko, die Sisko und die Liina, von der ich nicht wusste, wo sie sich aufhielt, waren kleine, zähe Lapplandkühe, die sich im Lauf der Zeit an Hunger und Durst gewöhnt hatten. Im Prinzip. Praktisch aber so gut wie gar nicht. Vielleicht nahmen sie das Leid einen Hauch ruhiger hin als das sonstige finnische Vieh, von dem, ob mit oder ohne Hörner, nur zwei Stück in den wohlhabenden Häusern standen. Unsere Kühe hielten etwas aus und hatten einen sanften Charakter. Im Sommer fraßen sie auf dem Feld oder auf der Waldweide Gras, im Winter schissen sie die Mistkaut voll. Im Frühjahr wurde die Scheiße auf die Felder und die Waldweiden gefahren, und dort fraßen die Kühe sie wieder. Die Färsen Soma und Kielo sind halbblütige Lapplandkühe, ihre künftigen Kälber werden langrumpfiger sein, also mehr wie gewöhnliches finnisches Vieh. Der Janne ist ein reinrassiger Lapplandstier. Der hat den Mut, die Schlauheit und die Geistesgaben von seiner Mutter, von seinem Vater hat er das Maul geerbt, das einen gleichmäßigen Bogen hat, und das hellbraun gefleckte Fell mit einem Hauch Rot.

Ich musste an das denken, was der Onkel einmal gesagt hatte. Dass nicht Gottes Hand den Menschen geschaffen hat, sondern der Mensch seinen Ursprung in einem Teilchen hat, das in schlammigem Wasser geschwommen ist und aus dem sich in Millionen Jahren zuerst der Samen herausgebildet hat, dann die Pflanze, dann der Fisch und daraus nach hunderttausend Jahren und einem Umweg der Affe und der Mensch. Damit kann die Entwicklung nicht enden, überlegte ich mir. Es musste eine Fortsetzung kommen, aber was für eine? Wachsen dem Menschen Flügel oder nähert er sich eher dem Erdboden an, so wie der Wurm? Beim Wurm berührt der ganze Körper den Boden, darum gehört er zu denen, die sich halten. Er hört und spürt den Puls der Erde. Der Mensch, der auf zwei Beinen steht, wie auch der Schimpanse, berührt die Erde nur wenig. Ich richtete den Blick zum klaren Himmel, und auf einmal überkam mich die tiefe Angst, dass Gott wegen meiner Gedanken gleich Rache üben und einen Stern auf mich fallen lassen wird. Ich kniff die Augen zusammen. Mir graute vor dem Weltall. Es ist so groß, dass man von seiner Unendlichkeit erdrückt wird. Ich musste mich lange beruhigen, aber erst als ich auf die Idee kam, die Gedanken auf meine Oma zu richten, kam ich langsam ins Gleichgewicht. Oma sagte immer, die Sterne sind die Kerzen des Himmels, vor denen muss man keine Angst haben. Die bleiben am Himmelszelt. Die fallen nicht herunter, auch wenn sie manchmal voller Eifer losfliegen, so wie der Stern von Bethlehem.

Weiteres Vieh und Volk drängte an Land, darunter Martta und Matti mit ihren Kühen. Martta erklärte, als sie eigentlich an der Reihe gewesen wären, hätte man doch das Vieh von den Kerlen aus der Gemeindeverwaltung vorgelassen, also wäre ihnen nichts anderes übrig geblieben, als sich zu fügen, zu nicken und zu warten. Ich schaute mir unser Vieh an. Der Gesichtsausdruck von der Pirkko war stumpf vor Düsternis und Hoffnungslosigkeit. Der Blick von der Ilona zeugte von Glauben und von Vertrauen in das Schicksal. Die Sisko weinte immer noch, und ihre Zitzen waren geschwollen, weil die Sokkeri nicht mehr daran saugte. Die Soma leckte der Sisko den Rücken. In den Augen der Kerttu lag eine Prise Neugier. Die Kielo hatte von den Gerüchen im Westen neuen Eifer und neue Kraft bekommen. Ich dachte an das Schicksal von Tyrksy, dem Stier des Nachbarn. Der alte Bauer hatte ihn vor dem Abmarsch erschossen, vor lauter Wut, weil es ihm nicht gelungen war, dem Stier das Halfter anzulegen. Ich trauerte über Tyrksys Schicksal, weil er ein guter Kamerad von unserem Janne gewesen war. Der Onkel ließ den Janne vor dem Aufbruch nicht töten, obwohl es ihm von vielen Seiten vorgeschlagen wurde. Er sagte, man muss immer ein Stück weiter in die Zukunft schauen. Wenn alle Stiere mit der Begründung geschlachtet werden, dass sie so teuflisch sind, wer besteigt dann die Kühe, wenn der Krieg aus ist?

Ich betrachtete den westlichen Himmel, an dem der Halbmond leuchtete. Er war genau gleich und doch anders als der östliche Himmel. Dann nickte ich neben Katri unter der Erle ein. Um die Wolfsstunde beschlich mich wieder so ein komisches Gefühl. Es kam mir vor, als wäre mir alles heruntergerissen worden, was ich bis dahin gewesen war. Ich spürte Katris vertraute Wärme neben mir und klammerte mich an ihren vom Sommer braun gebrannten Arm, drückte ihn und fiel wieder in die gewöhnliche Welt zurück. Katri wachte auf. Ihr Gesicht leuchtete zart im dämmrigen Himmelslicht, und sie sagte, du musst schlafen, du wirst irre, wenn sich dein Kopf nicht ausruhen darf.

In den frühen Morgenstunden träumte ich von unserem Haus. Der Hof war leer, aber in der Stube schnarchten sieben Soldaten mit rotem Stern, und ich lag in der Schlafkammer. Angst hatte ich keine. Dann ging das Kammerfenster kaputt, und trockenes Heu drängte herein. Ich wollte schreien, aber es kam kein Ton heraus. Das Heu begrub mich unter sich. Und gerade als ich am Ersticken war, wachte ich auf.

Bevor die Sonne aufging, bekamen wir das Kommando, uns in Bewegung zu setzen. Irgendein Anführer an der Spitze der Karawane schickte die Nachricht, dass wir zwölf Werst weit ins Landesinnere gehen. Katri sagte, ein bisschen ängstlich schon, die schicken uns mitten in den Wald. Darauf meinte Martta, sie wisse, wo es hingeht. Dort gäbe es ein Dorf, einen Laden und eine Schule. Das machte mich munter, und ich setzte so richtig forsch einen Fuß vor den anderen. Vom Ufer aus ging es auf einer schmalen Landstraße leicht bergauf. Rechts und links stand dunkler Wald. Ich dachte, wir sind alle wie der Schuster von Jerusalem, weil wir die ganze Zeit unterwegs sind. Die Sonne ließ Herbstlicht in den Kiefernwipfeln leuchten, das Vieh ging wie geschmiert, und den ganzen Tag kam uns ein einziges Auto entgegen. Ich fand es komisch, dass am Ende einer Straße ohne Häuser ein großes Dorf liegen sollte.

Dann tauchte das erste Haus am Straßenrand auf, dann das zweite. Die Gebäude sahen vertraut aus, fast wie bei uns daheim im Dorf. Kleine und größere Baracken aus Balken, die schon grau geworden waren. Abseits davon ein paar lange und massive und angestrichene Häuser mit prächtigen Ställen und Hofgebäuden. Vor dem Schultor nahmen uns zwei Rekruten in Empfang. Sie sagten, eine Nacht könnt ihr bleiben, morgen zieht ihr weiter, das Lager ist rammelvoll. Sie schickten die einen nach rechts und die anderen nach links. Nach links kamen alle Kuhhirten mit ihrem Vieh, also wir. Nach rechts gingen die Alten, die auf Pferdewagen fuhren, und die Mütter mit ihren Kleinkindern, weil dort Zelte standen. Auf der Koppel stand bereits mehr als hundertköpfiges Vieh, zusammengequetscht auf einem winzigen Flecken. Ich sagte, die werden auf die Neuankömmlinge losgehen. Darauf Martta: Gott sei ihnen gnädig. Matti wischte sich mit dem Ärmel die Nase.

Ein hochnäsiger Großwesir, den der Gouverneur von Norrbotten geschickt hatte, kommandierte alle Viehhirten in eine Reihe und hielt eine Ansprache. Er sagte, der Krieg überrascht ein Volk immer, auch wenn die hohen Herren schon seit Jahren zündeln. Er legte eine Pause ein, und ich hatte das Gefühl, dass es in meinem Arschloch vor Würmern nur so wimmelt. Dann redete der Großwesir weiter. Ihr habt mehr als vier Jahre lang gegen euer kurzzeitiges ehemaliges Mutterland Russland gekämpft, sagte er, ihr seid vor euren ehemaligen Waffenbrüdern hierher geflohen, in euer Mutterland aus alten Zeiten. Wenn jemand weiß, was mit einem Volk passiert, das nicht auf sich selbst aufpassen und seine Ländereien verwalten kann, dann ihr, weil ihr es selbst erlebt habt. Euch beherrschten und beherrschen noch immer die deutschen Nazis. Aber so wie es sich für ein richtiges Volk gehört, habt ihr Krieg gegen sie angefangen. Und wir beschützen euch, die ihr eure Männer, Söhne und Brüder an die Front geschickt habt. Eure Staatsmacht hat Fehler begangen, aber das Versagen hat den Vorteil, dass es die Möglichkeit bietet, die Richtung zu ändern. Wir ernähren euch, geben euch ein Nachtlager und eurem Vieh ebenso. Ihr seid in unserem Land willkommen, sagte er mit sanfter Stimme und wischte sich die Schweißtropfen von der Stirn. Ich schlüpfte hinter ein Dieselfass, zog die Hose aus und guckte mir ins Arschloch. Es war vollkommen sauber. Erleichtert zog ich die Hose wieder an und hüpfte zu den anderen.

Ich war gerade dabei, mit Katri, Martta und Matti aus einer Quelle Wasser für die Kühe zu holen, als ein örtlicher Rekrut kam und sagte, wir sollen mitkommen. Warum, fragte Martta lachend. Das werdet ihr gleich sehen, sagte der Rekrut und leckte sich mit der feuchten Zunge über die Lippen. Martta meinte begeistert, natürlich kommen wir mit.

Also folgten wir dem Burschen. Er zeigte uns eine lange Schlange, die sich vor einem glänzenden Militärzelt wand, hob die Hand und machte sich aus dem Staub. Neben dem Zelt war ein Schild, auf dem »Empfangsstelle« stand. Wir wurden gebeten, den Ausweis und das Unbedenklichkeitszeugnis bereitzuhalten. So was hatte natürlich niemand. Einige schienen immerhin einen Grenzpass zu haben. Die durften an der Schlange vorbei, die sich nur ganz langsam vorwärts bewegte, nicht mal einen halben Schritt auf einmal.

Was wird in dem Zelt gemacht?, fragte Martta einen Wachsoldaten.

Ihr werdet gestempelt.

Gestempelt wie die Schweine?

Niemand sagte etwas. Die Schlange rückte ein Stückchen vor. Mir zog sich das Herz zusammen. Schließlich kam ich an die Reihe, das Zelt zu betreten. In der Mitte stand ein Tisch, an dem ein junger Soldat oder Schreiber mit grünen Augen saß. Er spielte mit einem gelben Bleistift. Auf dem Tisch lagen viele Stapel Papier. Um ihn herum wuselte eine ältere Lotta mit schrecklich kurzen Fingern.

Namn, sagte der mit den grünen Augen auf Schwedisch.

Der Schreiber fragt nach deinem Namen, übersetzte die Lotta mit den kurzen Fingern.

Ich hatte so angespannte Nerven, dass ich den Mund nicht aufbekam. Der Grünäugige fragte dreimal nach meinem Namen, erst dann schaffte ich es, die zitternden Kiefer zu bewegen und fragte: Was? Ich spielte auf Zeit, damit ich Spucke in den Mund bekam.

Hela namnet.

Der Schreiber fragt nach deinem ganzen Namen.

Ich sagte ihn.

Dann wurde ich gefragt, woher ich komme.

Wieder war ich blockiert. Ich starrte nur auf den Boden.

Aus welchem Dorf?

Ich räusperte mich und flüsterte, aus dem Seedorf.

Hon är från skogen, sagte die Lotta.

Geburtsdatum?

Fast vierzehn, sagte ich.

Der Schreiber blickte mich frustriert an. Er schien bloß meinen Namen auf ein Blatt Papier zu schreiben, gab es dann der kurzfingrigen Lotta, die zwei blaue Stempel darauf knallte und sagte, das ist ein Notpass, der gilt zwei Wochen, bis dahin ist euer Krieg vorbei, und du und die anderen Flüchtlinge müssen wieder auf die andere Seite des Stroms zurück. Wenn ihr bis dahin die Deutschen nicht davongejagt habt, wirst du offiziell in einem Sammellager registriert. Dann meinte sie noch: Wenn du das hier verlierst, setzt es was, und du wirst eingesperrt.

Die Lotta gab mir zwei Gummischlaufen. Beide hatten dieselbe Nummer. Die eine musste ich mir um den Hals hängen, die andere umklammerte ich mit der Hand. Mit ihren kurzen Fingern wühlte die Lotta in einem Tresor, gab mir noch eine Tabaks- und eine Seifenkarte und einen Zehn-Kronen-Schein, verlangte meine Buchstaben auf einem Blatt Papier und seufzte, jetzt gehst du zur Sanitätsbehandlung. Ich fühlte mich plötzlich so verlassen und fragte, ob der Name vom Onkel und von meiner Mutter auf der Liste steht. Die Lotta sagte, komm heute Abend noch mal, dann sehen wir nach.

Martta kam ins Zelt, bevor ich rausgegangen war, und flüsterte mir zu, dass man für zehn Kronen zehn kleine Tafeln Schokolade bekam. Vor unserem Aufbruch hatte ich den Fünf Kronen Schein, den ich vom Onkel bekommen hatte, in den Bund meiner Unterhose eingenäht. Meine Mutter hatte mir geraten, das zu tun.

Wieder stand ich in einer Schlange, die sich langsam in ein noch größeres Zelt hineinbewegte. Als ich eintrat, war ich baff. Da zogen sich Leute mitten im Gedränge aus. Zwischen ihnen liefen Lottas herum, die Schilder an der Brust hatten, auf denen »Sanitär« stand. Sie halfen den kleinen Kindern und den Alten, die Lumpen auszuziehen, und riefen, steckt eure Kleider in die Schlaufe mit der Nummer, ihr kommt als Nächstes in die Läusesauna, da werden die Läuse der Hitze ausgesetzt, wir wollen hier im Westen nämlich keine Läuse-, Wanzen-, Floh- oder sonst was für eine Epidemie haben. Ich wurde ganz steif, weil mein Schlüpfer gewaschen wurde und das Papiergeld im Bund eingenäht war.

Martta und Katri hielten sich die Arme vor der Brust wie ausgewachsene Frauen und zogen die Kleider aus. Im Nu waren sie nackt. Martta hatte niedliche spitze Titten, Katri große, runde, volle und üppige, ich so gut wie keine. Ich hab zwar große Knochen, bin aber platt und eher klein. Als wir einmal zusammen in der Sauna waren, präsentierte Martta ihre Titten und sagte, die erfüllen die arischen Maße. Ich guckte mir die Frauen an. Eine war birnenförmig und hatte geringelte Härchen, eine andere war groß und straff, eine dritte rund und arschlastig, eine vierte dünn wie ein Blutegel. Einer Oma hingen die haarlosen Mösenlippen bis auf die Oberschenkel, bei einer anderen reichten die schlaffen Titten bis zum Nabel, eine dritte hatte sich die leeren Hautsäcke über die Schultern geworfen. Die Weiber schwatzten, die Omas schmatzten, die nackigen Mütter und Kinder standen stumm herum und warteten auf den nächsten Befehl. Ich brachte es nicht über mich, mich auszuziehen. Katri sah meine Not und half mir aus den Kleidern. Dann stand ich gekrümmt da und hielt das Kleiderbündel umklammert. Ich sagte Katri das mit dem Geldschein. Da riss sie mit den Zähnen den Bund auf und steckte mir den Schein unauffällig zu. Martta merkte, das wir was Heimliches taten, und glotzte herüber. Katri sagte ihr, der Hosenbund ist unterwegs aufgerissen, der muss repariert werden. Ich guckte mich um und reichte einem schüchternen Rekruten meine Kleider. Er nahm mir die Schlaufe aus der Hand, stopfte meine Sachen umständlich in ein Netz, verschloss es mit der Schlaufe und brachte es zur Wärmebehandlung.

Ein zweiter Rekrut starrte Katri auf die Titten, leckte sich die Lippen und zwinkerte mir zu. Ich schämte mich. Ich stand ohne was da und wurde von fremden Menschen beguckt, meine Kleider waren schlecht und schmutzig und die Schuhe auch ganz dahin.

Vom Umkleidezelt mussten wir nackig ins Freie trotten. Ohne einen einzigen Fetzen am Leib schlotterten wir im scharfen Septemberwind. Die Fußsohlen zogen sich zusammen, und wir hatten Gänsehaut. Wieder standen wir Schlange. Außer uns Mädchen und Buben alle möglichen alten Männer und Weiber mit Geschwüren und Muttermalen. Ich fand es furchtbar ungehörig, alte Leute, die ich kannte, nackt zu sehen. Sie waren dürr, die Hüftknochen standen heraus, und die Rippen erinnerten an Fischgräten, die Haut hing ihnen in tausend Falten und Lappen herunter. Die Buben hielten sich die Hände vor die empfindlichen Stellen und guckten sich ängstlich um. Die jüngeren Mädchen und ich bedeckten mit einer Hand die Knospen und mit der anderen die Möse. Rechts und links der Schlange standen Soldaten. Sie lachten über die Hässlichkeit und die Kraftlosigkeit bei den alten, nackten Ankömmlingen, und uns Jüngere lachten sie an, weil wir vorne standen. Eine Schwester vom Roten Kreuz durchkämmte mit strengem Auge die Schlange. Sie suchte nach ernsthaft Kranken. Die wurden von denen getrennt, die auf den ersten Blick gesund waren. Die Kranken wurden ins Umkleidezelt zurückgeschickt, und nachdem sie ihre Kleider wieder anhatten, half man ihnen auf einen Lastwagen, wo sie auf der Ladefläche im Stroh liegen konnten.

Ich merkte, dass eine Stallmagd aus unserem Dorf unter ihnen war.

Martta fragte eine Lotta, ob die Kranken hinter die Sauna geführt und erschossen werden.

Die Blutarmen, die Tuberkulose oder Diphtherie haben, werden weiter nach Süden in eine Infektionsklinik gebracht, und die Schwachsinnigen und Geistesschwachen kommen ins Irrenhaus, antwortete die Lotta schrill. Dann beruhigte sie sich und meinte seufzend, liebe Leute, macht euch keine Sorgen, in unseren Lazaretten werden alle gesund gepflegt.

Ein zweiter Laster fuhr am Umkleidezelt vor. Etwa zehn Schwachköpfen half man hinauf. Einer von ihnen war Schuster Vänskä, der uns am Stephanstag immer zur Rentierschlittenfahrt mitnahm. Ich wunderte mich, dass er zu den Irren gesteckt wurde, weil er doch bei vollem Verstand war, wenn er auch ziemlich stark stotterte. Die Lotta versicherte, auch die Irren würden nicht umgebracht, sondern nach Uumaja gefahren. Dort bekämen sie heiße und kalte Bäder und Strom in den Kopf.

Aus dem Schornstein vom Saunazelt kam kein ehrlicher Rauch raus, sondern trüber Dampf, der langsam zum klaren, saukalten Herbsthimmel aufstieg. Drinnen im Zelt war es kaum warm. Da schlotterten mir bekannte und mir unbekannte Alte, Frauen, Bälger und Mädchen kreuz und quer durcheinander vor sich hin. Es war mir furchtbar peinlich, den jungen Knechten, die ich kannte, auf die haarigen Schwänze zu glotzen, und noch peinlicher war es, wenn bei einem Knecht der warzige dicke Stock stand und er mich dabei anguckte und die Zunge von innen gegen die Backe stieß. Am allerungehörigsten fand ich es, den nackten Matti zu sehen, wie er sich alle Stellen zuhielt, weil er noch so einen kleinen Pimmel hatte. Mitten im Zelt stand ein Apparat, der Dampf ausstieß, ein Saunaofen war nicht zu sehen, unter den Zeltwänden blies kalter Wind herein. Ich rückte dichter an das Dampfgerät heran, weil ich das Gefühl hatte, ich halte es sonst nicht aus. Die Füße versanken bis zu den Knöcheln im glitschigen Boden. Eine Zeit lang schlotterten wir im Dampf vor uns hin, dann wurden wir ins nächste Zelt kommandiert, das als Waschraum diente. Dorthin mussten wir durch eine von Soldaten gebildete Gasse gehen. Die hatten in der einen Hand einen mit Wasser gefüllten Eimer und in der anderen eine Kelle, mit der sie uns mit Wasser bespritzten, während die Schlange vorwärts rückte. Ein Leutnant klatschte einer stolzen und äußerlich prachtvollen Frauensperson auf den Arsch, und eine Oma, die ich nicht kannte, brüllte in meine Richtung, hier kennt die Tittenschau und die Demütigung unschuldiger Menschen keine Grenzen. Katri hielt mit der einen Hand ihre Titten bedeckt, die andere lag weiter unten auf dem Wald. Martta zeigte alles, und darum wurde für sie auch geklatscht. Ein fettes Weib rutschte aus und fiel hin. Ein paar Buben aus unserem Dorf, die noch nicht gestempelt waren, guckten unter der Zeltbahne herein und wieherten. Das Weib rappelte sich auf, schnappte sich den Eimer von einem Soldaten und schmiss ihn den Bengeln auf die Visage. Die Schlange schob mich weiter. Ich war durchgefroren. Ich spürte nichts. Auch nicht das Wasser. Weder wie warm es war, noch wie es spritzte.

Als wir den Spießrutenlauf hinter uns hatten, durfte ich mich in Ruhe waschen. Im Waschzelt hatten sie Nadelzweige ausgelegt, sozusagen als Fußboden. Zwischen und unter den Ästen stand eisiges, schmutziges Waschwasser. Die Schüsseln hatten gelbe Ränder. Ich schrubbte mir die Haare mit Seife und seifte mich ein, wie meine Oma es mir beigebracht hatte. Von oben her taute ich auf, aber die Beine waren gefühllos. In der Schüssel schwappte warmes Wasser, damit spülte ich die Seife ab.

Nachdem ich mich gewaschen und gewienert hatte, wurde mir und den anderen der Weg zum Anziehzelt gewiesen. Dort erklärten Frauen in weißen Kitteln, sie würden den Alten, Schwachen und Kindern helfen, sich schnell anzuziehen, damit sie zur nächsten Stelle kommen, wo die Köpfe untersucht werden.

Martta zog ihren Büstenhalter an, dabei sah ich, dass darin zwei Geheimtaschen eingenäht waren. Für Deutschmark natürlich. Katri heulte, weil ihre Unterhose verschwunden war. Martta ging reklamieren, und wir bekamen alle neue Kleider, eine saubere Garnitur, braune Wollstrümpfe und ein dazugehöriges Strumpfhemd und Baumwollhosen, die bis zu den Knien reichten. Die sauberen Kleider aus Baumwolle fühlten sich schön weich an, wenn man jahrelang in Lumpen herumgelaufen war, die Oma zusammengeflickt hatte. Ich zog das Strumpfbandhemd an, befestigte die Bänder an den Strümpfen und zog die langen Unterhosen drüber. Die schützten an den Stellen, die zwischen meinen alten Hosen und den Strümpfen frei blieben. Darüber zog ich dann ein grasgrünes, aus leichtem Stoff genähtes Kleid. Es hatte lange Ärmel und einen schwingenden Rock. Es roch nach Maiglöckchen, und obwohl es mir zu groß war, kam es mir sofort wie mein eigenes vor. Die Überkleider waren meine alten. Nach der Wärmebehandlung waren sie klamm. Die älteren Frauen sagten, falls jemand vor der Behandlung Läuse oder Nissen gehabt haben sollte, dann haben sie nach der Behandlung jetzt alle, bei so geringer Wärme geht das Ungeziefer nicht zugrunde, sondern wird munter und kriegt neuen Schwung. Ich zog die Sachen an und setzte mich auf einen Friseurstuhl, der im selben Zelt auf der anderen Seite stand. Ich wusste schon, dass Katri keine Läuse hatte, aber ich. Der Frisör schnitt mir im Licht einer Karbidlampe die Haare hinten kurz. An der Seite ließ er sie länger. Nach der neuesten Mode, sagte er ganz langsam. Im Spiegel sah ich wie ein Bub aus, aber das fand ich lustig. Dann rieb mir der Haarschneider den Kopf mit Lysolsalbe ein und drückte mir eine runde Pappschachtel in die Hand. Darauf stand

»Fly-Fox«. Er riet mir, damit die Haare und alle Kleider einzupudern, solange ich Nissen fand.

Wieder standen wir in einer Schlange, aber nicht nackt. Matti hatte eine neue Fellmütze und gute Fäustlinge bekommen. Martta zeigte uns ihren Unterrock mit Spitzen und ihre beigen Galoschen. Katris Sachen sahen aus wie auf Maß gefertigt, sogar die Ärmel hatten die richtige Länge. Schließlich kamen wir ins Essenszelt. Ich war der reinste Hungerkranich. Katri, Martta, Matti und ich setzten uns nebeneinander auf eine wacklige Bank an einem langen Tisch. Lottas brachten süßes Hefebrot, gezuckerten Reisbrei und Schokoladenmilch. Alles schmeckte ungehörig, weil ich es von daheim gewohnt war, nur Roggenbrot und Salzhering zu essen und Dickmilch zu löffeln. Trotzdem aß ich so viel, wie ich bekam. Die anderen machten es genauso. Ein paar Stunden nach dem Essen fing mein Bauch zu brennen an, dann explodierte er, aber ich schaffte es gerade noch rechtzeitig auf den Balken, bevor die Bombe platzte.

Es dauerte nicht lange, und ein Dutzend von uns hockte über dem Abgrund.

Auf der Dorfstraße wimmelte es vor Menschen, obwohl die Schlafenszeit längst vorbei war. Die Vertriebenen von der Ostgrenze stapften dort auf und ab. Die Schwächeren wurden auf Lastwagen geladen und in weiter im Norden gebaute Sammellager gefahren. Die Rekruten hatten ihre Baracken an die Flüchtlinge abgetreten und für sich selbst Zelte aufgestellt. Auch ans Vieh hatten sie gedacht, weil sie außer einer Umzäunung auch einen Melkplatz angelegt und Sanitätszelte für die Untersuchung der Tiere aufgeschlagen hatten. Dort trieben die Rekruten immer ein paar Kühe auf einmal hinein. Wenig später kamen die Kühe auf der anderen Seite heraus und dampften. Nachdem die Ilona an der Reihe gewesen war, roch sie nach Teer. Die Pirkko dagegen nach Liment. Nach der Behandlung führten wir unsere Kühe nicht mehr in die gemeinsame Umzäunung, sondern ließen sie unter sich. Katri und ich passten auf sie auf. Als wir vom Stehen müde wurden, holten wir uns ein Brett und setzten uns unter einer Birke darauf. Wir guckten zu, wie ein Stück weiter weg ein Tierarzt mit einem Militärsekretär dicht an seiner Seite zwischen aller Welt Vieh umherlief. Der Doktor untersuchte die Rinder, die von den Rekruten registriert und sanitätsbehandelt worden waren, und suchte nach Anzeichen von Maul- und Klauenseuche. Bei einer Kuh hing die eine Hälfte der Schnauze hässlich herunter. Sie war gelähmt. Ein kleines Mädchen streichelte sie voller Angst. Der Arzt bestimmte, dass das Tier geschlachtet wird. Das Mädchen weinte leise.

Ich stapfte zum Zelt. Dort hantierte die kurzfingrige Lotta. Ich ging zu ihr, machte einen Knicks und fragte, ob sie den Aufenthaltsort vom Onkel und meiner Mutter gefunden hat. Sie sagte, ihre Namen hätten nicht auf der Liste gestanden. Sie sind jedenfalls nicht hier, sagte sie noch, vielleicht sind sie bei Verwandten oder in irgendeiner Schule untergebracht, oder sie sind schon im Lager.

Enttäuscht kehrte ich zu Katri zurück. Sie streichelte mir den Handrücken und sagte, wir brauchen deinen Onkel und deine Mutter gar nicht. Ich zu ihr: Eigentlich habe ich keine Angst, aber sie haben versprochen, am Ufer zu warten, und du kennst doch meine Mutter. Katri schwieg lange, dann sagte sie, du hast wenigstens noch einen Vater und einen Onkel. Sie hätte das nicht, sagte sie, und sie hätte Sehnsucht nach ihrer Mutter und ihrem verstorbenen Vater, bei dem das Herz stehen blieb, als er zum ersten Mal hörte, dass sie ihr Zuhause verlassen müssen. Ich wunderte mich laut, warum mich die Sorge um meine Mutter quälte, wo sie doch der Onkel im Auge behielt. Katri sagte, alle Kinder tragen Sorge für diejenige, die sie geboren hat, und weiter, ich wüsste doch, was für eine feine Dame ihre Mutter ist. In Karelien spielte sie Klavier, Dienstboten machten die ganze Arbeit, und jetzt ist sie hier irgendwo mit ihren Kinderchen, ohne ein einziges Dienstmädchen. Ich dachte, dass meine Mutter letzten Endes auch so eine ist, aber meine Mutter ist sonderbar und Katris Mutter nicht. Ich wusste gar nicht viel über Katri. Eigentlich nur, dass sie am Ladoga geboren wurde und Katri nicht ihr richtiger Name war. Sie hieß Faina Akuliina Kristina Happo, aber das war zu schwierig für die Dorfbewohner, darum hatte Bauer Iisakki sie Katri genannt.

Wie ist es da in Karelien?, fragte ich sie. Wie überall anders auch, meinte Katri, außer dass es dort schöne Dörfer und große Städte gibt. Der Ladoga ist groß wie ein Meer, voller Fische, und die Wälder sind dunkel und dicht. Zum ersten Mal mussten sie sich auf den Weg machen, als der Hundert-Tage-Krieg anfing. Als der zu Ende war, kamen sie im Frühling nach Hause zurück. Für immer, wie es schien, seufzte sie. Wir schwiegen. In Karelien hatte Katris Familie auf einem vornehmen Gutshof gelebt. Vor dem Deutschenkrieg und der Flucht hierher hatten sie auf dem Iisakki-Hof in der winzigen Saunakammer gewohnt: drei Mädchen, zwei Jungen und die Mutter. Katris einer Bruder war im Krieg, der andere war lange vor uns mit Bauer Iisakki über den Strom gegangen. Ich dachte an unseren eigenen heimischen Hof. Dort war es jetzt still, und die Zimmer waren wie tot, mit viel Glück lag nur Tirsu im Halbschlaf auf dem Stallboden in dem Nest, das sie sich im Stroh gemacht hatte, oder jagte über dem Kartoffelkeller nach Mäusen. Ich hörte, wie Katri von dem Bücherregal aus Eiche erzählte, von der mit Leder bezogenen Sofagarnitur, von den Spitzengardinen und der chinesischen Vase, die auf der verglasten Veranda in Karelien in der Ecke stehen geblieben war, aber bald schmolz ihre Stimme in der Nacht dahin. Ich schaute zum Himmel. Er strahlte schwarzes Licht aus. Mit dem Blick maß ich ab, wo der Himmel aufhört und wo das kalte oder heiße Weltall anfängt, was dahinter ist, wie die golden glühende Sonne, unsere blaue Erde und der treu um die Erde kreisende Mond entstanden sind, wie sie im Licht und in der Dunkelheit des Weltalls auf ihren Plätzen bleiben.

Der Wind strich über das vom Morgennebel erfrischte Gras, als wir flink auf der Dorfstraße zum Essenszelt marschierten. Wir durften Milchkaffee aus einem Humpen trinken. Der Unterschied zum Ersatzkaffee war so groß wie der zwischen Jungbulle und Kuh, und er wärmte das Blut, das uns über Nacht abgekühlt war. Nach dem Kaffee sahen wir zu, wie Mädchen, die wir nicht kannten, ihre Kühe auf den mit Stacheldraht eingefassten Melkplatz führten. Zwei Rekruten, von denen einer bläulich schimmernde Bartstoppeln hatte, trottete vor ihnen her. Ein zweites Gespann, ein langer und ein kurzer, lief hinter ihnen. Mir kam der Gedanke, dass die Mädchen, so wie wir auch, selbst zu Vieh geworden waren.

Die Sisko war nirgendwo zu sehen. Sie war von der Herde abgehauen. Ich ging sie suchen und fand sie hinter dem Schuppen für die Netze. Dort lag sie vor dem Stacheldrahtzaun und hatte frisches Blut auf ihrem weißen Fell. Jammervoll guckte sie mich an. Ein paar fiese Fliegen brummten in ihren Augenwinkeln. Ich scheuchte sie weg und redete der Sisko zu, streichelte ihren Hals und untersuchte dabei ihr mehlig fettiges Fell. Fieber hatte sie keines, also lag sie nicht im Sterben. Die Fliegen kamen zurück und versuchten von Neuem, an ihre Augen zu kommen. Sie waren so in Ekstase, dass ich sie mit den Fingern schnappen und eine nach der anderen zerquetschen konnte. Katri kam dazu. Zusammen beschworen wir die Sisko, aufzustehen. Da sah ich, dass sie vor lauter Sehnsucht und von Trauer gebrochen versucht hatte, sich umzubringen, indem sie in den Stacheldrahtzaun gesprungen war. Oder sie hatte nur gedacht, dass sie am Morgen am Melkplatz sein muss. Ihr dickes Euter hatte eine lange und tiefe Wunde. Ich wischte das Blut mit Stroh weg, Katri holte Teer, den wir mit einem Pinsel zuerst auf der Wunde und dann auf dem ganzen Euter verteilten. Ich molk sie nur so weit, wie es sein musste, damit sie keine Entzündung bekam. Die Hälfte ihrer Biestmilch verteilte ich an die hungrigen Kälber. Was die übrig ließen, gab ich einem Rekruten. Dafür gab er uns eine kleine Tüte Mehl. Mit dem Eimer holte ich Wasser aus der Quelle, gab ein paar Handvoll Hafermehl hinein und ließ der Reihe nach jede davon schlürfen. Die Ilona lächelte richtig, weil sie Brühfutter bekam und auch noch handgepflücktes schimmelfreies Gras.

Bald wurden wir zum Essen gerufen. Ein Flüchtling aus dem Walddorf, der am vorigen Morgen über den Strom gekommen war, sagte, die Deutschen hätten es schließlich geschafft, in unserem Land ganz das Kommando zu übernehmen, sie hätten kein einziges Rind mehr über den Fluss gelassen, sondern die Viehhirten mit dem Gewehr im Anschlag gezwungen, ihnen einen Teil der Tiere abzutreten.

Erst als sie genug Fleisch zusammenhatten, durfte sich die Fähre in Bewegung setzen.

Das Dorf blieb zurück, und wir schritten bei guten Kräften und mit vollem Bauch, wenn auch mit ein bisschen Durchfall, voran. Der Gang der Kühe war ein einziges Trotten. Sie wären gern beim frischen Quellwasser und beim guten Fraß geblieben, aber nachdem wir gut eine Werst gestiefelt waren, kamen sie richtig in Fahrt. Sie hatten fressen dürfen, ihre kranken Beine hatten sich ausgeruht, sie gingen jetzt mit erhobener Schnauze dahin wie Forschungsreisende. Auch die Sisko schien sich für ihr geteertes Euter nicht mehr zu genieren. Die kalte Herbstsonne wärmte uns den Rücken, und ich dachte, jetzt, nachdem wir das Sanitätische bestanden haben, flutscht es wie das Sausen der Schwalbe ins Nest. Wir waren schon einige Werst gegangen, als das erste Lastauto mit ziemlichem Tempo auf der linken Straßenseite angeknattert kam und das Vieh scheute. Ein Teil flüchtete in den Wald, bis auf den Nordhang auf der anderen Seite des Hügels, ein anderer Teil ging auf der Straße zum Dorf zurück. Katri, Matti, Martta, ein schieläugiger Kuhjunge aus Suomussalmi und ich rannten im ganzen Wald dem Vieh hinterher.

Als wir alle Ausreißer zu einer Herde zusammengetrieben hatten, beschlossen wir, kurz Rast zu machen. Mein Mund war so trocken, dass man nur ein Schnappen hörte, als ich versuchte, etwas zu Katri zu sagen.

Der schieläugige Junge sagte, hier fahren die Autos auf der anderen Straßenseite als bei uns, darum sind die Kühe so erschrocken. Er holte eine niedliche Stute vom Ende der Kolonne. Mit der einen Hand hielt er ihre Mähne, mit der anderen das Zaumzeug, und er rannte kurz neben dem Pferd her, bevor er sich auf dessen Rücken schwang, einen schönen Trab auf der Landstraße hinlegte und direkt vor uns stoppte. Wie eine Absperrung blieb er mitten auf der Straße stehen. Schon tauchte vom Dorf her ein zweiter Junge auf einem Pferd auf, sagte, kommt mit, bevor er sich vor uns und dem Vieh träge in Bewegung setzte. Von nun an hielten die Reiter die Autos an. So zogen wir, das Vieh und seine Treiber aus zwei Dörfern und vierzehn Häusern, nach Norden. Man hatte uns die Anweisung gegeben, dort hinzugehen.

Der Schiefäugige kam zu mir herangeritten. Er fragte: Ist dein Vater im Krieg? Und dein Bruder? Ich sagte, meine Stiefbrüder waren an der Front und sind dortgeblieben. Der Junge sagte, dass sein Bruder der erste gefallene Soldat in ihrer Gegend gewesen war. Er hatte alle viere von sich gestreckt, weil der eigene Schnellfeuergewehrtrupp ihn durchschossen hatte. Ich fragte mich, wer der Vater von so einem ist. Wahrscheinlich ein Chinese. Aber wie kann das sein? Ich ließ es mir eine Weile durch den Kopf gehen, dann fiel mir ein, dass der Lehrer der Oberklasse in unserer Schule, vor dem alle Angst hatten außer seine Lieblinge, uns in der Geschichtsstunde eingebläut hatte, dass der Zar zur Zeit der russischen Herrschaft Chinesen aus Sibirien auf die finnische Halbinsel geschickt hatte, um Festungen zu bauen.

Die blaue Stunde sah genauso aus wie daheim, und mir kam es ganz natürlich vor, auf der gut ausgebauten Straße hinter den Kühen herzugehen. Unterhalb eines Hügels fuhr ein einzelner Offizier an uns vorbei. Er stand auf einem Pferdewagen, fluchte auf Deutsch und peitschte den scheuenden Hengst. Der Gaul röchelte und machte Sprünge, wahrscheinlich, weil er die Fremdsprache nicht verstand. Martta sagte mitfühlend, die armen Fritze suchen beim schwedischen König Zuflucht, weil sie wissen, dass sie den Krieg verloren haben. Die Kühe verzogen sich über den Straßengraben auf die Felder und in den Wald, kamen aber von sich aus gleich wieder zurück, sobald der Hengst hinterm Hügel verschwunden war. Ich rechnete mir aus, dass der Absalom wahrscheinlich durch den Strom geschwommen war, das Pferd gestohlen hatte und jetzt wie ein Wahnsinniger vor den eigenen Leuten floh.

Nachdem wir ein paar Werst gegangen waren, tauchte eine richtig große, stabil gebaute Milchsammelstelle vor uns auf. An den Seiten war sie mit rotem Ocker gestrichen. Sie war bevölkert, samt der Treppe und dem Platz davor. Wir brachten das Vieh zum Halten, und ich betrachtete mir die Leute. Da waren ein Alter, bei dem die eine Gesichtshälfte zuckte, einige Deutsche und ein finnischer Fahnenflüchtiger, bei denen man nicht sagen konnte, wer Nazi war, wer nicht gegen seinesgleichen kämpfen wollte oder wer allgemein gegen den Krieg war. Hinter der Gruppe guckte ein frei laufender, richtig muskulöser und prächtiger Wallach herüber, der irgendwo ausgebüxt war. Neben den vorher Genannten war da noch ein blauäugiger Arier, der Martta an ihren ehemaligen Schatz erinnerte, der sie gebeten hatte, seine Frau und die Stiefmutter seiner mutterlosen Kinder in Lübeck zu werden. Außerdem waren da noch eine überdrüssige Frauensperson mit ihrer Kinderschar und zwei Alte, die sich gut gehalten hatten und von denen einer Holzscheite auf dem Rücken trug.

Martta fragte, wo kommt ihr her, wo geht ihr hin? Jemand antwortete, sie hätten die hiesigen Bauern dafür bezahlt, dass sie sie mit ihren Booten über den Strom gebracht hätten. Ein Fräulein in der Bande schleppte einen herrschaftlichen Koffer und sagte, ihre größeren Sachen wären mit Namensschildern markiert und würden mit dem Traktor von Etappe zu Etappe gebracht. Schon fing eines von den Bälgern an zu schreien, ein Hund bellte, und ein Traktor ohne Anhänger kam dröhnend angefahren. Er wurde von einem Mann mit Glatze gesteuert, der die Hand hob und uns fragte, ob wir einen brüllenden Deutschen und das Pferd gesehen hätten, das der Kerl ihm gestohlen hatte.

Ein Teil der Bagage schloss sich unserer Kolonne an, ein Teil blieb bei der Milchsammelstelle. Die Kühe guckten die Neuankömmlinge eine Weile an, dann richteten sie die Schnauzen in Laufrichtung. Gemächlich zogen wir in der Abenddämmerung weiter. Von vorne kam der Ruf, gleich kommt das zur Übernachtung vorgesehene leere Haus, da machen wir Halt. Diese Nachricht sorgte für einen frischen Schritt. Wir trieben das Vieh auf eine gut eingezäunte Koppel. Örtliche Lottas führten uns auf einem vergrasten Weg zum Hof. Das Haus selbst war grau, hoch und lang. Wir bekamen süße Milchsuppe mit Ei. Die schmeckte so gut, dass ich glaubte, mir zerreißt es den Mund. Nach dem Essen kam die Müdigkeit. Ich ging mit Katri in die Stube, wo wir uns neben den anderen Müden hinlegten. Wie die Kleinen Maränen im Fass lagen wir da und wärmten uns gegenseitig. Die Stube roch schaurig. Durch die hohen Fenster sah man Kiefern und eine Birke mit dünnem Stamm.

Nach der nebligen Septembernacht war alles nass. Vom Rosenbusch fielen faule Wassertropfen. Katri kitzelte mich mit einer Feder am Ohr. Ich kicherte ganz leise. Wir saßen auf der Verandatreppe, aber dann waren wir auch schon wieder auf dem Weg.

Eine dicke Sonne loderte, es wurde wärmer, und die Straße war einigermaßen trocken. Von hinten kam ein Traktor. Auf dem Anhänger schwankte die Bagage von der Milchsammelstelle, der eine oder andere winkte uns zu. Rechts und links waren Felder. Das Vieh trippelte schön vorwärts, und ich guckte zu, wie Katri und Martta miteinander schwätzten. Ich wollte gar nichts hören. Ich dachte an die Tirsu und daran, dass sich aus dem großen Säbelzahntiger die heutige gewöhnliche Hauskatze entwickelt hatte. Die Tirsu war ursprünglich Sakkes Katze gewesen, dann die von meiner Mutter. Murre gehörte meinem Vater. Die Tirsu war von der Sorte, die sich daheim wohlfühlte, Murre dagegen war ein fleißiger Herumtreiber. Der Lehrer hatte davon geredet, dass es im alten Ägypten nur Tiergötter gegeben hatte, überhaupt keine mit Menschengesichtern. Sie dachten dort, der direktere Weg zu den

Göttern führt über die Tiere. Wenn man Katzen quälte, wurde man zum Tod verurteilt, ihre Körper wurden einbalsamiert und es wurden eigene Grabkammern für sie gebaut. In einem Buch vom Onkel wurde berichtet, dass ein Heer, das Ägypten eroberte, auf die Idee kam, Katzen als Schutz zu benutzen, denn dann konnten die Ägypter nicht gegen sie kämpfen.

Ohne Pause liefen wir den ganzen Tag, obwohl die Kühe Zeit zum Wiederkäuen gebraucht hätten. Wir malten uns eine Kanne frisches, weiches Waldseewasser aus. Ich war so erschöpft, dass ich kein Wort sagen konnte, nicht mal zu Katri, die immerhin meine Stütze und mein engster Schutz war. Unterwegs hatten sich beim Vieh die Hufe abgenutzt, und viele Tiere humpelten. Mühsam wichen sie den lauten Autos und den von ihnen hinterlassenen Abgaswolken aus. Ich spürte das Leid der Tiere als ein Brennen unter meinem eigenen Herzen. Außerdem hatte ich eine trockene Kehle, und mein Magen knurrte. Katri sagte, ich kann die Ilona nicht mehr führen, machen wir eine Pause. Ich sagte, besser wir gehen bis zur nächsten Etappe weiter. Da ließ Katri den Kopf hängen, und ich hatte Mitleid mit ihr und mit mir. Von ganz hinten kam ein Bübchen angerannt und krähte, kommt helfen, unsere Mirja stirbt. Sofort wurde Martta munter und ging sich die Kuh ansehen. Sie sagte, die ist trächtig und die Wehen haben eingesetzt, aber in Not ist sie nicht, weil sie eine junge Färse ist, und eine Geburt dauert lange. Sie drehte sich zu mir um und sagte, jetzt bist du dran mit Helfen. Sie befahl mir, die Fotze der Kuh im Auge zu behalten. Solange sie zu ist, bleibt das Kalb drin, aber wenn sie so richtig anschwillt und aufgeht, dann kommst du und holst mich als Hebamme. Für mich war das nicht neu. Ich wusste das alles längst. Das Einzige, wovor ich Angst hatte, war eine Geburt, die nicht verlief, wie sie sollte.

Das Bübchen hieß Altti, und wie im Fieber fragte er dauernd, stirbt die Mirja, stirbt sie, sie ist unsere einzige Kuh und sollte erst im Oktober kalben.

Jedes Mal, wenn sich Mirjas Leib vor Schmerz verkrampfte, schaute sie Altti an und dann mich. Ihre Augen waren geweitet und klar. Sie hatte Angst, weil sie nicht wusste, was passierte. Sie hatte noch nie gekalbt und konnte nicht verstehen, dass sie ein Kälbchen bekam. Sie konnte sich kaum noch ans Besteigen erinnern, und wenn, dann konnte sie das eine nicht mit dem anderen verbinden, die Brunst, das Besteigen und dann das Kalb. Ich sagte zu ihr, dass sie keine Angst haben muss, ich pass auf dich auf, und dass sie sich auch keine Sorgen um Altti machen muss, der kommt schon klar. Als der Schmerz nachließ, ging die Mirja weiter. Wir waren hinter den anderen zurückgeblieben. Die Mirja wollte das Ende der Kolonne einholen, schaffte es aber nicht, weil der Schmerz wieder zuschlug und sie stehen bleiben musste. Ich streichelte ihren Bauch und sagte, alles wird gut gehen, du wirst bald kalben. Und als der Schmerz nachließ, stapfte sie wieder los.

Die Gegend wurde karger. Rechts und links der Straße werstweit nur Moor. Häuser kamen überhaupt keine, nur weiter weg sah man ab und zu mal Hütten ohne Fenster und kleine Ställe, in deren Dächern große Löcher wuchsen. Die Mirja brüllte, Altti ließ die Arme hängen und ballte die Fäuste. Ich fühlte mich leicht. Ich legte der Mirja den Kopf an den Hals und versuchte, an Kartoffeln, Tassensoße, geräucherte Barsche, geröstete Brachse, Roggenbrot, Hahnenkammplätzchen und Beerengrießbrei zu denken.

Hinter der nächsten Kurve stand Martta. Sie hatte auf uns gewartet. Wir gingen in Mirjas Takt zusammen weiter. Plötzlich machte die Mirja einen Schritt zur Seite, stieg die Böschung hinunter und legte sich in den feuchten Straßengraben. Ihr Leib verkrampfte sich so schwer, dass mir schlecht wurde. Altti starrte sie ohne zu blinzeln an. Martta guckte unter dem Schwanz nach und sagte, es läuft erst der Schleim aus der Fotze, bis zum Kalben dauert es noch. Ich scheuchte die Mirja auf, wir holten die Kolonne ein und gingen ein Stück mit ihr mit, aber als die Mirja wieder stärkere Schmerzen bekam, blieben wir hinter den anderen zurück.

Ganz vorne gingen immer solche, die meinen, alles bestimmen zu müssen. Ich ging zu ihnen und sagte, es wird angehalten, wenn eine Kuh ein Kalb kriegt. Das verstanden sie und wiesen der ganzen Kolonne ein verbuschtes Feld als Rastplatz an. Dort hatte das Vieh sehr wenig zu fressen. Wasser gab es auch nicht, weder für die Menschen noch für das Vieh, sogar die Bäume schrien vor Durst und schleuderten ihre trockenen Nadeln in den Wind. Ich führte die Mirja an den Waldrand, wo sie vor neugierigem Glotzen geschützt war. Altti brachte einen Armvoll Nadelzweige. Daraus machten wir der Mirja ein Bett. Sofort legte sie sich darauf hin. Sie hatte Krämpfe, sie brüllte immer wieder und zitterte. Ich rückte ganz dicht an sie heran, legte sanft den Kopf auf ihren verschwitzten Bauch und spürte an der Wange, wie das Kalb trat. Die Mirja sprang auf, legte sich wieder hin und brüllte. Tränen liefen ihr aus den Augen. Dann ließ der Schmerz wieder kurz nach, kehrte aber mit voller Kraft zurück und brachte die Mirja zum Zittern. Weißer Schaum quoll ihr aus dem Maul, sie röchelte. Katri hatte einen Teich entdeckt und brachte der Mirja einen Eimer Wasser. Die Kuh soff, als wäre es ihre letzte Tat, dann gaben ihre Beine nach, und sie krachte auf den Boden. Ich erschrak, weil ich dachte, sie stirbt. Altti kniff die Augen zu und hielt die Hände davor. Katri goss der Mirja einen Schluck kaltes Wasser auf die Schnauze, und da hob sie ein klein wenig den Kopf.

Die Mirja lag auf der Erde, presste, stand auf, ließ sich stolpernd nieder und presste, aber das Hinterteil blieb zu. Jemand zündete die ersten Feuer an. Die anderen Viehtreiber saßen nach dem Melken um sie herum. Ich blieb bei der Mirja und betrachtete über ihren geschwollenen, zitternden Bauch hinweg den orangen Schein des Feuers und die Funken, die eine Zeit lang hoch in der Luft glühten und dann ausgingen. Altti streichelte der Mirja die Schnauze und betete. Das Kalbwasser schwappte heraus, und die Mirja versuchte, hinter sich zu schauen. Sie glaubte wahrscheinlich, das Kalb wäre auf die Welt gekommen. Ihr Hinterteil stand schon ein bisschen offen. Die Zunge hing ihr aus dem Maul, sie strengte sich an und röchelte. Die Geburt ging voran. Zwischen zwei Wellen kam ein stiller Moment, und dann schwappte es wieder. Katri und Martta kamen, um zu helfen. Man sah jetzt schon die Schnauze. Die Mirja schrie, Altti hielt ihren Kopf im Arm, und ich rieb mit einem Büschel Stroh ihren Bauch und ihre Flanke. Ihre Augen waren schwarz vor Entsetzen. Katri konnte das Kalb bei der Schnauze packen. Der Schmerz scharrte in Mirja eine Scharte, sie schlug mit den Hufen, und ihr Bauch schwabbelte im Wellengang der Krämpfe. Dann erschien der eine Vorderhuf des Kälbchens. Martta riss Gras aus, damit sie den glitschigen Huf zu fassen bekam. Die Mirja jaulte, röchelte und presste. Wasser troff ihr aus dem Fell, und ihre Augen waren kurz vorm Platzen. Wenig später waren der Kopf und beide Vorderhufe draußen. Jetzt kreischte die Mirja derart, dass sogar die alten Kühe auf der Weide erstarrten. Die Färsen galoppierten im Kreis, und Marttas Stierkälber Alpertti und Kaaleppi beschnupperten gegenseitig ihre Pimmel. Martta und Katri zogen das Kälbchen schließlich auf die Welt. Ein letztes kurzes Aufbrüllen und es lag schleimig auf den Nadelzweigen. Die Mirja glotzte ausdruckslos auf ihr Hinterteil und auf das Kälbchen.

Wir legten es vor sie hin. Ihr Herz hämmerte wie wild, so wie meins auch. Ihr Blick war neugierig und erschrocken zugleich. Sie fing an, das Neugeborene abzulecken, und das Kälbchen rappelte sich schüchtern auf. Altti brach auf dem Nadelteppich unter einer Fichte zusammen und heulte aus tiefsten Tiefen. Das Kälbchen torkelte auf Mirjas Euter zu und fing an, aus den Zitzen Milch zu saugen. Ich riss Gras aus, mit dem ich die Mirja abtrocknete. Sie schlotterte. Das Kälbchen saugte eine Zeit lang, dann legte es sich hin. Ich betrachtete abwechselnd die Mirja und das Kälbchen. Das Letzte, was ich sah, war der im Nieselregen dämmernde Himmel, ein paar Wolken und ein Stück von einem glänzenden Fichtenzweig.

Erst nachdem man mich ins Warme bei den Lagerfeuern getragen hatte, kam ich wieder zu mir. Ich wusste nicht, wer ich bin, wo ich war, und ich hatte auch keine Vorstellung davon im Kopf, was mit mir passiert war. Es kam mir so vor, als wäre ich nichts und niemand, aber für einen Moment fühlte ich mich gut. Dann spürte ich, dass mir aus allen Poren klebriger Schweiß drang und mir gleichzeitig inwendig kalt wurde. Das fühlte sich schlimm an. Katri flößte mir einen Schluck von Mirjas zitzenwarmer Milch ein und stopfte mir Kiefernsamen in den Mund.

Nach und nach löste sich alles in der Abenddämmerung auf, ich schlief ein, und als ich aufwachte, waren meine Kleider getrocknet, meine Innereien warm geworden und mein Herz ebenso. Das Feuer vor mir qualmte zuerst schwach und lang, dann flammte es auf. Martta war in den Pilzen gewesen und briet nun ihre Beute in einer Blechbüchse. In Gedanken war ich daheim. Es war Sommer. Die Sonne schien und wärmte Haus und Hof. Mein Vater spannte vor dem Stall die Tamara ein, meine Mutter war barfuß und pflückte hochgewachsene Blumen im Beet, die Buben kurbelten Wasser aus dem Brunnen und gossen es in Bottiche, den die Männer gemacht hatten. An einer Ecke der Sauna lauerte die Tirsu einem Star auf, Murre nagte auf der Sommerseite unter der Treppe an einem Rentierkopf. Miila hantierte mit der Harke zwischen dem blühenden Unkraut im Gemüsebeet, Anna putzte die Fenster der Milchkammer. Ich selbst lag auf einem Brennholzstoß und sah zwischen den Beinen nach, ob da schon Gras wuchs.

Katri hielt mich an der Hüfte, als wir im Takt neben dem Pferdewagen hergingen. Auf dem Wagen lag Alttis Kälbchen. Altti sagte, er tauft es Elli. Die Mirja ging auf der anderen Seite des Wagens, verfolgte ständig jede Bewegung von Elli und leckte ihr ab und zu über die kleine Schnauze. Fast bis zum Abend hing ihr die Nachgeburt hinten raus. Kinder, die noch nicht stehen konnten, waren in einem Spankorb mit hohem Rand neben der Elli abgesetzt worden. Neugierig starrten sie das Kälbchen an. Ein Gör stocherte mit einem Stock nach der kleinen Schnauze. Stumm wanderten wir durch den klaren Mittag, ohne ein einziges Mal Halt zu machen. Deutlich und stark lagen die Waldgerüche in der Luft. Auch die Kühe schnupperten mit gereckten Schnauzen danach.

Katri klagte über Hunger, und der wurde auch bei mir immer schlimmer. Dann entdeckte ich ein verlassenes Haus und auf dessen vergrastem Grundstück eine alte Frau mit schwarzem Kleid und Kopftuch. Ich lief zu ihr und streckte die Hand aus, zum Zeichen, dass ich bettelte. Eine Windbö fuhr um uns herum, und da trafen sich unsere Blicke. Die Alte grub eine Handvoll Brustpastillen in prächtigen Farben aus der Tasche und gab sie mir. Ich machte einen Knicks und vertilgte mit Katri heimlich die Pastillen. Mit den letzten Bonbons malten wir uns die Lippen grell rot. Als Martta uns sah, lachte sie. Für eine Weile war der Hunger weg, aber dann kam er umso heftiger zurück. Ich wäre stehlen gegangen, wenn sich eine Gelegenheit dazu aufgetan hätte. Aber die Gemüsebeete waren vergrast, und die Vögel hatten die Johannisbeersträucher leer gefressen. Hinter einer morschen Sauna lag ein Sumpf. Da rannte ich hin und fand am Rand einen Wacholderstrauch und eine Stelle mit Preiselbeeren. Ich sammelte die Beeren in meinem Rock, löste ein paar Steinpilze, die schon der Nachtfrost angebissen hatte, von der Erde und stopfte mir außerdem noch die Taschen mit saftigen Zapfen voll. Als ich wieder zu den anderen kam, sagte Katri, dein Kleid ist voller Blut.

Die Straße führte abwärts auf das Ufer hinter dem Wald zu. Wild und breit floss dort der Strom. An seiner Uferböschung war ein großes Dorf gewachsen. Die Gebäude standen dicht nebeneinander: Häuschen, ein Tanzboden, ein Laden und eine große Schule. Martta juchzte, hier würde sie gern wohnen, aber nicht in einem kleinen Haus wie da drüben, sondern als Bäuerin in dem großen Gutshof dort. Ich dachte, mir würde auch ein kleines Haus reichen, eines, bei dem die Fenster nicht undicht sind und sich kein Reif in den Ecken bildet, wenn es kalt ist. Ein paar Soldaten nahmen uns in Empfang. Sie sagten, hier ist alles voller Reisender und ihrem Vieh, ihr könnt euch ausruhen, wir geben euch was zu essen, dann geht ihr weiter. Wir trieben das Vieh hinter eine kleine Hütte. Jede durfte sich einen Armvoll Heu holen, um das sich dann die Kühe prügelten. Ich, Katri, Martta und Matti verzogen uns zur Proviantausgabe. Wir bekamen ein weißes Wurstbrot und einen Krug Schokoladenmilch. Matti verschlang seine Portion und verschwand. Wir anderen aßen so langsam, wie wir nur konnten. Ich betrachtete unser Heimatland am anderen Ufer, die breiten Schwemmländer, die weitläufigen Äcker und die Hügel, die sich bis zu den in der Ferne schimmernden Höhenzügen fortsetzten. Ich bewunderte die dunklen Nadelwaldberge, die sich am Horizont ballten. Die Hänge des Berges, der am nächsten lag, fielen steil ins Tal ab. Mein Vater hatte mich einmal im Frühling mitgenommen, als er zum Einkaufen herkommen musste. Es war der Frühling nach dem Winterkrieg. Wir fuhren zuerst einen Tag, dann waren wir über Nacht in einem großen Haus. Wir schliefen in der Stube auf dem Fußboden, und ich fand es gut, neben meinem Vater zu liegen. Die zweite Nacht schnarchten wir in der Kammer eines kleinen roten Hauses. Dessen Besitzerin hatte nur ein Bein. Die dritte Nacht kampierten wir im Haus vom Fräulein vom Amt. Die Zentrale war nämlich eine Bekannte meines Vaters und servierte uns Pfannkuchen mit Moltebeeren. Am vierten Tag bogen wir in eine Nebenstraße ab, die wegen des Frühjahrshochwassers über lange Strecken ganz unter Wasser stand. An den Stellen, wo das Wasser den Straßenbelag weggefressen hatte, war die Straße mit jungen Birkenstämmen gepflastert. Die Tamara zog den scheppernden Wagen, und wir hüpften bei der Fahrt auf und ab. Schließlich kamen wir an den Strom, brachten die Tamara in einem Stall unter und liehen uns im

Uferhaus ein Boot. Mein Vater ruderte, und ich hielt das Steuer. Wir hatten gerade die Mitte des Flusses erreicht, als mein Vater solche Schmerzen in der Brust bekam, dass er nicht mehr rudern konnte. Ihm lief der Schweiß von der Stirn, und sein Gesicht verzerrte sich. Ich erschrak, half ihm, sich ins Boot zu legen, und ruderte wie eine Verrückte. Aber ich kam nicht gegen die schäumenden Wellen an. Da fiel mir ein, dass der Fluss weiter oben eine Kurve machte und ein kleiner Fluss abzweigte. Dort musste ich mich rudernd vor geflößten Stämmen retten, kam aber bis ans Ufer. Männer trugen meinen Vater in die Stube vom Uferhaus. Die Hausfrau gab ihm eine Arznei, und er schlief ein. Ich saß auf der Bank und wartete, dass er aufwachte. Sein Gesicht war weiterhin verzerrt. Als ich am nächsten Morgen wach wurde, hatte er schon die Tamara eingespannt.

Matti kam angerannt und sagte, tut so, als wäre nichts. Falls Soldaten nach mir fragen, dann sagt, dass ich die ganze Zeit hier gewesen bin.

Dann kam der Befehl, wir sollen uns in Richtung Norden aufmachen.

Die Straße führte an einem unbewohnten Ufer des Stroms entlang. Durch die offene Landschaft wurde mein Schritt leichter. Auf der anderen Seite stand Werst um Werst der Mischwald. Kolkraben flogen über uns hinweg und krächzten. Enten schwammen zufrieden vor dem Ufer unserer Heimat, denn die Jäger waren alle im Krieg. Das Vieh ging ruhig voran, die Straße war nicht von der schlechtesten Sorte. Nicht zu hart und nicht zu weich. Kein einziges Auto kam uns entgegen.

Das Kirchdorf, das uns zugewiesen worden war, rückte näher. Nach jeder Kurve sah man den spitzen Kirchturm besser. Es gab auch schon reichlich Häuser und sonstige Gebäude. Fast in jedem Hof standen eine Schaukel für vier, ein hübscher Gartentisch und vier Stühle. Unsere Kolonne, die zu einer ziemlichen Bande geworden war, stapfte auf den Kirchhügel zu. Die Kühle brüllten, schlugen wütend mit den Schwänzen und schissen, weil sie Angst hatten, auf der fremden, harten Straße zu gehen.

Wir wurden schon erwartet. Der Fiskal vom Kirchdorf erinnerte uns daran, dass auch der gesamte westliche Rand des Stroms zum Kriegsgebiet gehörte, auch wenn kein Krieg im eigentlichen Sinn stattfand. Hier herrscht Ausgangssperre, rief er laut. Er verteilte das Vieh auf verschiedene Häuser und wies uns als Übernachtungsplatz den Alasaukkolampi-Hof fast gegenüber der Kirche an. Er beschwor uns, im zugewiesenen Haus zu bleiben, ins Dorf durften wir nicht gehen.

Neben dem Haupthaus vom Alasaukkolampi-Hof lag eine flache, gemähte Weide, auf der dickes Herbstjunggras wuchs. Dort brachten wir das Vieh hin. Am Gatter empfingen uns Marrtas Laulu, Tyyra und Sylvi. Die Liina stand stolz und gut genährt ein Stück weiter weg und guckte uns mit schief gelegtem Kopf an. Ihr Bein war frisch verbunden, und als sie uns sah, fing sie an zu muhen. Die Ilona versetzte ihr als Erste einen Stoß, dann die Sisko, weil die von der Liina auf die Welt gebracht worden war.

Vor der Kirche waren mehrere Militärzelte aufgestellt worden. Dort glotzten rotznäsige Rekruten, und zig Autos ließen ihre Abgase auf die Leute qualmen. Auf der Ladefläche eines Lastwagens lag ein ganzer Haufen geräucherter Rentierbraten. Ich musste beinahe lachen, so gut rochen die. Ständig kam neues Vieh und neues Volk bei der Kirche an. Martta hatte die Idee, zu gucken, ob wir jemanden finden, den wir kennen. Wir gingen um die Kirche herum und wären fast entkommen, aber dann schrie ein wütender Kerl, sofort weg da und zurück.

Ich sagte zu Katri, sobald wir was zu beißen gekriegt haben, gehen wir heimlich ins Haus meiner Patentante, vielleicht sind der Onkel und meine Mutter dort. Katri darauf: Denkst du schon wieder an die. Sie wollte nicht mitkommen, weil sie sich als Doppelvertriebene nicht traute, gegen die Bestimmungen zu verstoßen.

Das Alasaukkolampi-Haus war ein dreistöckiger roter Bau aus Holz mit Balkon und allem Drum und Dran. Sogar in den Fenstern vom Vorbau hingen weiße Spitzenvorhänge. Es stand an einer prächtigen Stelle am Ufer des Stroms. Das Wasser glitzerte, obwohl die Ufer aus braunem Lehm waren. Auf der anderen Seite lag eine Artilleriestellung der Deutschen. Die eigentliche Proviantausgabe befand sich auf dem Uferwall. Dort verteilten Rekruten Suppe mit Rentierfleisch aus einem großen Feldkessel und papierdünne, zusammengerollte Brotfladen. Ich schaufelte mir die Suppe hinein, und als ich den Bauch voll hatte, ging ich mit Katri ans Ufer, wo wir uns unter eine alte Eberesche legten. Mich packte ein sonderbares Gefühl, aus dem dann so was wie eine Erscheinung entstand. Ich hatte eine Waage in der Hand, eine, wie sie bei uns auf dem Erdkeller steht, außerdem hatte ich zwei Schlangen bei mir. Eine von ihnen fragte, was im Leben wichtig ist, und die andere, was im Leben nützlich ist. Dann verschwanden die Schlangen, aber ich fand so schnell keine Ruhe, weil die Gedanken im Kopf kreuz und quer hin und her sprangen.

Ich sah, dass Katri eingenickt war und Speichel aus ihrem Mundwinkel rann. Der Fluss hatte eine ganz glatte Oberfläche. Die letzten Zugvögel brachen nach Süden auf. Ich kam ins Gleichgewicht, und alles war schon wieder gut: Katri, das Vieh und die Erde, um die mit den Jahreszeiten die Vögel kreisten. Der Onkel hatte mir einmal eine Karte gezeigt, auf der die Erdkugel nur eine einzige riesige Insel mitten im Meer war. Die zerfiel dann in die heutigen Erdteile.

Zur Nacht hin wurde es kalt, aber wir waren den Nachtfrost schon gewohnt. Marttas Atem dampfte, als sie mit Katri redete. Ich dachte an die Wiesenufer in unserem Heimatland, an die massiven Häuser und die Wildnis dahinter. Ich dachte an die Bäume auf unserem Hof. Wenn sie Glück hatten, überstanden sie den Krieg, auch wenn es den

Gebäuden schlecht ergehen sollte. Auch wenn die Russen darin hausten.

Ich spürte Katris Wärme an meiner Seite. Ihre Augen lächelten, als sie sagte, sie träumt jede Nacht nur von warmen Piroggen. Ich sagte, hier im Westen sind meine Träume verschwunden. Ich log, weil ich nicht sagen wollte, dass ich auch in der letzten Nacht durch fremde Dörfer gegangen war und nach meiner Mutter und dem Onkel gefragt hatte. Ich fragte Katri, wie es war, nach hundert Tagen Krieg nach Karelien heimzukommen, wo es doch auch ihren Vater nicht mehr gegeben hatte. Ich hörte, wie sie sagte, niemand hätte ihr Zuhause angetastet. Auf dem Küchentisch lag vertrocknetes Brot und daneben ein Zettel, den ihre Mutter geschrieben hatte, dass auf der Veranda … Ihre Stimme glitt immer weiter weg, und ich hörte nicht mehr hin. Ich spürte, wie Katris braune Hand hin und her wiegte und wie sich ihr Rock bewegte.

Mitten in der Nacht fantasierte ich, weil ich nicht mehr richtig atmen konnte. Ich saugte die Luft durch die Nase ein und versuchte, den Mund zuzumachen, aber es ging nicht. Es war, als würde sich etwas im Mund bewegen, und als ich die Zunge in Richtung Gaumen drückte, sprang mir ein glitschiger Klumpen aus dem Mund. Es war ein kleiner Frosch. Der hatte in der Kälte wahrscheinlich Schutz in meinem offenen Mund gesucht.

Ich nahm ihn in die Hand, streichelte ihn und setzte ihn auf den Boden. Er machte sich davon, und ich wunderte mich, weil ich so gut sah wie am Tag. Ich stand auf, und alles war hell. Ich konnte bei Katri jedes Haar erkennen, einen Marienkäfer im Gras und eine Ameise, die über die Erde wanderte. Von unserem Platz aus konnte man fast direkt ins Haus von Korteniemi schauen, das uns stolz und erfahren vom anderen Ufer aus anblickte. Ich dachte, das ist aber eine helle Vollmondnacht, und guckte mich um, wo der Mond schimmerte. Er füllte den halben Himmel aus. Es war ganz still, dann ein paar Sekunden lang Maschinengewehrfeuer und wieder Stille. Hinter dem Haus blitzte ein Licht auf, und ein Feuerbogen bildete sich am Himmel. Als er in der Ufergegend endete, hörte man einen lauten Knall. Die Balken von Korteniemis Sauna flogen in die Luft, und eine schwarze Rauchsäule stieg zum wolkigen Universum auf.

Der Rauch zog in unsere Richtung und verdeckte bald die Wolken. Ich starrte ans andere Ufer. Die Brandstifter stiegen auf ihre Motorräder und fuhren davon. Die Luft war so klar, dass ich durch die Gardinen hindurch sogar die Staubkörner auf den Möbeln gesehen hätte, wenn ich ein Fernrohr gehabt hätte. Im Nu brannten die Gebäude ab, aber das Feuer breitete sich nicht bis in den Wald hinter dem Haus aus. Ich versuchte, Katri zu wecken. Sie wachte nicht auf. Dann Matti, aber auch der drehte sich bloß auf die andere Seite.

Ich rannte auf dem Uferwall ein paar Hundert Meter nach Norden. Am Ufer gegenüber standen noch einige Häuser, und dieselben Motorräder schienen zwischen ihnen zu knattern. Sie hielten an, die Soldaten rannten zu den Häusern, schossen eine Lichtrakete durchs Fenster und steckten jedes Gebäude an. Nachdem sie ihre Arbeit getan hatten, fuhren sie weiter stromaufwärts. Als Letztes blieb das Schulhaus. Ich glaubte schon, sie würden es nicht anstecken, aber dann schlugen auch aus ihm so helle Flammen heraus, dass sie mit dem Mondlicht konkurrierten. Ich zählte, dass mehr als zehn Gebäude brannten und weitere angezündet wurden. Die verschlafenen Einwohner des Kirchdorfs stürmten auf den Uferwall, um sich das Schauspiel, das die Deutschen aufführten, anzusehen. Spärliches Maschinengewehrrattern hallte den Fluss entlang. Nach den Häusern kam der Wald an die Reihe. Die Hänge des Berges waren schon ein einziges Flammenmeer, umgeben von den schwarzen Ebenen. Ein Dorfbewohner wunderte sich, warum wir nicht weinten. Darauf meinte eine Frau, soll doch die Möse weinen, die hat mehr Wimpernhärchen. Weiter weg wurde geklatscht, aber das hörte schnell auf. Ich rannte los.

Auf dem Hof herrschte Durcheinander. Ich kam an Lastautos vorbei. Bei denen lief der Motor, aus den Auspuffen kam stinkender Qualm. Schreiende Kinder rannten mir zwischen den Füßen herum. Die lodernden Flammen, das Krachen und Knallen hatte auch die Tiefschläfer geweckt. Jemand schrie, das Krankenhaus brennt. Auf der Ostseite des Stroms fuhren deutsche Geländefahrzeuge auf der Uferstraße hin und her. Der trockene Wind wurde stärker und schleuderte die Flammen auf den Wald zu. Der Fiskal rief, zieht euren Kindern sämtliche Kleider an, bald sind die Deutschen hier. Ich rannte zu Katri und Matti. Katri war aufgewacht. Ich sagte, die Deutschen kommen über den Strom. Katri brach in Tränen aus. Matti tat so, als wäre nichts. Hand in Hand kauerten wir da und waren bereit, mit dem Vieh in den Wald zu fliehen, sobald der Befehl dazu kam.

Sonne und Mond guckten sich am Himmel gegenseitig an. Es roch so stark verbrannt, dass einem schlecht wurde. Ein Soldat rief, es ist vorbei, die Ausgangssperre ist aufgehoben. Von einem Blatt Papier las er ab, wo der endgültige Standort für jedes Vieh sein sollte. Unser Vieh und das von Martta mussten ins größte Viehlager von Norrbotten. Altti durfte mit der Mirja und der Elli auf dem Alasaukkolampi-Hof bleiben. Ich sagte zu dem Soldaten, ich hab in der Gegend hier Bekannte, bei denen der Onkel und meine Mutter bestimmt sind, wir treiben unser Vieh dorthin. Der Soldat sagte, sämtliche hiesigen Gebäude sind voll, einschließlich aller Holzschuppen, Magazine und Misthütten, aus denen man die Scheiße rausgeschaufelt hat. Das glaubte ich ihm nicht. Ich hielt nach einem passenden Fluchtweg Ausschau. Dann wartete ich ab, bis um die Gulaschkanone herum Trubel herrschte. Das nutzte ich aus. Ich schlängelte mich durch die Leute hindurch, lief ins Dorf und beeilte mich, zum Hof meiner Patentante zu kommen.

Die Tante kam auf die Glasveranda und meinte, ach, du armes Kind, dein Onkel ist nicht aufgetaucht und deine

Mutter auch nicht, alle Gebäude sind voller Vieh von Flüchtlingen, hier passt nicht mal mehr ein frischgeborenes Kalb rein. Sie lud mich trotzdem ins Haus ein, bot mir Süßigkeiten an und gab mir in Pergamentpapier eingewickelte Butterbrote mit. Ich machte einen Knicks und ging mit hängendem Kopf zum Vieh zurück. Ich hatte Angst, dass sich meine Mutter umbringt, wenn der Onkel ihr den Rücken zudreht. Dann wischte ich mir mit dem Ärmel das Wasser ab und dachte an gute Sachen. Daran, wie vornehm die Patentante wohnt. Dort kam das Wasser aus dem Hahn, und neben dem Holzherd stand ein Kanister, in dem das Wasser warm wurde, wenn die Magd das Essen für die Herrschaften kochte.

Forsch ging ich die Straße entlang. Lastwagen und hundertköpfige Rinderherden verstopften den Weg. Schwarze Kriebelmückenwolken schwirrten um die Kühe herum. An einer Ecke vom Alasaukkolampi-Haus stand ein alter Mann, dem lange Haare aus den Nasenlöchern wuchsen. Er schaute mich an und fragte, hat dein Zuhause auch gebrannt? Ich antwortete, dass ich es nicht weiß. Er sagte, er hat mit dem Fernglas beobachtet, wie die erste Patrouille alles Essbare aus dem Haus geholt hatte, die zweite Patrouille dann alle Möbel, für die es in Deutschland irgendeine Verwendung geben könnte, die Standuhr, die Nähmaschine, das Radio, dann zündete die Brandpatrouille die Gebäude an, und danach tauchten die Deserteure auf, dic geflohenen Gefangenen und die gewöhnlichen Diebe, um die Ruinen abzugrasen. Ich freute mich fast, dass es in unserer Wohnküche nichts zu holen gab, außer Omas alten

Wandteppich und den Truhenstuhl. Und in der guten Stube die inzwischen toten Blumen.

Die Kühe ruhten sich aus. Ich bürstete sie, wusch ihnen das Gesicht und kämmte sie. Hinter dem Söller holte ich ihnen Gras und Sauerampfer. Katri weichte in einem großen Bottich Futter ein, und das ließen wir die Kühe so richtig schlürfen. Sie fraßen und muhten zufrieden. Das ausländische Futter schmeckte ihnen anscheinend, und sie waren erleichtert, dass sie nicht gleich wieder losmussten. Martta schlug vor, dass wir uns ein bisschen umguckten. Im Haus gab es ein Fahrrad, das durften wir uns ausleihen. Martta brannte der Zehn-Kronen-Schein in der Tasche, den jeder zusammen mit dem Notpass gekriegt hatte. Ich fuhr, Katri saß auf dem Gepäckträger, Martta bekam ein eigenes Rad. Wir sausten die krumme Straße hinunter. Rechts und links lagen weite Felder, auf denen das Getreide abgeerntet war. Ein paar Garben waren am Feldrand liegen geblieben. Ein Haus hatte drei Stockwerke übereinander, und allein der Viehstall war schon ein Königsschloss. In diesen Häusern wohnten Bauern, die an große Anwesen und riesige Felder gebunden waren und sich um die Probleme von Flüchtlingen nicht scherten. Vielleicht hassten sie uns insgeheim sogar, weil wir nichts zu verlieren hatten. Sie waren Gefangene ihrer Ländereien, wir aber wie die Vögel, frei, hungrig und ohne Krempel. Eines hatten wir gemeinsam, nämlich dass das Leben beim Reichen wie beim Armen auf die gleiche Art vergeht und welkt. Niemand kann sich vor der Berührung des Todes retten. Diese kann sanft und herrlich sein, aber auch schrecklich und grob. Allein Jesus wurde vom Totentanz verschont. Oder eigentlich ist er ja auch gestorben, aber dann von den Toten auferstanden und endgültig verschwunden.

Wir kamen zu einem Kolonialwarenladen. Er war klein, aber die Regale waren voller Packungen, Behälter und Tüten. Katri kaufte sich eine kleine Dose Tee, weil sie den von Karelien her gewohnt war und man ihn in unserem Dorf nicht bekam. Ich kaufte mir was kleines Eingewickeltes, weil das gelb-rote Einwickelpapier »kauf mich« schrie. Martta hatte einen orangen Ball in der Hand. Auf der Rückfahrt mussten wir bremsen, weil eine Kuhherde quer über die Straße lief. Solche Kühe hatte ich auf unserer Seite noch nie gesehen. Jede hatte große Hörner auf dem Kopf, und die Euter waren wie Schmiedebalge. Hinter den Rindern ging ein flachsköpfiges Mädchen im geblümten Rock her. Als es uns sah, rannte es los.

Auf dem Alasaukkolampi-Hof drehten wir unsere Einkäufe so lange in den Händen hin und her, bis mein Päckchen durch und durch klebrig war und aus dem Ball, an dem Martta herumdrückte, eine bittere Flüssigkeit quoll. Katri tat so, als wäre nichts, sie bewunderte bloß ihre indische Teedose. Das Einwickelpapier meines Einkaufs enthielt braunes klebriges Zeugs. Es roch nach Farinzucker. Ich berührte es mit der Zunge. Wie es schmeckte, konnte ich nicht sagen. Ich knabberte ein Stückchen ab, spuckte es aber aus und gab Katri das Päckchen. Sie drehte es auf dem Handteller hin und her und sagte, diese Dattel schmeckt nach Tittenmilch. Martta lachte und warf angeberisch den

Ball in die Luft. Katri sagte zu ihr, das ist kein Ball, das ist eine Frucht, eine Apfelsine, die wachsen in Afrika an Bäumen. Martta starrte den Ball an, biss ein Stück ab und verzog das Gesicht. Katri lachte und sagte, die muss man schälen und dann Stück für Stück in den Mund stecken. Sie nahm die Frucht in die Hand, drehte sie, als würde sie ihr Gewicht wiegen, hielt sie sich an die Nase und schnupperte lange daran, schälte sie, teilte sie in zwei Hälften, löste eine Spalte davon, hielt es sich an die Lippen, leckte daran, biss ein Stückchen ab, ließ das Stückchen zunächst eine Zeit lang auf der Zunge liegen, schob es dann unter die Zunge, kaute eine Weile und schmatzte, als wäre es die einzige Angelegenheit im Universum, schluckte und machte die Augen wieder auf. Ich war ganz verzaubert. Ich schaute Katri an, weil sie so wunderbar war. Sie gab Martta beide Hälften. Die stopfte sich eine Spalte in den Mund, kaute mit klappenden Kiefern und sagte, schmeckt komisch, steckte sich aber ein zweites Stück in den Mund.

Es war schwer, das Vieh auf die Straße zu bekommen. Die Rinder wären lieber auf der Weide vom Alasaukkolampi-Haus geblieben, wo es reichlich zu fressen gab. Aber es half nichts, wir mussten los. Martta schlug ihnen mit der Weidenrute auf die Kruppe und kreischte. Die Kühe gingen kurz hintereinander am weichen Rand der Fahrstraße entlang, aber als sie sahen, dass auf dem Feld hinter dem Wald das Getreide noch nicht geerntet war, liefen sie dorthin. Wieder einmal rannten wir mit letzten Kräften den Kühen hinterher. Marttas Sylvi, Tyyra und Laulu stürmten im Freiheitsrausch vom Feld aus weiter zum Laubwald. Martta fluchte, klaubte faustgroße Steine auf und warf sie den Kälbern hinterher. Sie verschwanden zwischen alten Espen, wir kehrten auf die Straße zurück. Martta sagte, wenn jemand nach den Ausreißern fragt, sagen wir, Wehrmachtsoldaten hätten sie uns schon am Fährufer gewaltsam ab- und mitgenommen.

In schrecklichem Tempo zogen wir in Richtung Viehlager. Es war ein blaugrauer Tag. Martta sagte, sie hat genug von alten Kühen und Käffern, sie will in die größere Welt. Ich kam zu dem Ergebnis, dass wir Glück hatten, weil es meistens angenehm warm gewesen war, seit wir zum ersten Mal königlichen Boden betreten hatten. Tagsüber wärmte die Herbstsonne immer noch, nachts hatte es ein paar Grad unter null. Hinter mir hörte ich das gedämpfte Trampeln von Kuhhufen. Es zitterte in meinen Füßen, und ich hätte fast Lust gehabt, leise und langsam zu singen, weil wir nicht mehr durch Moor waten mussten, sondern auf der gestampften Straße fast flogen wie die Kohlweißlinge.

Die Straße führte auf einen steinigen Berghang zu. Der Belag wurde zu Schotter, dann hörten Schotter wie Straße auf, und wir mussten auf einem Weg mit dicken Brocken gehen. Das Vieh wurde langsamer, weil es immer steiler hinaufging. Sorgfältig suchten die Kühe den Tritt zwischen den Steinen. Überall wuchsen orange, gelbe, graue Flechten. Über einem sonnenverwöhnten trockenen Wald tauchten drei Flugzeuge auf, die mal nebeneinander, mal hintereinander über uns Bogen flogen und dann hinter dem Urwald verschwanden, der sich auf der Ostseite des Bergs ausbreitete. Auf dem Gipfel kam uns ein schaukelndes Lastauto entgegen. Es hielt ein gutes Stück vom Vieh entfernt an und wartete höflich, bis wir die Herde vorbeigetrieben hatten. Zwei Kerle guckten aus dem Führerhaus. Der Fahrer wischte sich über den Mund, der andere lächelte, und als wir mit dem Vieh an ihrem Laster vorbei waren, winkten sie aus den offenen Fenstern.

Dann wurde die Straße so breit, dass es uns vorkam, als wären wir in der großen weiten Welt angekommen. Hochgewachsene Kiefern warfen lange Schatten, und wir und das Vieh trotteten über die Schatten hinweg. Je weiter die

Straße nach oben führte, umso frischer wurde die Luft. Schließlich wurde die Straße wieder schmäler und führte durch den Wald. Kein Haus und keine Scheune waren mehr zu sehen. Am Abend kam Nordwind auf. Es kühlte ab. Ich war so erschöpft, dass ich bei der Ilona Schutz und Windschatten suchte. Ich ging neben ihr her und drückte mich an sie. Ihr Geruch gab mir Kraft.

Die Sonne war untergegangen, der Mond zum Himmel aufgestiegen, als wir vor dem Tor des Viehlagers standen. Es wurde von vier Soldaten bewacht. Das Tor ging auf, und das Vieh trat demütig wie Sünder ein. Auch die Ilona, dünn, schwach und nachgiebig. Das Lager dehnte sich weit aus und wurde von einem hohen Stacheldrahtzaun eingefasst. Man hatte verschiedene Gehege angelegt, in denen Hunderte Rinder und Pferde eingepfercht waren. Nur wenige hatten ein bisschen Schutz, die meisten Kühe schlotterten in der Kälte. Katri sagte, stell dir vor, wir müssten auch nächsten Monat noch hier sein, wir können unser Vieh nicht hier quälen lassen. Martta war derselben Meinung. Wir peitschten die Tiere dorthin, wo die Soldaten uns hinschickten, und bekamen ein Quartier in der Soldatenbaracke. Die war längst voll. Ein Mädchen erzählte, sie wäre schon gut eine Woche im Lager und es würde an allem fehlen, fürs Vieh gäbe es kein Mehl, nicht genug Heu, kein Zellulosefutter, nicht einmal sauberes Wasser, und der Bau von Ställen für den Winter wäre erst im Planungsstadium. Das Mädchen hatte schwarze Augenringe, ihre Hände waren voller Warzen wie bei einem alten Weib, obwohl sie ungefähr in meinem Alter war. Ich versuchte, die Sisko zu melken, aber es kam kein Tropfen Milch aus ihr heraus.

Wir gingen in die Scheune. Dort machten wir uns in dem winzigen Heuhaufen eine Kuhle, in die wir alle nebeneinander hineinpassten. Katri sah elend aus. Ich schnappte nach Luft und ballte die Fäuste. Innerlich verfluchte ich den Krieg, den Onkel und meine Mutter, weil sie ihrer eigenen Wege gegangen waren, ohne einen Hinweis auf ihren Aufenthaltsort zu hinterlassen. Ich hätte ja nicht mehr gebraucht als die Nachricht, dass meine Mutter noch am Leben ist. Meinen Vater verfluchte ich, weil er mich in so ein Elend geschickt hatte. Martta sagte, wir gehen noch diese Nacht weiter. Katri: Zuerst schlafen wir. Darauf Martta: Schlafen kannst du im Grab. Wir gehen und suchen uns weiter unten einen größeren Hof und bitten darum, dass man uns und unserem Vieh Zuflucht gewährt, sagte sie. Matti war schon eingeschlafen. Er hielt eine Patrone umklammert.

Als sich im Lager nichts mehr rührte und die Menschen im Schlaf versunken waren, weckte ich Matti auf, und wir schlichen zum Tor. Ich hatte keine Ahnung, wie wir die Soldaten überreden sollten, aber Martta guckte ihnen offen ins Gesicht. Sie fragte, ob die Herrschaften an einem Geschäft interessiert wären. Die Burschen waren gleich begeistert. Ihr dürft meine Muschi lecken, unter der Bedingung, dass ihr uns und unser Vieh auf die Straße lasst, sagte sie. Die Soldaten berieten sich eine Weile untereinander. Matti beobachtete alles ganz genau. Martta schlüpfte unter eine Fichte, lehnte sich an den Stamm voller Bartflechten, spreizte die Beine, und die Burschen gingen vor ihr auf die Knie und leckten sie der Reihe nach von schräg unten. Die Gesichter der Soldatenbuben glänzten schleimig, und sie guckten prahlerisch. Wir schlichen ins Viehgehege und trieben die Kühe und Kälber hinaus. Sie standen auf, weil sie das ständige Aufbrechen inzwischen gewohnt waren. Die Burschen machten das Tor auf. Matti führte die Hand an die Mütze, und Katri winkte den Soldaten zu.

Es war mitten in der Nacht, aber der runde Mond und die hellen Sterne am Himmel leuchteten besser als jedes elektrische Licht. Die vertraute Straße führte, von Espen mit knotigen Stämmen gesäumt, den Berghang hinunter und dann wieder pfadartig nach oben. Die Kuhhufe hinterließen tiefe Spuren in der weichen Erde. Langsam stiegen wir den nächsten Berg hinauf und machten auf dem Gipfel Halt. Ich hechelte und guckte mir die Aussicht an, die über Sümpfe und Moore hinweg bis zu einem fernen Dorf reichte. Martta deutete auf das Dorf und sagte, da gehen wir hin.

Langsam wanderten wir eine kalte Nacht und einen kalten, bewölkten Tag lang. Dabei begegneten wir keiner Menschenseele. Wir waren unserem eigenen Schicksal überlassen. Wir aßen Beeren, Wurzeln, Löwenzahnblätter, Sauerampfer, Pilze und knabberten Weidenrinde. Das Vieh scharrte in den Böschungen und nagte Moos und Flechten. Wir zogen durch das rauschende grüne Band eines Fichtenwaldes, durch wohlriechenden Kiefernwald mit trockenem Boden und durch Mischwald, in dem Schaf-Porlinge wuchsen. Martta legte mir die Hand auf die Schulter und sagte, du bist nicht blöd, du bist nur komisch, und das kommt von deiner Mutter, dein Vater ist ein normaler Mensch und deine Oma auch. Da flammte in meinem Herzen die Wut auf. Es stimmte, was Martta sagte, aber sie hatte nicht das Recht, laut meine Leute zu kritisieren, vor allem weil sie selbst nicht gerade eine Frömmlerin war, die den anderen die linke Backe hinhielt. Katri sah, dass ich geknickt war, und sagte, hör nicht auf Martta, die macht auf feine Dame. Sie hakte ihren Zeigefinger bei meinem ein. Das tat gut. Die Kühe blieben in der Herde. Ab und zu ließen wir sie gehen, wohin sie wollten. Sie zogen los und kamen zu uns zurück, wenn sie Lust dazu hatten.

Am bewölkten Himmel schaukelte das Sonnenrad zwischen tief hängenden, zitternden und surrenden Stromleitungen. Es hatte einige Grad unter null. Das Gras war bereift. Ich dachte, wir folgen der Leitung, die wird schon irgendwo enden, an einem Haus oder in einem Dorf. Wir stapften eine lange Gerade entlang, und als wir deren Ende erreichten, sahen wir eine leere Viehweide und weiter weg die Ecke von einem Stall. An der Hofkiefer hing ein ausgeweidetes Schaf. Das machte uns Beine, und wir juchzten so laut, dass der Hofhund anfing zu kläffen. Katri und Martta gingen fragen, ob man uns aufnimmt. Ich blieb beim schlotternden Vieh auf der Straße. Für einen Moment schlief ich wie ein Pferd im Stehen ein.

Nach einer Weile kam die alte Bäuerin aus dem Haus. Im schwarzen Rock lief sie halb rennend zu mir und sagte *god dag, flikka*. Dann wechselte sie die Sprache und erklärte, die Bestimmungen verbieten, Umherziehende ohne speziellen Erlaubniszettel aufzunehmen, aber ihr könnt das Vieh in den Stall bringen und die hungrigen Rinder füttern, im Kessel in der Viehküche Wasser warm machen und Futter einweichen, außer Salz gebt ihr zwei Handvoll Mehl dazu und lasst die Kühe immer nur ein bisschen auf einmal fressen, damit sie nicht zu voll werden. Erst mal trieben wir das Vieh auf die Hauskoppel. Die Kühe legten sich gleich hin. Vor dem Aufbruch hatten sie gut im Fleisch gestanden, jetzt sahen sie aus wie gequälte Knochenhaufen, die nur noch die lose Haut zusammenhielt. Dann lud uns die alte Bäuerin in die Stube ein. Während sie die Suppenschüssel auf den Tisch stellte, sagte sie, dass sie allein im Haus wohnt. Ich aß langsam, weil ich wusste, dass so mehr in den Magen hineinpasst. Martta mampfte Brot, Mattis Mundwinkel schäumten, und Katri löffelte, als ginge es um ihr Leben. Die alte Bäuerin sagte, wir könnten aus der Scheune so viel trockenes Heu holen, wie die Tiere brauchen.

Ich ging mir die Verschläge angucken und machte die Stalltür auf. Da kam mir ein so dichter Geruch von Kuhscheiße entgegen, dass mich das Heimweh packte. Ich ließ mich auf einen Melkschemel fallen und heulte, auch wenn dabei kein Laut herauskam.

Auf dem Hof fragte ich die alte Bäuerin, wo wir eigentlich waren. Sie sagte, der Strom und die Schnelle sind da drüben hinter dem Wald und das Dorf gut zehn Werst entfernt. Ich verstand, dass wir in Luftlinie vom Berg zu einem Haus gekommen waren, das allein mitten im Wald stand.

Martta bat darum, sich ein Fahrrad leihen zu dürfen. Sie wollte sich im Dorf umsehen. Ich rief ihr zu, sie soll sich bei der Gelegenheit nach dem Onkel und meiner Mutter erkundigen. Sie versprach es.

Ich sah zu, wie die alte Bäuerin eine große Packung Kevalia aufmachte. Sie guckte mich scharf an und sagte, diese Bohnen sind von brasilianischen Sklavenplantagen hergeschafft worden. Dann nahm sie eine kleine Mühle vom Wandbrett, die eine Tasse aus Glas hatte. Die füllte sie mit Bohnen, kurbelte und machte den Deckel auf. Der Kaffee war schwarz wie Öl. Am frühen Abend ging die alte Bäuerin auf die Treppe hinaus und schnupperte, schaute zum Himmel und sagte, morgen gibt es schönes Wetter. Sie erklärte, dass sie an Tagen mit Wolken langsam ist, aber bei klarem Himmel schnurrt wie ein Kreisel.

Martta blieb über Nacht im Dorf. Als sie zurückkam, flüsterte sie mir ins Ohr, der Onkel ist am Fährufer in einen deutschen Lastwagen gestiegen, und deine Mutter ist allein auf die Fähre gegangen. Er hat deine Mutter verlassen. Bist du dir sicher?, fragte ich. Martta darauf: Meine Nachrichtenquelle ist wasserdicht.

Auf der Stelle beschloss ich, meine Mutter zu suchen. Katri flehte mich an, sie nicht allein zu lassen. Ich sagte, du hast doch Martta und Matti, ich muss meine Mutter finden und sie stützen. Mir ging alles Mögliche durch den Kopf: Wie konnte der Onkel meine Mutter nur ihrem Schicksal überlassen, und wo ist er mit den Deutschen hingefahren, haben die Deutschen ihn gefangen genommen, so wie den

Jaska Kainulainen und das taubstumme Kind, das nicht vor dem Krieg nach Westen gehen wollte, wie sollte ich es meinem Vater erklären, wenn meine Mutter …

Der Geruch von Timotheegras strich mir übers Gesicht, als ich die Stalltür aufmachte, um mich vom Vieh zu verabschieden. Ich umarmte jede Kuh und jede Färse von unserem und von Marttas Vieh. Der Ilona, der Sisko, der Pirkko, Liinas Färsen und der Kerttu flüsterte ich alles Mögliche ins Ohr, obwohl ich ihre Sprache nicht konnte. Und natürlich versprach ich, dass wir uns bald wiedersehen, so wie ich es auch Katri, Martta und Matti versprach.

Die Bäuerin gab mir einen gestreiften Pullover von ihrem Sohn, der in die Stadt gezogen war. Er reichte mir fast bis zu den Knien. Außerdem gab sie mir eine Mütze mit Bommel, Fäustlinge aus Rentierleder und fast neue Skischuhe, in die gut zwei Wollsocken übereinander hineinpassten. Dann überreichte sie mir einen Kochtopf, eine Kuksa und einen Löffel, packte meinen Rucksack mit Proviant voll und sagte, die Streichhölzer hab ich in ein Stück Wachstuch eingewickelt, die sind ganz unten, und jetzt Gott befohlen.

Gut einen Tag war ich im kalten Wind auf der leeren Straße gegangen. Bei jedem Schritt taten mir die Fersen weh. Hartnäckig kämpfte ich mich von einer Kurve zur nächsten. Dann hörte ich das Quietschen eines Wagens und blickte hinter mich. Ein Pferd kam näher. Ich dachte schon, was für eine Erleichterung, aber es rauschte vorbei und verschwand hinter einem flachen Hügel.

Später machte ich einen Abstecher in den Mischwald, weil ich Lust auf etwas Saures hatte. Ich schlug mir den Bauch mit Preiselbeeren, Krähenbeeren und Moosbeeren voll und ruhte mich eine Weile aus. Unter einer Fichte sah ich einen Pilz mit dünnem Stiel. Ich pflückte ihn, sah einen zweiten und einen dritten, und bald hatte ich den Rockschoß voll davon. Im Schutz des Waldes, weit weg von der Straße, machte ich ein Feuer. Ich briet Speck und die Pilze und aß sie mit Moosbeeren. Wie ein Urmensch saß ich auf einer umgestürzten Kiefer im Feuerschein und betrachtete die Flammen. Aus denen stiegen kichernde Scheusale auf, deren Augenhöhlen voller summender Bienen waren. Bei einem Scheusal tanzte auf beiden Schultern ein Teufel, und einer davon schrumpfte auf Fliegengröße zusammen, sprang mir auf die Nase und schlüpfte zu einem Nasenloch hinein. Ich erschrak, sprang auf und stürzte in den Wald. Ich rannte tief zwischen die Bäume, und obwohl es schon stockfinster war, konnte ich sogar die Nadeln an den Bäumen erkennen. Über meinem Kopf flatterten regenschirmgroße Kohlweißlinge und Ritterfalter, deren rot gefleckte Sporne einen Meter maßen und die von einer grünlichen Rauchschwalbe, so groß wie ein Wasserschlitten, geschnappt wurden. Wie eine Katze sprang ich in dem lichten Urwald über die Kobolde hinweg. Es kam mir vor, als würde mich eine Naturgewalt antreiben, denn ich stolperte nicht und prallte auch nicht gegen Äste. Dann machte es wusch, und ich war ein Ei, das eine große Ameise im Licht des drückenden Mondes zum Thron der Königin rollte. Vom Ei verwandelte ich mich in eine Raupe, die Raupe verpuppte sich, und ich wurde als grau gescheckter Herbstspanner geboren. Auf meinen Flügeln stand der Buchstabe Y, als ich durch die schwarze Nacht flog. Ich glitt weit weg von den Wörtern, und dann wurde ich wie durch einen Axthieb vollkommen schlaff und fiel auf ein Bett aus Moos. Von dort starrte ich in die dunkle Welt und sah, wie ein Schwarm Fledermäuse und Viecher, die ihre Gestalt wechselten, aus dem Wald aufstiegen. Sie kamen auf mich zu und strömten wie durch mich hindurch. Das war nicht schlimm, und schon marschierten zehn Eichhörnchen in Reih und Glied hinter ihnen her. Jedes hielt eine blühende Goldrute in der Hand, trug Skier auf der Schulter und hatte einen kleinen Hut auf. Sie stellten sich vor mir auf, warfen die Goldruten vor mich hin und verschwanden. Die

Goldruten schrien vor Qual und rochen so schlecht wie ein Kalbskadaver auf dem Misthaufen. Überall im Wald wurde geredet. Ich fragte, woher diese Erscheinungen kommen.

Da wurde es still, und ich sank in so tiefen Schlaf, dass ich mich an nichts mehr erinnern konnte.

Ich weiß nicht, wie viele Stunden ich gegangen war. Der Rucksack drückte, meine Fersen standen in Flammen, die Beine taten mir weh, ich war wie ein klingelndes Glöckchen. Die Lippen brannten und waren geschwollen wie ein Fisch auf dem Trockenen. Im einen Nasenloch summte immer noch die Fliege. Ich musste so stark niesen, dass ich sie dabei in den Hals einsog. Ich schluckte. Dann fasste ich mir an den Kopf. Es kam mir nämlich so vor, als würde ein Eispickel drinstecken. Aber da war nichts, nicht einmal ein Loch.

Ich zählte gerade meine sämtlichen Beschwerden zusammen, als sich von hinten ein Laster näherte. Er bremste und hielt direkt neben mir. Das Auto fuhr ein pickeliger Bengel, der nur ein bisschen älter war als ich. Er guckte mich mit offenem Mund an und sagte, spring auf. Während der Fahrt sagten wir nichts zueinander. Ich schaute auf die bereiften Eisblumen auf den Scheiben und durch sie hindurch auf das bereifte Moor und fragte mich, wann sich der ganze Grund und Boden eigentlich weiß gefärbt hatte.

Als wir an den Strom kamen, stieg ich aus. Ich ging zum Uferwall und hielt nach den Häusern am anderen Ufer

Ausschau. Dort wirkte alles leer und still. Ich setzte mich auf einen Stein und zog die Skischuhe aus. Beide Fersen hatten blutige Blasen. Barfuß hüpfte ich zu einem Schuppen für Fischernetze und fand davor Wegerich. Als Nächstes hielt ich die Füße so lange ins eiskalte Flusswasser, bis sie kein Gefühl mehr hatten. Dann stopfte ich die Strümpfe voller Wegerichblätter und zog die Skischuhe wieder an. Anschließend stieg ich zur Straße hinauf, richtete die Schritte nach der Sonne aus und ging weiter nach Süden, dem möglichen Aufenthaltsort meiner Mutter entgegen. Mein langer, dünner und irgendwie lustiger Schatten ging hinter mir her. Ich fühlte mich gut und voller Freiheit, fast feierlich. Ich dachte an die schreienden Goldruten, an die Eichhörnchen mit den Mützen und beschloss, dass all das zu meiner eigenen geheimen Welt gehört, über die man mit niemandem sprechen kann und soll. Am seltsamsten war, dass ich mich wie neugeboren fühlte. Die Angst, die Kleinheit, die Bitterkeit gegenüber dem Onkel und meiner Mutter wurden weniger, und alles Vergangene und Künftige zeigte sich in klarem, hellem Licht. Ich stiefelte uralte Trampelpfade entlang. Von denen gab es mehr als genug. Der böige Wind brachte die schwarze Nacht. Als ich den Weg nicht mehr vom Wald unterscheiden konnte, schlug ich mich ins Gebüsch, machte mir ein Nest aus Zweigen und schlief sofort ein. Ich schlief wie eine Tote. Ohne zu träumen.

Die Kälte des Sonnenaufgangs weckte mich. Er bestrich den fernen Berg mit vielen Farben. Ich sprang auf, aß im Stehen ein Speckbrot aus dem Rucksack und schlürfte sahnige Milch aus der Flasche. Dann ging ich weiter, betrachtete den Wald, die Erde und die Berge und lauschte auf das Flattern der Vogelflügel in den Wipfeln der dunklen Kiefern.

An einer Milchsammelstelle zitterte ein Bus. Der Fahrer stand vor der Tür und rauchte. Er guckte mich eine Zeit lang schief an und winkte mir, herzukommen. Ich sagte zu ihm, dass ich mir kein Billett leisten kann. Er winkte nur, von wegen sofort einsteigen. Er hatte gemischtsprachigen Sprechdurchfall, aber als sich der schlimmste Wörterstau gelöst hatte, beruhigte er sich. Eine kleine Weile war er still, dann fing er mit gesenkter Stimme wieder an, ein deutscher Bomber hätte am Morgen den Strom überquert, aber die Flugabwehr hätte ihn verscheucht, und auch die Leute hier im Westen würden schon die Flucht weiter in den Süden planen. Ich war es inzwischen gewohnt, dass die Leute im Krieg alle möglichen Gerüchte verbreiten. Schon vor dem Krieg hatte mein Vater gesagt, glaub nicht alles, was die Leute reden, man muss selbst darauf kommen, das Richtige von der glatten Lüge zu unterscheiden. Ich betrachtete die Sonne, die zwischen den Wolken hervorblitzte. Sie war vom nördlichen an den südlichen Himmel gewechselt.

Gegen Abend näherten wir uns einem größeren Kirchdorf. Das merkte man daran, dass die Häuser gestrichen waren und manchmal sogar mit fünf Fenstern auf die Straße schauten. Die Lichter in den Häusern blendeten, die verzierten Fensterrahmen und Ziegeldächer strahlten richtig. Ich blickte über den Strom nach Osten. Dort lag eine Stadt, und über ihr schwebte eine bedrückend schwarze Wolke.

Der Chauffeur setzte mich vor einem düsteren Bahnhof aus Backsteinen ab. Vor der Tür breitete sich eine große Schlammpfütze aus. Ihre Ränder waren halb gefroren, und auf den eisfreien Stellen wuchsen Reifen. Da standen zwei Autos, ein Traktor und ein Laster vom Drei-Kronen-Heer. Die Motoren knatterten dicken Qualm in die Luft. Der Geruch stach in der Nase und der Lärm in den Ohren. An den Haupteingängen herrschte Gewimmel und Gegacker. Jemand erkundigte sich nach seinen Kühen, seinem Hund oder seinem Gaul, eine andere hatte ihr Kind verloren, wieder einem anderen fehlte ich weiß nicht was, Tabak oder Schnaps oder beides. Jemand spielte auf dem Akkordeon »Die Viktoria aus Viipuri«, jemand versuchte zu singen, jemand lachte, jemand schrie, jemand tuschelte, jemand murmelte. Die meisten glotzten stumm vor sich hin. Ich spürte innerlich eine tiefe Unsicherheit und atmete erst mal durch. Aus den Augenwinkeln heraus musterte ich das nervöse Volk. Da gab es blasse, dünne und überdrüssige Visagenwerke. Da war eine Zigeunerin, die sich mit einem Lappengewand ausstaffiert hatte. Es gab Skoltsamen aus Suonikylä mit hohen Hüten und Rentierzüchter aus Utsjoki und Enontekiö. Da war ein Mädchen aus Petsamo, das mit mir aus Spaß zuerst Deutsch redete und dann sagte, bei ihnen hätte es im ganzen Krieg mehr Deutsche als Finnen gegeben. Am Himmel ballte sich eine düstere

Federwolke zusammen, und es fing an zu regnen. Ich fragte mich, wie ich in diesem Babylon jemals meine Mutter finden sollte, und setzte mich unterm Vordach auf die Treppe. Schrotkugelgroße Tropfen fielen auf den Vorplatz, unter der Regenrinne schimpfte ein Mann, offenbar mit sich selbst, ein menschliches Stierpärchen umarmte sich in der Wärme eines Lastwagens. Ich dachte, was hätte ich für ein leichtes Leben, wenn ich ein Regentropfen wäre.

Schließlich schlüpfte ich ins Gebäude. Die Halle dampfte vor Menschen und ihrem Atem. Die Gerüche von Zitronenseife, Maschinen- und Schuhfett und nasser Schafwolle schlugen mir ins Gesicht, vermischt mit dem Gestank von Menschen. Mitten in der Bagage liefen Kondukteure in glänzend schwarzen Uniformen und sonstige große und kleinere Fiskale von der Eisenbahn herum. Sie hatten Schiffchen auf, auf denen ein goldener Knopf mit den Kronen des Königswappens prangte. Die Schaffner gaben allen, die danach verlangten, Auskünfte und Anweisungen. Ich lauschte dem Krach. Sämtliches Geklapper der ganzen Welt verdichtete sich zu einer Wolke aus Tönen, die hin und her schwebte, auf und ab wallte, vom Schallenden zum Stillen, vom Schluchzen und stummen Staunen zum ruhigen verwunderten Summen pulsierte. Die Leute kamen und gingen, aber alle warteten. Das verband. Das und die von fünf Kriegsjahren ermüdeten Überkleider.

Ich war so fertig, dass ich sofort einschlief, als ich den Kopf auf den Rucksack legte.

Ich fuhr hoch, als hätte ich einen kräftigen Stromschlag abbekommen. Ein torkelnder Besoffener war mir auf den

Fuß getreten. Ich stürzte ins Freie und atmete die frische Herbstnacht ein. In einiger Entfernung vom Bahnhof stand ein Zug. Er hatte in einer sanften Kurve angehalten, sodass ich die ganze endlose Reihe der Waggons sehen konnte. Da überkam mich das Gefühl, dass meine Mutter dadrin sein könnte. Also ging ich nachsehen. Ich hörte, dass in einem Waggon quakend geredet wurde, und spähte zur Tür hinein. Sofort schlug mir der Gestank von Pisse, Scheiße und Kotze entgegen. Am nächsten Waggon war der Eingang mit Gepäckstücken verstopft, und ich wurde angeschrien, komm bloß nicht rein, hier ist nicht mal mehr für einen Furz Platz. Im folgenden Waggon waren die Gepäcknetze voller quengelnder Kinder und die Holzbänke voller kriegsuntauglicher Alter, die anscheinend nicht mal als Pferdeknechte zu gebrauchen waren. Dann hörte ich ein Muhen und ging weiter bis zum ersten Viehwaggon. Er war voll mit knochigen Milchkühen, mit Rindern, die keine Milch gaben, und mit Schafen. Mittendrin stand ein Pferd, das einigermaßen in Schuss war, außerdem war dort ein kartoffelnasiges Mädchen in meinem Alter beschäftigt. Mit der schwatzte ich. Sie sagte, in ihrem Dorf hätten zuerst die Russen randaliert, dann die Deutschen und dann wieder die Russen. Jetzt war sie im Ausland, das Vieh hatte Hunger und Durst, und sie wusste nicht, wohin. Eine Kuh langte mit ihrer rauen Zunge nach meinen Haaren, und ich streichelte ihr den Rücken. Ihre Haut zitterte.

Die Nacht ging in den Morgen über. Ich trottete wieder zu den anderen zurück. Es hatte aufgehört zu regnen, der Neuschnee war nass, und meine Schritte waren schwer. Durch das Kirchdorf führte eine asphaltierte Straße. An der lagen eine Tankstelle, ein Schuhgeschäft und ein Spielzeugparadies, dessen große Schaufenster voller blauäugiger Puppen, prächtiger Schaukelpferde, Eisenbahnen, Indianerschmuck und Zinnsoldaten waren. Es gab eine Bäckerei, eine Apotheke und mindestens zwei Gemischtwarenläden, in denen sich die Regale bogen. An der Tankstelle knatterten Motoren, Autos sausten vorbei, im Fenster der Werkstatt sah man die Funken fliegen, Stahl klimperte, Eisen klongte, in einer Art Fabrik dröhnten die Maschinen derart, dass die Erde bebte, Stahlseile quietschten, die Metallschilder an den Läden klirrten im Wind, die Absatzschuhe klapperten, wenn die Damen zum Einkaufen gingen. Ich streunte dazwischen umher. Als die Nachmittagsdämmerung mich durchfuhr, kamen Müdigkeit und Angst auf, ich wurde plötzlich ganz klein und kehrte zum Bahnhof zurück. Dort stand ich eine Weile vor dem Gebäude und sammelte mich. Dabei betrachtete ich die Zeltstadt, die sich vom Bahnhof her ausbreitete. Örtliche Rekruten bewachten sie, zusammen mit ein paar älteren Soldaten. Allein schon der Gedanke, meine Mutter dort zu finden, kam mir unmöglich vor. Dann gingen in den Sternen die Lichter an. Ich suchte die wandernde Venus am Himmel, den Planeten der Liebe, weil die immer zuerst kommt und die Sonne danach. Ich fand sie nicht. Ich beobachtete, wie ein großer Vogel gelassen einen Bogen über dem Platz drehte und dann über den Strom hinweg in die Heimat flog. Ein sonderbares Gefühl von Bitterkeit gegenüber der ganzen Welt trug ich in mir. Lange hatte ich das nicht gehabt.

Bis spät in den Abend schlotterte ich im Freien, bevor ich hineingehen konnte. Dort fand ich einen Platz hinter einem Kartoffelsack und fiel wie von einem Hammerschlag getroffen einfach hin.

Als ich am nächsten Mittag aufwachte, ging ich das Registrierungszelt suchen. Davor stand eine lange Schlange, und als ich genauer hinsah, erkannte ich zwei Gesichter. Das eine gehörte Elia-Efraims Vater, der vor dem Krieg für mich und meine Mutter ein paar Kleider genäht hatte. Er war Jude. Ich machte einen Knicks, als er mich anguckte. Das andere, das ich kannte, gehörte dem Patensohn meiner verstorbenen Oma. Er hatte seine Frau und seine Tochter verloren, so wie ich meine Mutter und den Onkel. Er hatte keinen Notpass, keinen Urlaubsschein, keine Kennziffer, keine einzige Krone und keine einzige Mark. Der Beamte sagte zu ihm, mach dich sofort zurück auf die andere Seite der Brücke, du bist ein Deserteur.

Dann kam ich dran. Ich zeigte meinen Notpass vor. Der Beamte sagte, der ist ja schon abgelaufen, du musst dich in eine andere Schlange stellen und Verlängerung für deinen Pass beantragen, wenn du vorhast, weiter hierzubleiben. Ich fragte ihn, ob meine Mutter im Register steht. Nein. Der Fiskal sagte, im Südwesten ist ein richtig großes Zentrallager für Flüchtlinge gebaut worden, könnte sein, dass deine Mutter dort ist.

Ich kehrte zum Bahnhof zurück und schlängelte mich an Armen, Beinen, Koffern, Kisten, Säcken, Bündeln vorbei und durch den Qualm von Zigaretten und Pfeifen hindurch. Ich überlegte, was ich tun soll, was ich jetzt anfange.

Ich war ja für das Vieh verantwortlich und jetzt auch für meine Mutter, weil der Onkel uns betrogen hatte.

Plötzlich kam ein Soldat aus der Bahnhofshalle gestürmt, der uns das Kommando gab, uns in Schlangen aufzustellen, aus den Schlangen Reihen zu bilden und uns dann Reihe für Reihe in Bewegung zu setzen. Wenig später stand unsere Flüchtlingsarmee auf der freien Fläche neben dem Bahnhof. Dort wartete ein Mann auf uns, der dauernd mit den Augen zwinkerte. Er rief, *ny är tiden att gå til sanitetspunkt.* Ich versteh nix, rief jemand zurück. *Åt helvete*, gab der Mann zurück, und kurz darauf trat an seine Stelle derselbe Soldat, der uns in unserer Sprache angeredet hatte. Er konnte uns sagen, dass wir auf dem Weg zum ersten Behandlungspunkt waren. Ich versuchte, aus der Reihe abzuhauen, aber ein Rekrut stieß mich zurück. Ich sagte, ich hätte schon eine Behandlung bekommen. Das half nicht. Wir setzten uns in Bewegung.

Von der Seite drang das hohle Klappern eines Pferds, das eine Chaise zog. Die Kirchenglocken fingen an zu bimmeln und zu bammeln. Ihr Dröhnen tauchte an uns vorbei durch die Straße und wurde von den Häuserwänden noch verstärkt. Vor der Bäckerei blieben wir stehen. Dort waren im Fenster alle möglichen Zöpfe und Kuchen, viele Sorten Süßigkeiten und Schokolade ausgestellt. Eine Windbö brachte den Gestank von Kalk mit. Die Häuser an der Hauptstraße sahen an dem kalten Sonntag wie Puppenhäuser aus. Marsch, kam der Befehl. Im Hof von einem gelben Haus waren ein dickes Auto und ein Fahrrad geparkt. Ich dachte, wenn man nur hundert Meter nach Osten geht, ist da nichts, und hier gibt es von allem zu viel. An unserer Strecke hatten sich neugierige Gaffer versammelt. Die Frauen hielten sich weiße Taschentücher vors Gesicht, lamentierten über unsere Armut und drehten dann die Köpfe weg, als hätten sie Angst, Armut könnte anstecken. Männer mit Kameras und Zeitungsleute, die ihre Notizblöcke schwenkten, umringten uns. Ich versuchte noch einmal abzuhauen, aber wieder wurde ich in die Kolonne zurückgestoßen. Hinter dem Rücken einer gewöhnlich aussehenden, Pfeife schmauchenden Oma ging ich in Deckung. Jemand fragte, *hur har ni kommit hit*? Darauf sagte die Oma, die Deutschen haben uns unser Land weggenommen, unsere Häuser angezündet und unsere Töchter geraubt, die Russen haben unsere Männer und unsere Söhne umgebracht, ihr habt unsere kleinen Kinder aufgenommen und schließlich gestohlen, noch bevor der Krieg richtig angefangen hat, jetzt dürft ihr zum Lohn für eure Mühe uns gebrechliche, abgenutzte alte Männer und Weiber aufnehmen. Ich guckte mir das Volk neugierig an und sah einen Skoltsamen den Straßenrand entlangtorkeln, der rief: Die Stadt am Ostufer brennt, das Ostufer vom Strom steht in Flammen!

Daraufhin strömten die Leute zum Uferwall. Dort standen schon Hunderte Menschen, manche von ihnen saßen auch auf Klappstühlen. Alle glotzten an den östlichen Horizont, wo grüne Raketen aufleuchteten.

Ein Mädchen mit Schildmütze stand neben mir und schaute wie ich nach Osten. Ich merkte schon, dass sie mich zwischendurch musterte. Ihre Augen waren wolkengrau und standen weit auseinander wie bei Katri. Ich tat so, als wäre nix. Sie rückte nach und nach immer näher an mich heran, und als sie mich fast berührte, schauten wir uns in die Augen und fingen an zu lachen. Sie sagte, ich bin Rili, komm mit mir auf die andere Seite der Brücke. Ihre Sau Aune war nämlich im Koben geblieben, als sie losmussten, und seit drei Tagen hatte niemand sie gefüttert. Mir drehte sich das Herz um, weil ich lange nicht an die Ilona, die Kerttu, die Liina und die anderen Kühe gedacht hatte. Ich fragte Rili, wo ihre Leute sind. Sie sagte, sie weiß es nicht. Ich sagte, meine Leute sind auch verschwunden. Heimlich still und leise gingen wir zur Grenzbrücke. Rili erklärte einem Zöllner auf Reichsschwedisch das Schicksal ihres Schweins. Der Mann hörte zu und kommandierte uns sofort zurück. Der Krieg ist kein Kinderspiel, sagte er. Wir verzogen uns, versteckten uns zwischen den Rekruten, vor denen es auf der Brücke wimmelte, und kamen in ihrem Sog am westseitigen Zöllner vorbei.

Auf der Brücke hörte man das träge Donnern des Kriegs. Hinter der Stadt brannten mindestens ein, zwei Gebäude, der Himmel war ganz von schwarzem Rauch bedeckt. Wir machten auf der Dammstraße Halt, die noch zur Grenzbrücke gehörte. Auf beiden Seiten der Brücke war Schwarz und unten schwarzes Wasser. Die Wellen spritzten und hatten helle Ränder. Königliche Soldaten rannten mit leeren Bahren nach Osten, aus östlicher Richtung rannten welche mit Bahren voller verwundeter Soldaten nach Westen. Dann kam eine Lastwagenkolonne. Dahinter schleppte sich eine Geisterkompanie von zig Männern vorwärts, von denen die meisten Krankenhausnachthemden anhatten, ein paar aber auch Wehrmachtsuniformen. Die übrigen Verwundeten schienen zu den Totenkopftruppen zu gehören. Mancher Schädel war so sorgfältig verbunden, dass er wie ein Schneeball aussah, manche humpelten an zu kurzen Krücken, andere trugen einen oder zwei verbundene zitternde Arme vor der Brust. Die einen waren Deutsche, die anderen unsrige. Wir schlüpften zwischen ihnen hindurch und hatten bald den Grenzübergang erreicht. Unter dem Drängen der Menschen konnten wir auf ein Stück Dammstraße schlüpfen, von dort auf eine zweite Brücke und wieder auf eine Dammstraße.

Dann waren wir auf heimischer Erde. Zöllner waren keine zu sehen. Eine deutsche Militärambulanz und eine gescheckte Katze kamen uns entgegen. Auf der Hafenstraße rannten zwei Frauen, ein Soldat eilte ihnen hinterher und brüllte etwas auf Deutsch. Ein paar ältere Mädchen wetzten mit ihren Bündeln in Richtung Eisenbahnbrücke. Wir schlichen uns von einer Hausecke zur nächsten. Ich spürte die Anspannung bis in die Handflächen, aber ich hatte keine Angst. Ein paar Straßen weiter sang ein Maschinengewehr einen Reim. Aus dem deutschen Offiziersklub hörte man Klavierspiel und Gegröle. Dort wurde getanzt. Wir schlichen uns näher heran, um zu gucken. Auf der Treppe stand ein Offizier. Er warf einen Blick auf uns, hielt sich die Pistole an die Schläfe und schoss sich das Gehirn an einen Kiefernstamm. Sofort versteckten wir uns hinter einer Gulaschkanone und sahen zu, wie ein Mann mit dem Gewehr im Anschlag aus dem Gebäude gestürmt kam. Er glotzte kurz seinen Kameraden an, dann spritzte ihm so viel Suppe aus dem Mund, wie herauskam.

Hinter der Gulaschkanone rückten wir ganz langsam weiter, damit uns niemand bemerkte, Rili voran und ich hinterher. Bald waren wir dicht an ihrem Elternhaus. Hinter einem Brennholzstapel tauchte ein Soldat auf, der ein ganz bleiches Gesicht hatte, dann ein anderer, den eine Kugel an der Hand getroffen hatte, ein dritter wimmerte, der vierte tat so, als wäre nichts. Wir rannten los und sprangen hinter die Johannisbeersträucher. Es knallte, Erde flog in die Luft, und es regnete Sand. Rili stolperte über den Hof und versteckte sich hinter den Laken, die an der Wäscheleine hingen. Sie ging um den Schweinekoben herum und fing an zu flennen. Wo ist Aune?, fragte sie. Weiter weg ratterte ein Maschinengewehr. Rili wischte sich den Rotz von der Nase und kroch in den Schweinestall, ich hinterher. Dort lagen wir dann, auf dem trockenen Stroh, mit dem Ferkelnest als Kopfkissen. Ich rollte mich in Rilis Arme. Sie war genauso warm wie Katri. Wir guckten uns ernst an, holten kaum Atem, und dann löste die Angst ein lautloses Kichern aus. Das Getöse, das Donnern, das Rattern und das mahlende Rasseln der Panzerketten rückte noch weiter weg, bald hörte man nur noch die klappernden Schuhe der davonrennenden Menschen, das Weinen der Kinder und das Wehklagen der Alten. Wir blieben einfach, wo wir waren. Ich erinnerte mich an unsere verstorbene Saara. Es war die Zeit vor dem Krieg. Ich baute ihr hinter dem Mistraum einen Irrgang aus kleinen Steinen und legte immer einen Leckerbissen an jede Abzweigung, von dem aus es zur nächsten Leckerei ging. Im Nu lernte sie den Weg von einem Bissen zum anderen und brachte ihn ihren Ferkeln bei. Jeden Tag legte ich die Leckerbissen an eine andere Stelle. Die Saara lief immer zuerst den Weg vom Vortag ab und orientierte sich dann erst neu. Sie hatte so einen guten Verstand und so eine gute Erinnerung. Wenn ich mit dem verbeulten Eimer zu ihr kam, ging sie zum Trinkbehälter, aber wenn ich mit der Emailkanne ankam, stellte sie sich vor der Futterrinne auf. Rili schlief ein. Ich bewunderte ihre Schildmütze und die Zöpfe, die darunter herauswuchsen, ihre niedliche Nase, an der der Rotz getrocknet war, und den zarten Bogen ihrer Lippen. Ich dachte an Katri, an die Kühe und an das Haus, in dem sie geblieben waren. Sie hatten keine Not. Ich wünschte mir, meine Mutter würde vom Himmel fallen und hätte sich in einen ganz und gar anderen Menschen verwandelt.

Dann hörte ich, wie aus einem Lautsprecher die Mitteilung kam, dass die Stadt befreit ist. Wir setzten uns in Bewegung wie die Katzen. Bald schon stolperten wir durch die Reste, die von den Kämpfen auf den dämmrigen Straßen zurückgeblieben waren. Die Straßen waren menschenleer und trostlos. Ein dünner Soldatenbursche hielt uns an und fragte, wo wir hinwollten. Wir sagten, unsere Sau Aune ist verschwunden, wir suchen sie. Der Bursche sagte, wenn ihr eine Sau gehabt hat, dann gibt es die nicht mehr, die Deutschen haben die gesamte Stadt vermint, zuerst müssen die Minen entschärft werden, erst dann dürft ihr euch herumtreiben, verzieht euch dorthin, wo ihr herkommt, da seid ihr in Sicherheit.

Je heller es wurde, desto mehr füllten sich die Straßen mit Menschen. Soldaten und Autos in allen Größen kamen und gingen in jede Richtung.

Wir fanden die Aune schließlich am Rand des Marktplatzes. Jemand hatte eine dicke Nadel durch ihren Rüssel geschoben, und als wir näher kamen, flüchtete sie torkelnd. Wir rannten ihr nach und sahen, wie sie ihren Rüssel in einen Eimer steckte. Wir kamen zu ihr und rochen, dass der Eimer voller Schnaps war. Die Aune war stockbesoffen, sie sprang wie wild über die Straße und Rili hinter ihr her. Ich machte mich wieder auf den Weg nach Westen.

Am Damm schwankte ein finnischer Soldat. In der einen Hand schwenkte er eine Champagnerflasche, in der anderen hielt er ein deutsches Gewehr. Er rief, der Russe ist besiegt, wenn wir Leningrad unter Kontrolle haben, dann setzte er die Flasche an und kicherte und lachte lange.

Auf der Brücke war keine Menschenseele zu sehen. Immerhin schüttelte sich eine neugierig guckende Krähe auf dem Geländer. Sie schwenkte einen dünnen Stock im Schnabel. Auf der westlichen Seite brannten die elektrischen Lichter, aber die Stadt auf der Ostseite sah aus, als hätte es zehn Jahre lang Ruß auf sie geregnet. Nicht mal einen Schein von einer Lampe, einer Kerze oder einem Kienspan sah man, weil die Fenster noch immer verhängt waren. Am Ende der Brücke war ein Auto mit Holzvergaser geparkt worden. Es stank nach verwestem Hasenkadaver. Eine dicke Wolkenschicht bedeckte den Himmel, aber es ging kein Wind. Ich blickte über die Brücke nach Westen und stand so lange vor der Bäckerei herum, bis eine Verkäuferin mit schwarzem Kleid und weißem Häubchen herauskam und mir einen Kardamomwecken gab. Zufrieden trottete ich zum Bahnhofsplatz. Auf der anderen Seite der Brücke flogen einige deutsche Flugzeuge nach Norden.

Mir wurde plötzlich schlecht, und ich ging nach drinnen. In der Drehtür fiel ich hin und schlug mir das Knie auf. Das Blut sickerte durch den Strumpf. Ich hinkte weiter hinein, setzte mich auf den Fußboden und zog den Strumpf aus. Das Knie klaffte, die Haut hatte sich aufgerollt. Ich zog den Strumpf wieder an, weil ich kein Pechöl im Rucksack hatte, und machte mich auf den Weg in den Südwesten, zum Zentrallager, meiner Mutter hinterher.

Die Straße, auf der ich vorwärts humpelte, war glatt wie ein Mühlrad. Meine Kameraden waren die nackten Bäume und die tschackenden Vögel. Der Tag schleppte sich dem Sonnenuntergang entgegen. Ich wanderte mit geschwollenem Knie, mit Blasen an den Fersen, hungrig und deswegen außer mir, dann müde, von Schlagloch zu Schlagloch, von Kurve zu Kurve, von einem Hügel zum nächsten. An der lauen Sonne sah ich, wohin ich gehen musste. Um mich herum war ein gleichmäßig ausgeholzter Nadelwald, danach kam ein zweiter und ein dritter von derselben Sorte. Ich betrachtete die markierten Bäume und die Stapel mit Stämmen. Sie warteten darauf, zum Sägewerk oder in die Fabrik gebracht zu werden. Die Abendsonne hatte ihren Glanz verloren, sie holte mich ein und verschwand dann im Universum. Ein schneidender Abendwind brachte die vertrockneten Weidenröschen zum Rascheln.

Ich hatte das Gefühl, der einzige Mensch auf der ganzen Welt zu sein. Ein Drücken stieg mir in der Kehle auf, Tränen sickerten mir aus den Augen, ich schluchzte, und dann flennte ich richtig. Ich heulte über mein schmerzendes Knie, über meine Einsamkeit, über den Menschen im Allgemeinen und hatte Angst vor meiner Angst und der der anderen. Ich dachte, wenn ich die Augen zumache, holt mich der Tod und lenkt meine Schritte nach Tuonela. Ich hatte solche Angst vor der kommenden Nacht, dass ich mich in den eisigen Straßengraben legte.

Ich schrak wieder in der Welt auf, als ich einen scharfen Stich im Auge spürte. Da war ein Vogelfuß direkt vor meinem Gesicht. Ich kniff die Augen zusammen und erkannte, dass er einem jungen Kolkraben gehörte. Er dachte, ich bin tot, und er kann mir die Augen aus dem Kopf picken. Als er merkte, aha, die lebt anscheinend noch, machte er zwei Schritte zurück und wartete ab. Ich schaute meine Hände an. Sie waren ganz dunkelrot und hatten kein Gefühl. Ich versuchte, die Beine zu heben. Es ging nicht.

Ich wollte schon aufgeben, aber irgendwo aus der Tiefe stieg ein Lebensfunke auf, und der trieb mich an. Auf Ellbogen und Knien kroch ich aus dem Graben, rappelte mich an einer hutzeligen Kiefer auf und schwankte hin und her. Gleich fiel ich wieder hin, weil die Beine mich nicht trugen. Ich biss mit den Zähnen die Unterlippe durch und zog mich wieder hoch. Meine Beine waren steif wie Holzscheite, und schon nach einem kleinen Schrittchen lag ich auf dem Rücken. In meinem Inneren hörte ich eine Stimme sagen: Du bist des Todes. Instinktiv rappelte ich mich erneut auf. Dabei spürte ich, wie mir das Blut in den Adern gefror. Mein Herz schrie nein, noch nicht, und galoppierte schlagartig los, im Gehirn wurde es hell, als hätte jemand das Licht angeknipst. Ich atmete und raffte allen Willen zusammen. So bekam ich ein bisschen Gefühl in die Beine und konnte mich aufrecht halten. Schwarze Finsternis hüllte alles ein, schwarz waren die Büsche, schwarz ihre Blätter, der Nachthimmel dehnte sich in sternenlose Höhen, aber ich taumelte nur durchs Gebüsch. Ich schleppte mich vorwärts, Äste rissen mir die Visage auf, dann stolperte ich über einen Stumpf und stürzte auf die kalte Erde. Mit beiden Händen umklammerte ich eisige Erika- und Preiselbeerzweige, und nach und nach erwachten meine Finger zum Leben. Wie eine Sterbende richtete ich mich noch einmal auf, stieß mich selber an, rannte los, rutschte auf Wurzeln aus, landete im Matsch, das Blut lief mir rechts und links herunter, aber wie der Vogel Phönix stand ich wieder auf und rannte weiter. Wohin, darüber machte ich mir keine Gedanken. Ich hatte das Gefühl, der Tod rennt hinter mir her und holt mich jeden Moment ein. Ich rannte und rannte, dann kam ich ans Wasser. Da hielt ich an und spürte, dass ich lebte. In meinem Kopf knisterte es. Ich stützte mich auf einen Stumpf, den ein vom Sturm gefällter Baum hinterlassen hatte, verschnaufte, bis sich mein Atem beruhigt hatte, dann lauschte ich auf das Seufzen des Waldes und wartete auf den Morgen. Er kam. Zuerst hielt sich das bleiche, knappe Licht der Sonne in den Baumwipfeln, dann eroberte es das Wasser, auf dem ein dünner Eisdeckel lag. Etwas weiter weg vom Ufer, in der Nähe einer kleinen moosigen Insel, wurde das Eis grün, und in dem Grün hockte ein Schneehuhn. Mit schief gelegtem Kopf guckte es mich an. Langsam verschwand der letzte Rest Todesangst, und eine abgrundtiefe und trostlose Sehnsucht kam stattdessen angeschossen, der Gedanke, ich will zu meinem

Vieh und zu einem Menschen. Ich richtete mich auf, schlug mithilfe von Sonne und Polarstern die südwestliche Richtung ein und ging zwischen hohen Kiefern auf die Straße zu. Ich stellte mir vor, ich wäre ein Vogel, der sich nach den Sternbildern richtet. Wie eine Närrin marschierte ich den ganzen Tag und die dunkle Nacht.

Ich hatte kein Motorengeräusch gehört und bemerkte das Militärfahrzeug erst, als ich fast damit zusammenstieß. Der Chauffeur rief: Pass! Ich guckte ihn an wie ein großes Wunder. Er hatte rote Backen, ein viereckiges Gesicht und einen Seitenscheitel. Pass, sagte er noch einmal und verzog sein Gesicht zu einem breiten Lächeln. Im Halbschlaf kramte ich meinen Läusepass aus dem Rucksack. Er sah ihn sich eine Weile an und wechselte dann die Sprache. Erlaubnisschein?, fragte er gemütlich. In welchem Lager bist du eingeschrieben? Ich hatte das Gefühl, nicht mehr sprechen zu können. Meine Zunge bewegte sich nicht. Der Chauffeur schaute mich mit gerunzelter Stirn an, holte eine Flasche Limo aus dem Auto, machte sie auf und hielt sie mir hin. Ich nahm einen vorsichtigen Schluck, bewegte die Zunge hin und her und trank ein bisschen mehr. Dann brachte ich heraus, dass ich auf dem Weg zum großen Zentrallager war, zu meiner Mutter. Ich machte eine lange Pause, um weitere Wörter zusammenzuraffen. Dann kam es wie aus dem Lauf eines Maschinengewehrs, dass ich vom Bahnhof komme, wo die ganzen Menschen sind, dass ich davor in der Nähe des Viehlagers im Haus von guten Menschen gewesen bin, wo ich auch Katri, Martta, Matti und das Vieh zurückgelassen habe, und an vielen anderen

Stellen, seitdem ich vom Fährufer auf der Westseite vom Strom losgegangen bin, und dass ich davor am Fährufer auf der Ostseite vom Strom gewesen, aber im Frühherbst vom Seedorf, also von daheim, aufgebrochen war.

Es reicht, seufzte der Fahrer und versprach, mich mitzunehmen. Ich stieg auf die Rückbank, neben einen Feldherrn. Der guckte mich lange an und sagte zum Chauffeur: Gib dem Mädchen was zu beißen. Vom Vordersitz aus reichte der Chauffeur drei dicke Scheiben Hefezopf nach hinten. Die halfen mir, in die Welt zurückzukehren.

Die Wagenlichter malten eine schöne Gasse in die Dunkelheit. Ich hatte das Gefühl, den fahlen Nachthimmel berühren zu können, so niedrig war er. Ich merkte, dass der Feldherr mich musterte. Ich guckte ihn mir auch genau an. Er hatte eine glänzende Nase und auf jedem goldenen Jackenknopf drei Kronen. Er seufzte tief und sagte, bis jetzt habe ich gedacht, ihr Kriegsflüchtlinge setzt euch als ungebetene Gäste an unseren Tisch und verschlingt als Erstes sämtliche Delikatessen, aber wenn ich mir dich so ansehe, kriege ich ein weiches Herz und verstehe, dass ihr euer Land nicht zum Spaß verlassen habt. Die Todesangst treibt euch hierher. Wir Leute vom Strom sind eins und sprechen dieselbe Sprache, auch wenn man auf der Karte eine Grenzlinie zwischen uns gezogen hat.

Ich hörte mit einem Ohr hin, weil mit zweien ging es nicht. Durchs Seitenfenster betrachtete ich die Milchstraße, wo die Sterne und die Planeten mit den Wolken spielten. Vom Stier fand ich nur sechs helle Sterne, vom Großen Bären alle sieben. Ich fragte mich, ob es dort, jenseits von

Geräusch und Lärm, jemanden gab, auf den Sternen oder hinter ihnen, und falls ja, ob die anderen Vagabunden des Himmelszeltes vom selben oder von einem anderen Gott erschaffen worden oder aus sich heraus entstanden waren, so wie die Hammerhaie oder zum Beispiel die Wasserflöhe. Ich war tief in meiner eigenen Welt und hörte von weit weg, wie der Feldherr sagte, eure Leute haben eine Großgemeinde im Norden erobert, die im Krieg voller Deutscher gewesen ist.

Der Feldherr stieg aus. Mir tat der ganze Leib weh, und beide Knie schmerzten, vor allem das eine. Der Chauffeur disputierte laut mit Soldaten an einer Straßensperre. Sie sagten, sie dürfen niemanden durchlassen, wegen Seuchenansteckungsgefahr. Der Chauffeur erklärte, er setzt mich nur ab und kommt dann sofort zurück. Da ging die Schranke hoch. Die Morgendämmerung färbte auf beiden Seiten der Straße das eisige Gelände hinterm Schneezaun lila. Dort ragten knotige Großkiefern auf, an denen keine Nadeln mehr zu wachsen schienen. Die kurvige Straße war verschneit und führte zu einer zweiten Straßensperre. Der Fahrer hob eine Hand, und die Schranke wurde zur Seite gezogen. Die dritte Absperrung war das Tor zum Lager. Darüber stand »Quarantänelager«. Rechts und links vom Tor stand ein Rekrut. Beide grüßten uns mit erhobener Hand. Auch dieses Gelände war mit Stacheldraht eingezäunt, die alten Baracken sahen durchweicht und baufällig aus.

Mit seiner weichen Hand griff der Chauffeur nach meiner Hand und führte mich an den Baracken der Wächter und Herren vorbei zum Registrierungspunkt. Dort sagte ich zu dem Militärschreiber, hier bin ich falsch, ich muss ins Zentrallager. Er krümmte den Rücken, blätterte einen dicken Stoß Papier durch und versuchte, den Aufenthaltsort meiner Mutter zu finden.

Dann streckte er den Rücken wieder gerade und sagte, dass ich mindestens zwei Wochen hierbleiben muss, bevor ich wieder raus darf. Ich sagte, ich will jetzt sofort zum Zentrallager. Das willst du, sagte er, aber Regeln sind Regeln. Dann warf er einen Blick auf mich und erklärte, nach der Quarantäne kannst du weiter zum Zentrallager, deine Mutter ist nicht hier.

Vor dem Stand des Roten Kreuzes war eine Schlange. Eine Zeltwand war hochgebunden, dort guckten blutige Stofffetzen heraus. Eine neugierige Elster betrachtete sie mit schief gelegtem Kopf. Sie hatte eindeutig Lust, mit so einem hübschen Fetzen ihr Nest zu dekorieren. Langsam drang ich bis ins Zelt vor, wo mir eine Hilfslotta befahl, die Oberkleider auszuziehen. Die Unterwäsche durfte ich anlassen. Ich stand da und wartete. Der Boden war eiskalt, ich hatte kein Gefühl in den Fußsohlen, die Fersen brannten, und die Arme wurden bis zu den Schultern bläulich. Das war aber nichts gegen die Schmerzen im Knie.

Eine Lotta mit runzligem Gesicht untersuchte mich. Sie nannte sich Liise, hatte graublaue Placken im Gesicht und Leberflecken auf den Handrücken. Sie guckte mich an, nickte und bat mich, mich auf einen Stuhl zu setzen.

Als Erstes pickte sie in meinen Haaren herum. Keine Läuse und keine Nissen zu sehen, sagte sie zufrieden. Als Nächstes stand ich vor einem Sanitäter, der mir befahl, den

Mund aufzumachen. Er guckte hinein, untersuchte meine Haut an allen Stellen und öffnete meine Möse einen Spaltbreit. Keine Krätzmilben, kein Hautausschlag, keine Anzeichen von Diphtherie, aber reichlich eiternde Wunden und entzündete Prellungen, sagte er und schrieb alles in ein Karoheft. Dann gab er mir das Kommando, die Hosen runterzuziehen und mich nach vorne zu beugen. Ich erstarrte, weil ich Angst hatte, dass er an meiner Möse herumfingert, aber er berührte nur vorsichtig mein Arschloch. Dann hob er ohne Vorwarnung mein Unterhemd an, stach mir eine Nadel in den Rücken und drückte mir eine scharfe Substanz unter die Haut. Es tat so sauweh, dass ich mir auf die Zunge biss. Das Blut floss, und ich zitterte. Es muss wehtun, sonst hilft es nicht, tröstete mich Liise. Während sie meine Wunden und Prellungen reinigte und meine Knie verband, erzählte sie, du bist ein gesundes, hübsches Mädchen, mit guter Hautfarbe auch, du siehst mehr wie ein Mensch aus als wie ein Flüchtling. Zum Schluss gab sie mir ein dickes Wurstbrot, einen Schluck gelben Önos-Saft und eine kleine Tafel Schokolade.

Die Baracke, in die Liise mich führte, hatte Fenster mit sechs Scheiben, die man von außen mit Läden schließen konnte. Ich machte die Sperrholztür auf, blieb im Türrahmen stehen und wedelte mit der Hand den stickigen Geruch weg. Die Baracke war mit zwanzig ausgewachsenen Menschen und mehr als dreißig Halbwüchsigen vollgestopft. Die Feuchtigkeit war schlimm, die nach Zigarettenrauch riechende Luft eine einzige Wolke. Mir drangen die Gerüche bis in die Zehen vor, weil ich an frische Luft gewöhnt war. Die Säuglinge waren auf einen Tisch gelegt worden. Eines wimmerte, ein zweites glotzte, ein drittes schlief. Die Krabbel- und Wackelkinder jagten in einer Ecke nach flitzenden Kakerlaken. Dabei waren die Bälger stumm. Die Alten befanden sich im Halbschlaf. Die Frauen keiften untereinander darüber, wo man die Lappen und wo Handtücher hintun kann, wo den Besen und wo das Kehrblech. Die Stallmagd vom Nachbarhaus, die daheim Blut gespuckt hatte, kam an die Tür, um mich zu begrüßen. Sie sah beschwingt aus und hatte rote Backen. Sie gab damit an, wie toll es ist, im Westen krank zu sein. Es gibt zu essen, es gibt Arznei und gute Geräte und Apparate, sagte sie. Sie war von vorne und hinten durchleuchtet und zuerst nach einem neuen System auf Flüssigkeitsdiät gehalten worden. Erst viel später hatte man ihr richtiges Essen gegeben und dazu raue Mengen an Tabletten in allen Farben und Größen.

Die Tür ging auf, und hinter mir kam ein junges Fräulein hereingetrampelt, das die Tasche der Kontrollviehpflegerinnen in der Hand hatte. Sie sagte, sie hätte ihre Leute verloren, und wollte wissen, wer der Älteste in der Baracke war. Zuerst sagte niemand etwas. Dann rief ein alter Kerl, dem ein grauer Schnurrbart im Gesicht hing, vom Bettrand aus: Das bin ich. Das Fräulein guckte sich um und wollte dann wissen, wie lange wir schon hier sind. Der Barackenälteste darauf: Wir sind hier schon gut einen Monat gefangen, obwohl man uns Freiheit nach zwei Wochen Quarantäne versprochen hat. Eine Frauensperson, an deren Brille ein Bügel fehlte, krächzte fast mit Flüsterstimme, das hier ist kein Ort für Menschen, hier ist es wie beim Russen in der Kolchose. Eine andere rief hinterher, man kann sich nicht beschweren, das Quartier ist umsonst, wir kriegen zu essen, sogar Kleider, Holz für den Ofen, einmal die Woche einen Beutel Tabak und auch noch ein paar Münzen, damit man sich Plätzchen und Kautabak kaufen kann, es fehlt uns an nichts.

Ich spähte tiefer in die Baracke hinein, um zu sehen, wer da den Mund aufmachte. Die Frau redete weiter, es gebe eine Küchen-, eine Essens-, eine Fertigkost-, eine Wasser-, eine Herren-, eine Wärter-, eine Kranken-, eine Erste-Hilfe-, eine Gesundheits-, eine Kleider-, eine Material- und eine Kontorbaracke, wir dürfen religiöse Zusammenkünfte abhalten, und jeden Samstagabend läuft in der Kantine sogar ein Film, das Königreich kümmert sich um uns wie um seine eigenen Leute, es hat Baracken für unser Vieh gebaut, und in der Zeitung steht, dass es im ganzen Norden armen Menschen Obhut gibt, die vor dem Kommando der Deutschen fliehen, und bevor die Frau dazu kam, einen Punkt hinter ihre Botschaft zu setzen, krakeelte eine dicke, schmierige Alte, die vor dem glühenden Ofen stand, Baracken wie in deutschen Konzentrationslagern haben sie hier hingestellt, so wie diese hier, und die königlichen Lazarette versorgen auch verwundete Nazis, aus den Bergwerken haben sie den ganzen Krieg über Erz an die Gewehrfabriken vom Führer geliefert, und ohne die Kugellager, die in den Fabriken dieses Landes hergestellt werden, wären die deutschen Kriegsapparaturen sofort stehen geblieben. Halt dein

Maul, rief der Barackenälteste, das hast du dir alles ausgedacht. Die Alte machte eine scharfe Pause, schwenkte den Kopf wie ein widerspenstiger Zuchthengst und redete weiter: Den ganzen Krieg über sind durch dieses Land Züge mit Versorgungsmaterial für die Deutschen nach Norden gefahren, Gustav Fünf kann den Führer gut leiden. Ich stand weiterhin in der Tür, aber niemand gönnte mir einen Blick. Ich betrachtete das hintere Fenster in der Baracke, wo die Scheiben vom menschlichen Atem beschlagen waren, der danach gefror.

Auf einem unteren Bett fand sich ein Ruheplatz für mich. Draußen stand ein Laternenmast, und dessen grelles Licht schien mir direkt ins Gesicht. Mit offenen Augen lag ich auf dem Papierkissen, eingewickelt in eine raue, nach Naphtalin riechende Militärdecke. Ich betrachtete die Schatten an der Wand: Schlangen, Hundewelpen und ein Schwarm Gimpel. Ich horchte, wie es in mir rauschte und rumpelte. Vorsichtig berührte ich die Barackenwand. Zwischen den Brettern hindurch blies der nächtliche Wind. Ich machte die Augen zu und hörte auf meinen Atem. Der Chor der Säuglinge wimmerte, jemand schnarchte, jemand seufzte, jemand fluchte, jemand, der die Rotzkrankheit hatte, hustete, jemand klagte, jemand murmelte und jemand sprach leise das Vaterunser. Ich fror, obwohl ich mit allen Kleidern am Leib in der Wolldecke steckte. Ich zwang meine Gedanken, sich auf das Rascheln der Weidenblätter am Weg, der zur Moorwiese führt, zu richten, auf das Plätschern der Wellen am schilfigen Ufer unseres Sees daheim, auf das Klatschen der Riemen im Fluss, wenn ich meinen Vater zu den Reusen ruderte, wo er nachsah, ob was drin ist. Ich sah mich als kleines Mädchen auf dem Rücken des Onkels. Von dort oben blickte ich auf die Erde und ins Universum, ich sah Spatzen und Gimpel, die mit ihren Flügeln klatschten, Federwolken, den flach gewordenen Bach, dessen fließendes Wasser blendendes Licht spiegelte. Ich dachte, obwohl der Onkel ein Herr ist, kam er doch immer zu uns, wenn er von der Arbeit Urlaub hatte. Er kam, um meinem Vater beim Pflügen zu helfen, bei der Frühjahrs- und Herbstaussaat, bei der Heuarbeit im Hochsommer, beim Heufahren im Spätwinter, zu Beginn des Frühjahrs beim Abtragen des Misthaufens und beim Mistverteilen auf dem Feld, im Frühsommer beim Kartoffelsetzen und im Spätherbst beim Kartoffellesen und bei tausend anderen Sachen mehr. Mein Vater beklagte sich hinter dem Rücken des Onkels, dass dieser die landwirtschaftliche Arbeit nicht gut kann. Dass er Schreiberfinger hat, mit denen man keine Mistgabel hält. Meine Mutter sagte nichts, sondern wandte sich nur ab. Auch wenn mein Vater ihn schlecht beurteilte, erleichterte es sein düsteres Gemüt, wenn der Onkel auf den Hof kam. Als mein Vater dann in den Krieg zog, kam der Onkel noch öfter. Er musste nicht in den Krieg, weil er von Geburt an zuckerkrank war und einen Herzfehler hatte. Meine Mutter stand manchmal so unter Dampf, dass sie nächtelang krakeelte und herumfuhrwerkte. Zu anderen Zeiten knallte sie bloß die Kammertür hinter sich zu und legte sich ins Bett. Jetzt hatte sie auch noch einen vollen Rucksack vorne hängen. Mir tat der Rücken weh, die Stichstelle pochte, als wäre dort das Herz hingeschoben worden.

Die schmierige und dicke Querulantin brachte mich in die Krankenbaracke. Dort sah sich Liise meinen Rücken an und sagte, die Einstichstelle ist entzündet. Dann untersuchte sie meine Knie und fügte hinzu, die Prellung am einem Knie ist aufgescheuert und voller Eiter. Sie legte sich Arznei und Salbe in den Schoß und gab mir eine Spritze in jede Hinterbacke. Danach kamen mir der Schmerz im Knie und im Rücken winzig vor im Vergleich zum Schmerz im Arsch. Liise maß Fieber und forderte mich auf, die Lunge leer zu pusten. Sie schnupperte an meinem Atem und sagte, die Luft, die aus mir rauskommt, ist so heiß, dass man damit Haare trocknen könnte.

Ich durfte mich in der Krankenbaracke auf ein Feldbett neben dem Ofen legen. Ich vermisste meine Oma, meine Mutter, den Onkel und meinen Vater. Ich fragte mich, warum meine Mutter jedes Mal den Kopf wegdrehte, wenn mein Vater sie liebevoll ansah. Wenn mein Vater samstags früh in die Schlafkammer ging, fiel meiner Mutter alles Mögliche zu tun ein, damit sie nicht zu ihm musste. Ich dachte über meinen Vater nach. Als ich klein war, wollte ich gern auf seinen Schoß, aber immer wenn ich es versuchte, stieß er mich weg. Meine Mutter war darauf aus, mich mit ins Kirchdorf zu nehmen. Nie brachte sie mich zur Großmutter, sie brachte mich zum Onkel. Der Onkel ließ mich Bücher lesen, und wenn meine Mutter uns betrachtete, sah ich in ihren Augen ein Licht, das ich zu Hause nie sah. Ich dachte an Jakke und Sakke. Sie waren Zwillinge. Sakke war ernst und so düster, dass sein Kopf tief zwischen die Schultern gesunken war. Jakke war ein Schlawiner, immer hinter dem Zucker her, und er schwatzte und machte sich nichts aus dem Kummer dieser Welt. Beide waren Söhne der ersten Frau meines Vaters. Sie waren schon da, als er mit der Frau zusammenkam. Dann starb die Frau, und die Zwillinge blieben bei ihm. Meine Mutter lebte, als würde es die beiden gar nicht geben. Ab und zu jagte sie sie hinaus. Wenn sie nicht gleich gingen, konnte sie auch schon mal mit dem Besen nach ihnen ausholen. Sie hatten trotzdem keine Angst vor ihr, sondern lachten nur über sie, vor allem als sie älter waren. Sakke und Jakke waren vier Jahre älter als ich und hielten mich für eine kleine Rotznase. Wenn meine Mutter es befahl, schleiften sie mich mit. Sie hätschelten und ärgerten mich abwechselnd. Ich guckte zu, wenn sie kämpften, rangen, maulten. Sie zogen zusammen in den Krieg gegen den Russen und fielen zusammen im Feld.

Dann schlief ich ein, und als ich zwei Tage später aufwachte, war das Fieber gesunken. Mir tat alles weh, und es kam mir so vor, als würden mir die Augen aus den Höhlen quillen, aber ich beklagte mich nicht. Liise brachte mir Milchreis, und ich durfte einfach faul herumliegen. Ich vermisste das Vieh, Katri und den Onkel. Sorgen drückten mich wegen meiner Mutter und ihrem Bauch.

Nachdem ich einige Tage im Frieden vor der Welt vor mich hin gedämmert und alle möglichen Rezeptmittel und Arzneien bekommen hatte, verschwanden sämtliche Schmerzen aus Knie, Rücken und Arsch. Ich bildete mir ein, dass ich jetzt weitergehen darf, aber stattdessen wurde ich in die Baracke zurückgebracht.

Ich konnte nichts essen und nichts trinken. Nicht schlafen und kein Wort sagen. Ich kapierte nicht, was mit mir los war. Im Kopf klingelte das Gehirn, und ab und zu hörte ich einen grellen Pfiff. Jemand holte Liise. Sie betrachtete mich lange mit zusammengekniffenen Augen und forschendem Blick, dann sagte sie, steh auf, wir gehen zur Registrierungsstelle. Dort wies sie auf einen Stuhl, auf den ich mich setzen sollte, und befahl dem Schreiber, noch einmal alle Unterlagen durchzublättern und nachzuschauen, ob doch etwas über meine Mutter verzeichnet war.

Der Schreiber machte sich mit den Papieren zu schaffen. Er blätterte und schnaufte und blätterte weiter. Schließlich sagte er, deine Mutter ist hier gut einen Monat in Quarantäne gewesen, danach hat man sie mit dem Säugling ins Zentrallager gebracht. Das ist ein bisschen weiter südlich und mehr im Landesinneren. Liise flüsterte dem Schreiber etwas ins Ohr, und kurz darauf knallte der auch schon einen Stempel auf ein Blatt Papier.

Ich spürte, wie es in mir knackte und ein Strom der Erleichterung in alle Gliedmaßen und ins Herz floss. Mit dem Passierschein in der Hand stand ich auf und ging mit einem Lächeln zur Proviantbaracke. Dort schlug ich mir den Bauch mit Brei voll, und die Köchin packte mir viele Wurstbrote, eine Packung Waffeln und eine große Flasche Malzbier in den Rucksack. Mit dem Rucksack auf dem Rücken wetzte ich zum Tor, zeigte dem Wachsoldaten den Passierschein und rief *Auf Wiedersehen.*

Als ich die schneefreie, kurvenreiche Schotterstraße entlangstapfte, fiel mir ein, dass die Kühe auf einem Weg immer nach den weichsten Stellen zum Auftreten suchen, die Menschen aber nach den härtesten. Begleitet wurde ich von einer grasgrünen Herbstlibelle und von zwei faulen Bremsen, die durch die Wärmewelle geweckt worden waren. Ich kam an weitläufigen, im Sommer bestimmt sehr üppigen Flusswiesen vorbei und an ein paar Laubbäumen, die man als Zeichen für irgendetwas auf den Wiesen hatte stehen lassen. Ich hüpfte von Stein zu Stein und dachte daran, dass die in der letzten Eiszeit in alle Richtungen geschleudert worden waren. Kurz setzte ich mich auf einen sandigen Wurzelstock und betrachtete die Sonnenstrahlen, wie sie in einem kleinen Bach bis auf den Grund reichten. Innerlich malte ich ein Bild von der Ilona mit einem Kranz aus Mädesüß auf dem Kopf, und um sie herum die anderen Kühe beim Fressen von Löwenzahn, Gänseblümchen, Ranunkel, Johanniskraut und Kamille. Ich rechnete zusammen, dass ich schon ein gutes Stück in den Spätherbst hineingelebt hatte, trotzdem schaffte es die Sonne tagsüber noch, die vom Nachtfrost bereiften Heiden und Moore aufzutauen, sogar wenn ein dünner Schneemantel darüber lag.

Ich ging weiter. Als die Sonne den Zenit überschritten hatte, kam von Osten her ein kräftiger, kalter Wind auf. Er blies mir fies unter die Jacke. Von einer Nebenstraße kam ein Kombiwagen. Er tuckerte an mir vorbei. Dann hielt er an und stieß zurück. Ein Mann mit schwarzem Gesicht fragte, ob ich mitfahren will. Ich setzte mich auf den Beifahrersitz. Der Mann sagte, er gräbt die Woche über Erz im Norden und ist jetzt auf dem Weg, um daheim einen Besuch zu machen. Mehr hörte ich ihn nicht reden.

Goldenes Morgenlicht blinkte hinter einem Wäldchen, als wir an eine Kreuzung kamen. Der Mann sagte, hier biegt er rechts ab. Ich bedankte mich für die Mitfahrgelegenheit und guckte mich dann um, wo ich bin. Die Fichtenäste wuchsen lang nach Süden, die kurzen zeigten nach Norden. Ich stiefelte in südliche Richtung weiter.

Es wurde ein langer Tag. Von der Hauptstraße ging ein winziger Pferdeweg ab. In den bog ich ein. Ich ging weiter, aber der Weg war in so einem wütenden Zustand, dass er mich umstieß und ich mit dem gerade erst geheilten Knie auf einem Stein, der aus den Tiefen der Erde herausgesprungen war, aufschlug. Ich stand auf, lenkte ein und humpelte auf die Hauptstraße zurück.

Erst als die Sonne unterging und der Mond am Himmel erschien und die Sternschnuppen aufhörten, bemerkte ich links einen Trampelpfad, an dessen Ende ein Haus zu stehen schien. Ich schlich über den vergrasten Hof und klopfte an die Tür. Keine Antwort. Ich griff nach der Klinke: Die Tür war offen. Ich tastete mich durch den stockfinsteren Flur in die Wohnküche. Aus dem Geruch konnte ich schließen, dass das Haus seit Jahren leer stand. Durch das nördliche Fenster sah man den Mond. In seinem Licht erkannte ich, was in den dunklen Ecken stand, und fand ein Bettsofa, auf dem ein Rentierfell lag. In das rollte ich mich ein.

Es raschelte in meinem Kopf, und ich war schweißnass. Im Traum war meine Mutter weggegangen und hatte uns alle verlassen. Ich suchte sie im ganzen Wald und fand sie schließlich am Flussufer. Sie hatte ein Messer im Bauch, und auf ihren Beinen lagen große Steinbrocken.

Die Sonne des anbrechenden Winters schien auf die breiten Bodendielen. Im Lichtkegel putzte sich eine winzige Maus den Schnurrbart. Wir guckten uns an, und als ich dann lächelte, drehte sich die Maus um und flitzte quer durch den Raum zur Spüle. Ich stand auf und schaute aus dem Fenster. In der Nacht hatte es geschneit. Ich drehte eine Runde durch alle Zimmer. Im Haus waren viele hübsche Möbel und feines Herrschaftsgeschirr zurückgelassen worden. Im weißen Schrank in der Küche fand ich eine Tüte mit echtem Kaffee. Den schob ich in den Rucksack, wie auch eine Dose Salz. Auf einer Packung Zucker stand »Havanna«. Ich leerte den Inhalt auf dem Tisch aus und steckte die Würfel in die Tasche. Dann zog ich die Jacke enger um meinen ausgekühlten Körper und bedankte mich bei den unbekannten Hausbewohnern, die mir Proviant gegeben hatten, und bei meinen Wohltätern, von denen ich neue und weiche Unterwäsche, ein warmes Kleid und bis zu den Knien reichende anständige Strümpfe bekommen hatte.

Ich dankte der alten Bäuerin für den Pullover, die Mütze und die Fäustlinge sowie für ihre alten, für mich aber neuen Skischuhe mit dem grünen Rand aus Samt.

Ich sprang über Bäche, durch Wälder, die unter dünnem Schnee schmachteten, und durch Torfmoore, auf denen der Nachtfrost einen dicken Deckel hinterlassen hatte. Zwischendurch machte ich Rast, aber die Kälte stieß mich schnell wieder weiter. So schlappte ich die Straße lang, bis die Welt in der Finsternis der Nacht versank. Schließlich kam ich an eine Kreuzung von drei Straßen. Neben derjenigen, die nach Süden führte, lag ein hoher, breiter Brennholzstapel, der noch die Tageswärme ausstrahlte. Ich nahm mir ein paar Scheite und baute mir daraus eine Matratze. Da flog ein Auerhahn auf den Holzstoß. Die roten Punkte über seinen Augen funkelten wie Glut, als er mich anguckte. Ich sagte, pass auf mich auf, wenn ich schlafe. Und falls ich am Erfrieren bin, weckst du mich.

Als Nächstes sammelte ich Nadelzweige als Laken und Decke. Vom Himmel schwebten Schneeflocken herab, und bald war ich ganz und gar blütenweiß zugedeckt. Ich fror nicht, denn der Schnee hielt mich warm. Im Halbschlaf lag ich da und hielt die Augen geschlossen. Innerlich stiegen der Reihe nach menschliche Gesichter und Bäume auf und schoben sich langsam schwebend übereinander. Ich zog in meinem Heimatland von Haus zu Haus wie eine Bettlerin und bat um ein Nachtlager. In einem Haus sagte die Bäuerin, wir quartieren keine Vagabunden ein. In einem anderen der Bauer, komm rein, kannst neben mir schlafen. Ein dritter: den Bälgern von Wolfshuren eine Kugel in den Kopf. Im vierten Haus ließ mich die Frau auf der Küchenbank schlafen, bot mir aber nichts zu essen an, obwohl die Hausleute am Küchentisch ein reichliches Abendessen verspeisten. Dann rannte ich auch schon durch den Wald und suchte meinen Vater. Dabei geriet ich in ein Dorf und fand in einer Schwemme einen Kerl, der behauptete, er wäre mein Vater. Er hatte statt Augen nur Höhlen, und die waren voller weißer Maden. Ich wurde von meinem eigenen Schrei wach und hörte, wie der Auerhahn seine Flügel ausbreitete und aufflog. Das Licht war noch weg, aber eine Ahnung davon bemalte schon die Erde, und die beschneiten Bäume warfen blaue Schatten darauf.

Ich ging weiter und gelangte an eine größere Straße. Von dort aus sah man ein Feld, auf dem ein Stein über dem anderen wuchs. Autos brausten vorbei und spritzten grauen Schneematsch auf mich. Ich war voll von allem, was ich gesehen und durchlebt hatte, und zugleich so leer, dass sich nichts in mir rührte.

Spät am Abend kam ich zum Zentrallager. Der Schnee im Lager war kohlengrau, die Luft dick vor Feuchtigkeit, und es wehte ein Tauwetterwind. Anstatt Soldaten bewachten Polizisten das Tor. Ich zeigte den Passierschein vor. Der Polizist sagte, geh dahin, und wies auf die Baracke, wo die Registrierungsstelle untergebracht war.

Der Schreiber hatte einen Zettel an der Brust, auf dem in großen Buchstaben »Ove« stand. Ich zeigte ihm den Läusepass und den Passierschein und erkundigte mich nach meiner Mutter. Ove blätterte in einem Rechenheft und sagte, die Frauen haben ihr Quartier in Straße sechs, Stube sechssechs, diejenige, die du suchst, findest du links vom breitesten Durchgang, in der vorletzten Baracke.

Jetzt beeilte ich mich nicht mehr. Mir war flau. Meine Mutter zu sehen wühlte mich so auf, dass mich meine Beine nicht mehr tragen wollten.

Im Fenster der Baracke blinkte warmes, rotgelbes Licht. Ich machte die Tür auf. Sie miaute wie ein Kater. Mir stieg der vertraute Geruch nach Mensch, Zigarettenrauch und Schafwolle in die Nase. Bevor ich weiter hineingehen konnte, brüllte jemand, Tür zu. Meine Mutter saß auf einem unteren Bett. Ihre Augen waren geschwollen, und eine trockene Haarsträhne hing ihr übers gelbliche Gesicht, während sie das Baby stillte. Sie bemerkte mich, legte den gewindelten Säugling auf die Matratze, stand mühsam auf, taumelte fast, griff nach meiner Hand, zog mich an sich, drückte meine Schultern wie in größter Not und fragte, wo das Vieh ist. Als ich es ihr sagte, sickerte ihr das Wasser in die schwarzen Augen und rann über die Wangen. Sie umarmte mich innig. Sie schien ausgeglichen zu sein.

Ich fragte: Warum hat der Onkel dich verlassen und wo ist er hin? Sie darauf: Er ist mit den Deutschen weg, hatte noch ein Geschäft mit ihnen offen, wollte aber nachkommen, dem Onkel fehlt nichts. Ich fragte, wo das Baby auf die Welt gekommen ist. Vor der Zeit und im Infektionskrankenhaus, antwortete meine Mutter, und auf ihren Wunsch hin auf den Namen Taavi notgetauft und schnell weggebracht, damit es sich nicht mit einer Lungenentzündung ansteckt. Als meine Mutter zu Kräften gekommen war, presste sie einer Krankenschwester die Nachricht ab, dass Taavi in ein Kinderheim gebracht worden war. Von dort war er in ein anderes Heim gekommen und von dort wieder in ein anderes. Im dritten fand meine Mutter ihren Taavi, dessen Name sich inzwischen in Kalle verwandelt hatte, nach dem Prinz von Schweden und dem finnischen Großfürsten Kaarle Kustaa. Meine Mutter legte mir Kalle auf den Arm. Er roch nach warmer Milch, nach Pisse und nach Zigarettenrauch. Ganz schmächtig und schreckhaft war er. Ich musste an die Geburt von der Sokkeri und der Elli denken. Die standen sofort auf und sprangen durch die Gegend, sie waren sofort fertig. Ein Menschenkind ist hilflos, man muss es jahrelang geduldig füttern, pflegen, lehren, bis es sich selbst versorgen kann.

Ich kämmte meiner Mutter die Haare und steckte sie zu einem Dutt auf. Sie streckte den Rücken durch, ging ans Fenster, um ihr Haar im Taschenspiegel zu betrachten, und lächelte. Sie sagte, in dieser Baracke wohnt aus unserem Dorf nur Messer-Väinö, die anderen sind völlig fremde Menschen.

Ich dachte, solange wir fort von daheim sind, lasse ich meine Mutter nicht mehr aus den Augen. Ich lag auf dem Bett, meine Mutter und Kalle unterhalb von mir. Ich hörte es rascheln, es kam durch die Wand. Meine Neugier erwachte, und ich guckte mich genauer um. Vom Bett aus sah ich, wo ich hingeraten war. Die Baracke war schmal und niedrig, und die Luft so dick vom Rauch aus dem Ofen und von den Zigaretten, dass ich die Stirnwand nicht richtig erkennen konnte. In der Mitte gab es einen Gang, auf dessen beiden Seiten die Stockbetten standen. An beiden Enden der Baracke waren Blechöfen aufgestellt worden, und neben beiden lag ein Stoß Holzscheite neben einem Eimer mit Sand und einem mit Kies. Zuerst wunderte ich mich über die Eimer, aber dann kapierte ich, dass die Baracke auch mit heißem Sand und heißen Steinen warm gehalten wurde, so wie bei uns daheim der Keller mit heißer Kohle geheizt wurde. Überall waren unterschiedlich lange Wäscheleinen aufgespannt, an denen Kleider hingen. Jemand hatte sich ein Stück Papier wie ein Tuch vor sein Schlafabteil gehängt. Ich sagte zu meiner Mutter, wir grenzen unser Heim auch so ab, sobald wir irgendwo einen Vorhang auftreiben. Meine Mutter legte Kalle neben mich. Ich streichelte ihm die Wange. Seine Haut war weich, und er roch nach Sauberkeit und süßer Tittenmilch. Die Augen hielt er friedlich geschlossen, aber unter den Lidern zuckte es. Ich schaute meine Mutter an. Sie war so blutleer, dünn und eingeschrumpft, dass in mir starker Ekel und sofort danach Mitleid aufkam. Es war eine schreckliche Vorstellung, dass ich die Last mit Kalle haben sollte.

Ich versuchte, wie die Erwachsenen in der Baracke zu bleiben, aber ich schaffte es nicht, weil darin so eine drückende Stimmung herrschte. Bei jeder Gelegenheit schlüpfte ich ins Freie und lief beklommen, aber zugleich erleichtert durch das Lager und betrachtete den Himmel, der hell oder kupferfarben glühte, wenn die Kälte zunahm, und bewölkt war, wenn das Wetter milder wurde. In klaren Frostnächten verlief ein milchartiger Gürtel über den Himmel. Das war die Milchstraße. Meine Oma sagte manchmal, dass die Vögel im Winter im Licht der Milchstraße nach Süden fliegen.

Aus dem Lautsprecher kam ein Gottesdienst. Die Leute wurden still, um zuzuhören. Zwei Buben mit schmalen Backen stellten gerade auf dem Fußboden in zwei Reihen und mit ein paar Zentimetern Abstand Patronenhülsen auf, dann wurde eine Garnrolle angeschubst, und so fielen die hintereinanderstehenden Soldaten um. Zuerst lief das Spiel der beiden Buben glatt, dann gab es Krach, und es kam zur Keilerei. Sie knufften sich mit den Fäusten, machten Radau und schrien. Da nahm Messer-Väinö mit dem Iltisgesicht den erloschenen Glimmstängel aus dem Mund, legte ihn hübsch auf dem Rand des Aschenbechers ab, zog sich mit einer Handbewegung den Ledergürtel von der Hose, packte den einen Buben, riss ihm die Hosen runter und ließ es knallen. Der Kleine presste die Lippen zusammen und gab keinen einzigen Laut von sich. Auch alle anderen waren still. Guckten nur zu, so wie ich auch. Nachdem er ihn eine Zeit lang gezüchtigt hatte, warf Messer-Väinö den Buben in die Ecke, zog den anderen unter dem Bett hervor, unter das er sich geflüchtet hatte, schleifte den zappelnden Bengel mitten in die Baracke und versohlte ihm schwächlich den Arsch. Durchs Fenster beobachtete ich einen Seidenschwanz, der im hellen Schneefall stolz seine Federhaube schwenkte.

Jetzt kam wieder Bewegung in die Leute, es wurde gerumpelt und geredet. Ich hielt mir das Kissen auf die Ohren, um das Geschwätz der Menschen nicht hören zu müssen. Ich dachte an Kalle und dass er in einem echten Krankenhaus auf die Welt gekommen war. Darum war er als Frühchen am Leben geblieben. Ich wusste nicht, wo Sakke und Jakke auf die Welt gekommen waren, aber mein Vater war in der Sauna geboren worden, meine Mutter bei sich daheim im Kirchdorf, und ich hatte das Licht der Welt mitten im Wald erblickt.

Gegen Abend ließ der Schneefall nach, der Himmel ruhte ein bisschen aus und fing dann an, mit Eisregen zu werfen, der allmählich in dichtes Schneegestöber überging. Bald waren die Äste der Bäume dick bedeckt, die Barackendächer leuchteten blütenweiß, es entstanden Schneewehen, und Treibschnee sammelte sich auf den Treppen. Die Leute von der Landwehr pafften und droschen Karten. Die Schnapsflasche stand neben einem Tischbein auf dem Boden. Ein Mann mit Klebehaaren, der sich als Spatensoldat bezeichnete, nahm die Pfeife aus dem Mund und spuckte einen braunen Schleimklumpen auf den Fußboden. Ein Weib mit dickem Arsch stürzte an den Kartentisch, schnappte sich den Schürhaken neben dem Ofen und holte damit nach dem Spucker aus.

Meine Mutter sagte, bald sitzen wir mitten in der schlimmen Kälte, und du hast so schlechte Lumpen am Leib, dass man sich schämt. Ich widersprach ihr nicht. Mit Kalle auf dem Arm gingen wir zum Kleidermagazin, um Sachen in der richtigen Größe für mich zu erbetteln. Dort war der Teufel los. Mir fremde Frauenzimmer zogen sich gegenseitig an den Haaren und rissen sich Blusen und Röcke aus den Händen, schimpften sich Schlampen und versuchten, sich gegenseitig mit den Fingernägeln die Gesichter zu zerkratzen. Sie prügelten sich um die Hilfslieferung, die Soldaten hinter die Magazinbaracke geworfen hatten. Aus den Paketen quollen Schuhe, Handtaschen, Unterwäsche und sonstige Stoffwaren heraus.

Als Ove, der Schreiber und eine Art Chef des Lagers, der auch Sekretär des Lehnsmanns genannt wurde, mit scharfen Schritten ankam, taten die Frauen, als wäre nichts gewesen. Eine Elster, die den Arm voller Seidenblusen und Schuhe mit hohen Absätzen hatte, rannte in Richtung Tor. Sie verdrückte sich durchs Tor, und kein Polizist schien es zu sehen. Ich aber sah, wie ein Windstoß sich eine rote Unterhose und einen Schal fing und über die frische Schneedecke zu uns herüberwehte. Schnell schnappte ich mir den Schal. Es waren Rosensträucher darauf, unter denen stand: *Visby, rosornas ö.*

Die Menge löste sich auf, und ich entdeckte einen braunen Stoff, der in den Schnee getrampelt worden war. Den hob ich auf. Es war ein Vorhang, und den nahm ich mit. Er war groß genug, dass er als Gardine für das Bett meiner Mutter und für mein Bett reichte.

Im Kleidermagazin war eine einheimische Lotta mit Ariernase die Chefin. Sie schaute mich lange an, sagte, *stakkars flikka, du är så söt*, und klagte darüber, dass alle hübscheren Kleider, die von den Sammelstellen der Wohltätigkeitsorganisationen kamen, auf dem Schwarzmarkt verschwanden. Sie gab mir ein tiefblaues Kleid mit weitem Rock. Das zog ich an. Es war nicht zu eng und hatte reichlich Einzelheiten: eine plissierte Vorderseite, eingefasste Bündchen, Rosenknöpfe aus Holz und einen weißen, bestickten Kragen.

Der Himmel klarte auf, die Erde gefror, und der Frost dröhnte im Geäst der Bäume und in den Ecken der Baracken. In der Nacht schlich ich nach draußen, weil ich nicht atmen konnte. Ich hörte dem Heulen der Kälte und dem Summen des Universums zu. Dabei betrachtete ich den südlichen Himmel. Dort sprühten die Nordlichter Farben wie leuchtende Eiszapfen. Sie wurden dunkel und wieder hell, schlangen sich umeinander und schossen zwischendurch auf mich zu. Am Nordhimmel erschien für einen Moment ein wehender Schleier und verschwand wieder, erschien von Neuem, schwebte noch wilder hin und her und verschwand erneut.

Auf den Frost folgte ein seltsames Tauwetter. Die niedrigen Schneewehen schmolzen, Wasser floss, das ganze Lager nichts als Matsch. Ich saß auf einem Fass, weil mein Knie so wehtat, dass ich nicht richtig gehen konnte. Ich sah dem Spiel der Krähen in den Pfützen zu und dachte, dass sie so schon seit Jahrtausenden herumhüpfen. In der letzten Eiszeit hat auch diese Gegend friedlich unter einer dicken Eisschicht gelebt. In der Erde, unter dem Eis haben sich kleine Wesen mit ihrem ganz eigenen Leben und ihrer ganz eigenen Welt geschlängelt. Dann wurde es wärmer, der Mensch wanderte vom Äquator aus hierher, und die Steinzeit fing an. Die Menschen lebten in Höhlen, nähten sich mit Nadeln aus Knochen Lederkleider, brieten am Lagerfeuer Elchfleisch und erzählten. Kann sein, dass sie mit ihrem Leben zufrieden waren, unmöglich, das zu wissen. Ich betrachtete die Sonne und ihre Flecken. Im Buch vom Onkel hatte ich gelesen, dass es in der kleinen Eiszeit nur ein paar Flecken auf der Sonne gab, trotzdem aber die Meere zufroren und sogar der Nil einen Eisdeckel kriegte. Die Menschen aßen in den Hungerjahren Moos und Stroh. Als es wärmer wurde, brachten Schiffe aus China schwarze Ratten mit, die die Kartoffelpest verbreiteten, und je enger die Verhältnisse waren, unter denen die Menschen Tiere hielten, umso schneller entstanden neue Pestkrankheiten, die sich ausbreiteten wie Feuer. Es gab das große Hustenjahr und etliche Plagen. Jetzt brachten der Krieg, die Diphtherie und die fliegende Lungenkrankheit die Leute ins Grab.

Ich humpelte durch die Baracke. Meine Mutter sagte, du gehst jetzt schnurstracks zum Kurpfuscher. Also zwang ich mich durch den Schneeregen in die Rote-Kreuz-Baracke, um mein Knie zu zeigen. Dort hantierte eine Krankenschwester namens Charlotta. Sie untersuchte mein Knie so richtig aus der Nähe, drückte an der empfindlichen Stelle herum, und der Eiter quoll heraus. Sie schüttete eine schlimm riechende Flüssigkeit auf ein Stück Watte und sagte, gleich brennt es. Dann schmierte sie Salbe auf die Wunde, verband sie, meinte, das wird schon, und dann sagte sie, wenn du hier auf der Westseite vom Strom bleibst, kannst du als hübsches Mädchen ein richtiges Leben haben. Das hörte sich großartig an, machte mir aber gleichzeitig Angst. Ich dachte an die Ilona, an die Kerttu, die Sisko, die Liina, an die Färsen, an die künftigen Kälber, an den Janne, die Tamara und die übrigen Tiere, daran, dass ich dann von ihnen getrennt und gezwungen wäre, ein ganz anderes Leben zu führen.

Schnell machte ich mich davon. Ich schaute auf die matschige Erde und fragte mich, was Charlotta mit einem richtigen Leben gemeint hatte. Bürosachen oder Fabrikarbeit? Es kam Wind auf. Ich ging in die Kantine. Dabei stellte ich mir vor, eine vornehme Dame zu sein, die in hohen Schuhen über Flure klappert, und ich stellte mir vor, als Fabrikarbeiterin mit Kopftuch an einer Maschine herumzumachen. Zuletzt sah ich mich als Viehpflegerin, die sich nach allen Regeln der Kunst um ihre Tiere kümmert.

Ich saß im dampfigen Speisesaal und löffelte Sonntagssuppe, hörte zu, wie der Wind heulte, schaute mir an, wie das Wasser über die Fensterscheibe lief, und dachte, dass sich der Sonntag von den übrigen Tagen dadurch unterscheidet, dass man dann weniger zu essen bekommt. Zum Nachtisch gab es Milchsuppe mit Ei. Während ich die verspachtelte, kam eine Lotta-Garde reingeschneit. Die Anführerin erklärte, ihr müsst euch fein machen, morgen kommt Prinz Oskar Bernadotte, um zu gucken, wie ihr lebt. Ihr kämmt euch und zieht die Sonntagskleider an. Ich konnte die ganze Nacht nicht schlafen. Zwar hielt ich die Augen geschlossen, aber ich malte mir innerlich den Prinzen aus. Er hatte eine Krone auf, eine vornehme Jacke aus blauem Samt an, Epauletten auf den Schultern, Hosen aus demselben Stoff, aus Gold gestickte Säume und Ketten um den Hals.

Rechtzeitig bevor der Prinz im schwarzen Auto ins Lager brauste, stellte Charlotta uns hübsch als Chor in sechs Reihen auf der Treppe zur Kantine auf. Die Großen hinten und die Kleinen vorne. Es fing an zu schneien. Herr Lagerleiter Pattijoki, Ove und die übrige Lagerprominenz halfen dem Prinzen aus dem Auto, weil er allein nicht rauskam. Mir sprühten Funken in den Augen, beinahe wurde mir sogar schwarz. Das war kein echter Prinz. Der hatte eine dicke Brille im Gesicht, eine zu große Mütze auf dem kleinen Schädel und einen abgewetzten Soldatenmantel an, der so weit und lang war, dass er über den Boden schleifte. Knochig war er wie ein Hungerkranich, faltig im Gesicht und furchtbar alt. Charlotta schwenkte den Taktstock, aber keiner von uns brachte einen Ton heraus.

Der Prinz nickelte kurz mit dem zitternden Kopf, winkte dann in Richtung Chor und trippelte mit Herrn Pattijoki und Ove zur Kanzleibaracke. Charlotta lief den Herren mit hängendem Kopf hinterher. Mit einem weißen Taschentuch wischte sie sich über die Augen und die rote Nase. Wir anderen verteilten uns langsam wieder auf unsere Baracken. Über die Visite des Prinzen redeten wir danach nicht mehr.

Innerhalb einer Nacht sorgte die Kälte dafür, dass im Lager die Reste der nassen Schneewehen und die Matschwege einfroren. In den lauen Nächten bildete sich darauf eine dünne Eisschicht, und das ganze Lager war so glatt und voller Buckel, dass sich die alten Leute nicht auf den Beinen halten konnten. Ich bekam von Charlotta Schlittschuhe, auf denen in goldener Schönschrift »Belle« stand. Charlotta sagte, im tiefen Winter nimmt sie uns zum Schlittschuhlaufen auf dem Waldsee mit.

Als ich die Schlittschuhe auf der Treppe zur Baracke anprobierte, kam ein uralter Pferdemann an, der glänzende Zähne hatte. Er fragte mich, kannst du schreiben? Ich: Na klar kann ich schreiben. Er sagte, komm heute Abend in unsere Baracke. Ich ging hin. Der Pferdemann führte mich an den Tisch und sagte, hier hast du Stift und ein Stück Papier, schreib meiner Alten! Die ist nämlich mit den Bälgern zu den Messerstechern nach Ostbottnien evakuiert worden, und ich mach mir Sorgen um sie. Er setzte sich mir gegenüber hin. Sein Atem stank nach Schnaps. Ich nahm den Stift. Dann fing er an aufzuzählen, was ich zusammenreimen soll. Ich schrieb, mein Frauchen, du bist so ein fleißiges und hübsches Arbeitspferd, lecker wie ein frisch gebackenes Sauersüßbrot, ich denke Tag und Nacht an dich, und sonstige Schmeicheleien. Als Lohn bekam ich ein Stückchen geräucherte Lammkeule.

Danach verbreitete sich mein Ruf als Schreiberin im ganzen Lager, und ich durfte mal an diesen Schatz am Fluss und mal an jenes Flittchen im Kirchdorf schreiben. Ich schrieb allen, dass sie schön wie Chrysanthemen sind, und bekam als Lohn eine Zehn- oder Fünfzehn-Öre-Münze.

Tag für Tag ließ es der Himmel weiterschneien. Die Wehen wuchsen bis an die Dachrinnen, zwei Meter Schnee bedeckte Land und Wald. Ich lag im Bett und kratzte mich am Kopf. Da blieb unter dem Nagel eine fette Laus hängen. Ich untersuchte sie aus der Nähe. Dabei kam mir in den Sinn, was unser Lehrer sagte, nämlich dass der Mensch ein Tier ist wie der Schimpanse und die Bananenfliege. Ich brachte die Laus um, fühlte aber keine Schuld.

Zusammen mit der Sonne erhob ich mich an einem neuen, kürzer werdenden Tag aus den Federn. Der Ofen hatte einen kalten Bauch, und das Holz war aus. Ich ging einen Armvoll Scheite hinter der Kanzleibaracke holen und sah, dass die Sonne, der Mond und der helle Morgenstern Venus, die meine Oma »Tagesgöttin« nannte, gleichzeitig am Himmel standen. Kurz dachte ich, dass ich die Zeit in hundert Jahren nicht erleben würde, in der die Menschen so klug wären, dass sie ihren Platz auf der Welt kennen und in Eintracht mit sich selbst zu leben wissen, mit den anderen Menschen und der ganzen Schöpfung. Niemand würde einen anderen Menschen oder ein Tier als Sklaven halten, alle hätten die gleichen Voraussetzungen, und es wäre nicht so, dass der eine reich geboren wird und der andere arm, und alle wüssten, wie man das Vergangene und das Künftige abwägt, und würden nicht immer bloß der Karotte hinterherhecheln.

Ich lachte innerlich über mich selbst und klaubte mir Ofenholz in der passenden Größe vom Stoß. Dabei nahm ich im Bretterstapel nebenan Bewegung wahr. Ich nichts wie hin und nachgeguckt. Da spitzte etwas Lebendiges zwischen den Brettern hervor. Die Nase einer kleinen Ratte, die mich anglotzte. Und ich stocksteif sie. Dann verschwand sie wieder zwischen den Brettern. Ganz langsam kramte ich einen Brotkrumen aus der Tasche und legte ihn auf ein Brett. Die Ratte schnappte ihn sich mit ihrem niedlichen Mund und musterte mich. Sie erinnerte mich an die Lilith.

Einmal, als mein Vater auf Leukumaa einen langen Streifen mähte, fand er im Graben ein Uhu-Junges mit verletztem Flügel. Er brachte es im Eimer zu uns nach Hause und baute ihm hinten im Kartoffelkeller einen plumpsklogroßen Käfig. Das flügelkranke Junge hatte Ohrbüschel, und seine orangen Augen guckten mich an. Ich taufte es Lilith.

Meine Oma hatte mir von Lilith erzählt, dem ersten Frauenmenschen der Welt, noch vor Eva. Sie machte mit dem ersten Mann der Welt, mit Adam, einen Haufen Kinder. Dann ging Gott persönlich durchs Paradies und sagte, er will die Kinder sehen. Er sah sie und wurde sauer, weil er nur saubere Blagen mochte. Also trieb er Lilith und die

Kinder unter die Erde, damit sie dort für immer und ewig im Dreck lebten. Ich zu meiner Oma: War Adam also gar nicht jungfräulich, so wie Eva? Nein, sagte Oma, schon Jahre bevor Gott ihm die Eva gab, hatte er die Lilith gestoßen.

Die Zwillinge jagten auf der Wiese Feldmäuse und auf dem Dachboden Hausmäuse für die Lilith. Jakke zerteilte die Mäuse mit einem scharfen Messer, ich steckte immer ein Stückchen auf ein Hölzchen und fütterte so die Lilith. Sie wuchs und wurde stark, und auch ihr Flügel heilte. Es war Ende des Sommers, als ich eines Abends zu ihr ging, um sie zu füttern. Da war ihr Käfig leer. Ich schrie, wo ist die Lilith. Mein Vater sagte, die hat in der Nacht ein Loch in den Käfig gemacht und ist davongeflogen, und damals glaubte ich ihm, weil ich ein blödes Kleinkind war.

Am Nachmittag kehrte ich zum Bretterstapel zurück und wartete ab. Es dauerte nicht lange, und die Ratte war wieder da. Ich hielt ihr ein Stück Brot hin. Sie knabberte daran und warf mir immer wieder einen Blick zu. Am nächsten Tag kam sie auf meine Hand, und als ich sie auf den Schoß nahm, wehrte sie sich nicht. Sie war zwergwüchsig, und Blut tropfte aus ihrem Schwanz. Ich ließ sie frei. Bald vertraute sie mir und huschte mir den Arm hinauf, in den Kragen und zwischen Unterhemd und Kleid. Ich taufte sie Aikili und beschloss, dass Aikili mein Schoßtier ist und bleibt, aber ein heimliches, denn wenn die Menschen es bemerken, denken sie, dass sie die Pest verbreitet, und bringen es um.

Die Aikili flitzte unter meiner Wolldecke hin und her und hielt mich die ganze Nacht wach. Ich beschloss, sie wieder zum Bretterstapel zu bringen. Wieder stand ich mit der Sonne auf und schlurfte hinter den Brennholzstoß. Ich war müde und schlecht gelaunt. Ich pustete eine Zeit lang in die Hände, ließ die Aikili auf meine Handfläche kommen, fütterte sie und sagte, dein Platz ist nicht im menschlichen Quartier. Sie blieb auf dem Brett sitzen und leckte sich den kranken Schwanz. Ich sagte, geh, aber sie ging nicht. Ich beschloss, so lange stehen zu bleiben, bis sie ging. Sie sprang mir auf die Schulter, hielt sich mit ihren scharfen Krallen fest und schlüpfte durch den Kragen an die bekannte Stelle und ließ sich an meiner Brust nieder. Ich spürte, wie sich ihr Herzschlag beruhigte. Sie schlief ein.

Ich war bei Charlotta, um mein Knie versorgen zu lassen, als die Aikili mir in die Achsel kletterte und von dort auf den Rücken. Charlotta guckte mit gerunzelter Stirn und fragte, was versteckst du da unterm Hemd? Es half nichts, ich musste die Aikili herauslassen. Charlotta betrachtete sie mit schief gelegtem Kopf und sagte, das ist ja noch ein Junges, dann hielt sie den Finger vor die Lippen und flüsterte, sie werde schweigen. Sie blies auf mein Knie, trug dabei Salbe auf und schmierte auch Aikilis Schwanz ein, ließ sie Wasser von einem Teller trinken und sagte, dass ich sie jeden Tag zum Bretterstapel bringen soll: da kann sie mit ihresgleichen umherrennen. Sie braucht ihren eigenen Nistplatz.

Am nächsten Tag, als ich Waschwasser aus dem Fass in die Baracke trug, kam mir Charlotta entgegen und sagte, guck mal. Sie zeigte mir einen kleinen Beutel aus Leinenstoff. Er hatte ein Band und war wie ein Vogelnest. Den hatte sie für Aikili genäht.

Tagsüber schlief die Aikili. Im Schlaf knirschte sie mit den Zähnen, ihre Beine zitterten, und die Ohren bewegten sich. Am frühen Abend wachte sie auf. Da schlüpfte ich nach draußen. Ich ließ sie stundenlang im Bretterstapel herumlaufen, und als ich sie wieder holen ging, wartete sie auf einem Brett auf mich.

Die Sonne verließ uns, und an ihrer Stelle kam der Mond. Wenn es bewölkt war, konnte man den Tag nicht von der Nacht unterscheiden. Je kälter der Winter wurde, desto düsterer wurden die Leute. Auch meine Mutter wurde stumm. Sie brummte nur noch und war so schwach, dass ihr Kalle fast vom Arm rutschte. Ihren Titten ging die Milch aus, und Kalle fing an zu wimmern, weil er Hunger hatte. Eine andere Mutter hatte genügend Milch, sodass sie zuerst ihr eigenes Baby stillte und danach Kalle den Rest nuckeln ließ.

Ich war gezwungen, mich um Kalle zu kümmern. Dafür schob ich Aikilis Beutel unter meinen Kleidern auf den Rücken. Zuerst gefiel ihr das nicht, und sie fing an, an meiner Unterwäschegarnitur zu nagen und von einer Achsel zur anderen zu rennen.

Wenn ich nachts aufstand, um Kalle trockenzulegen, brannte der kalte Boden an den Fußsohlen und machte sie taub. Obwohl die Weiber nachts Filz vor die Tür hängten, blieb sie nicht dicht. Unter der Tür drang Reif herein, der sich auf der Schwelle und am Rahmen verdickte. Sobald ich Kalle trocken hatte, huschte ich ins Bett zurück und drückte ihn an mich. So schliefen wir alle drei ein.

Ich hatte eine Gazewindel und eine Flanellwindel. Mit denen wechselte ich ab. Diejenige, die feucht war, hängte ich ungewaschen zum Trocknen an die Leine unter der Decke. Ich holte Wasser aus dem Fass und spülte Kalles Hintern kalt ab, dann zog ich ihm Hemd und Flanelljäckchen, die von meiner Mutter gestrickte Wolljacke und das Mützchen an. Ich wiegte ihn in den Schlaf, dachte mir für ihn das Lied vom klugen Wolfsjungen aus, erzählte ihm was, legte ihn wieder trocken, und wenn die Pisse auch das Hemd nass gemacht hatte, zog ich ihm ein frisches an, und immer wenn ich Zeit hatte, wusch ich die Flanellsachen. Ich schaukelte ihn hin und her, wenn er schrie, putzte ihm die Ohren und die buttrigen Augen, legte ihn an Mutters Titte an, wo er leere Luft saugte, und wiegte ihn wieder in den Schlaf. Meine Mutter konnte in Ruhe liegen bleiben, weil ich Kalle Nacht für Nacht neben mir hatte. Die Aikili versuchte, sich in Kalles Windel zu zwängen, aber ich setzte sie wieder in ihren Beutel zurück.

Bald redeten die Leute, man müsste etwas mit meiner Mutter machen. Immer wenn sie sagten, dass sie jetzt Meldung machen gehen, nahm meine Mutter alle Kräfte zusammen, stand auf und bettelte, in der Baracke bleiben zu dürfen.

Ich gab mir Mühe, im gleichmäßigen Takt zu leben, aber

Kalle fing wieder an zu schreien. Die Amme sagte mir: Mein Brustvorrat reicht nicht mehr für zwei, sieh zu, dass du in der Verpflegungsbaracke Ersatz bekommst. Ich ging hin und bekam eine Flasche Kuhmilch und eine Tüte Haferkörner. Im Materiallager gaben sie mir eine Flasche und einen passenden Schnuller. In einem Topf machte ich Wasser auf dem Ofen warm, gab die Haferkörner hinein, kochte sie und goss den fertigen Schleim in die Flasche. Die wollte ich Kalle geben, aber er machte sich nichts daraus. Ich goss Milch hinzu. Half auch nichts. Messer-Väinö wickelte Stacheldraht ums Ofenrohr und machte eine Halterung hinein, in die man Kalles Flasche stellen konnte. So blieb sie warm. Ich versuchte, Kalle den Schnuller in den Mund zu stecken, aber er schob ihn mit der Zunge wieder raus. Ich spürte den ganzen Kummer des Barackenlebens im Herzen und als Stechen in der Seite. Mir kam sogar der Gedanke, dass es besser gewesen wäre, wenn uns die Deutschen alle abgeschlachtet hätten.

Erst an der Grenze zwischen Schlaf und Wachsein bekam ich den Lebenswillen wieder zu fassen, und prompt überkam mich schlimmes Heimweh. Alle schlechten Erinnerungen waren wie weggewischt, und die guten kamen an die Oberfläche. Ich dachte daran zurück, wie ich mit Anna das Vieh auf unserer Dorfweide einsammelte, wie ich die Kerttu im Sommerstall molk, dem Kalb die zarte Schnauze streichelte, in den dämmrigen Ecken des Hühnerstalls nach Eiern suchte, dabei dem wütenden Hahn, der auf der Stange saß, aus dem Weg ging, das Lamm an meinem Finger nuckeln ließ, es auf den Arm nahm und mit mir herumtrug. Wie ich die Sau aus dem Koben ließ und sie mir hinterhertrottete wie ein Hund, und wie es ihr gefiel, wenn ich sie hinter den Ohren kitzelte.

Zwischendurch fiel ich immer wieder in den Schlaf, schreckte erneut hoch und war klitschnass. Ich spürte, wie der Wind, der raue Wind aus den Barackenecken nach meiner Mähne griff und die Haare allmählich an der Wand festfroren. Ich zog Kalle an mich, weil ich ihn vor der Kälte schützen wollte.

Die Mütter redeten darüber, dass die Kinder in die Schule müssten: Wenn es so weitergeht, vergessen sie alles oder lernen überhaupt nicht, wie man liest und schreibt. Zwei Frauen gingen zu Herrn Pattijoki, und dann kam Charlotta an die Barackentür und sagte, sie fängt an zu unterrichten. Ich rechnete mir aus, dass so viele Leute in der Baracke waren, dass es schon jemand merken würde, falls meine Mutter versuchen sollte, sich davonzumachen, während ich in der Schule bin. Also fragte ich meine Mutter, ob ich die Schullaufbahn einschlagen darf. Sie sagte, wenn du eine findest, die sich um Kalle kümmert, kannst du gehen. Ich fragte die Frau, die Kalle gestillt hatte, ob sie ihn ganz in ihre Obhut nehmen kann. Sie meinte, sie versucht es. Ich rannte aus der Baracke und sprang wie eine Verrückte über die glatten Wege. Ich schob Aikilis Beutel wieder vom Rücken auf den Bauch und ließ die Ratte am Bretterstapel zu den Ihren. Ich dachte, Gott hat mein Leid gesehen und lässt mich aus Mitleid wieder leben. Als ich spät am Abend zurückkam, hing Kalle auf dem Arm der anderen Mutter und nuckelte an der Flasche.

Wir waren fünf Mädchen und kein einziger Kerl beim Unterricht in Charlottas Baracke. Die anderen kamen aus dem Kirchdorf, ich war die Einzige von uns. In meinen Skischuhen schlitterte ich auf der Hauptstraße des Lagers von Charlottas Unterrichtsstunden nach Hause und wäre fast mit den Leuten zusammengeprallt, die vor der Kontorbaracke standen. Es wurde geraunt, dass wir bald Besuch bekämen.

Wir konnten noch in der Kantine essen und in unsere Baracke zurückkehren, als die Tür aufgerissen wurde und fünf Herren in vornehmer Montur hereingepoltert kamen, mit Fellschuhen an den Füßen, Karakullammfellmänteln am Leib und Bisammützen auf dem Kopf. Einer hatte eine Brille und blieb verärgert hinter den anderen stehen, um sie zu putzen. Die Männer musterten uns von der Tür aus und kauderwelschten was in der Fiskalsprache, die ich inzwischen so weit gelernt hatte, dass ich hier und da ein Stück verstand, wenn ich ihnen auf den Mund guckte. Falls ich es richtig verstand, waren sie der Meinung, dass man in so einem Quartier nicht mal ungeschorene Schafe unterbringen durfte. Sie fragten niemanden etwas und waren bald wieder weg.

In der Dunkelheit des tiefen Winters ging die Sonne weder auf noch unter. Sie umrundete die Erde direkt am Horizont entlang. Ich ging in Charlottas Schule und freute mich am Faulenzen. Daheim musste ich auch im Winter so viel schuften, dass ich nicht mal zum Nachdenken kam. Das Vieh zu versorgen war mir angenehm, aber auf einem Bauernhof gab es auch viel harte Arbeit. Tragen, Schleppen, Graben, Ziehen. Vor allem die letzten Jahre waren trostlos gewesen. Wenn der Onkel aus dem Kirchdorf zu uns kam, nahm er die Zügel in die Hand, aber wenn er wieder ging, blieb alles an mir und den Mägden hängen. Meine Mutter guckte nur aus dem Fenster und scherte sich um nichts. Einmal im Februar, zur Zeit der Kälte, als ich den ganzen Tag mit Anna Heu geschobert und in Fuder getreten und die Fuhren mit der Tamara von Vuoma nach Hause gefahren hatte, kam Messer-Väinö zu uns und sagte zu meiner Mutter, du bringst das Mädchen mit der Arbeit noch um. Meine Mutter darauf, wenn sie gewusst hätte, was für ein Sklavenlager ein Bauernhof ist, wäre sie nie hergekommen. Ich fragte mich, warum der Mensch nur in diesen Winkel des Nordens gekommen war, Halt gemacht und sich dieser frostanfälligen Erde verpflichtet hatte.

Am Tag vor Heiligabend ließ die Sonne ihre Strahlen am Horizont aufblitzen, und die Leute in der Baracke wurden munter. Die Frauen machten Großputz, und Messer-Väinö ging mit den Buben einen Weihnachtsbaum holen. Ich schloss mich ihnen an. Der kalte Nordwind trieb Schnee vor sich her. Der drang an den Handgelenken in die Fäustlinge und am Mützenrand in die Ohren. Die Hände waren klamm, aber der Speichel wärmte die Zunge. Meine Oma sagte immer, der Nordwind bringt neue Kinder ins Dorf. Wie auf Skiern rutschten wir über den Schnee und durch Wehen hindurch tief in den Wald hinter dem Lager. Die Birkhühner krächzten, und dicker Schnee plumpste von den Bäumen.

Wir fanden eine hübsche Fichte und stellten sie in der Nacht in eine Barackenecke. Am nächsten Tag schmückten wir Kinder sie mit Pfefferkuchen und Lametta.

Am frühen Abend gingen alle in die Sauna, und danach kam der Weihnachtsmann. Es war Messer-Väinö. Er hatte eine Maske vorm Gesicht, die ihm dicke rote Backen machte, aber unter der Maske blitzte die Gesichtstafel des dürren Alten hervor, mit den eingefallenen Wangen und den tief im Schädel sitzenden Augen. Er hatte sich noch ein hartes Rentierfell übergeworfen, darum kreischten die Kleinkinder und rannten davon.

Ich bekam ein Päckchen. Es waren gestreifte Strümpfe und im gleichen Muster gestrickte Fausthandschuhe drin, außerdem ein Apfel und ein Rosinenwecken. Jemand aus der Gegend hatte es gestiftet. Kalle bekam eine Packung Muttermilchpulver, das in Amerika hergestellt worden war, und einen hübschen Spielschnuller. Das war von Charlotta. Meiner Mutter schenkte ich die Lammkeule. Die Münzen, die ich für das Briefeschreiben gekriegt hatte, behielt ich für mich. Die Aikili bekam Weizenbrot von mir.

Am Stephanstag war die Essensbaracke voll wie ein Büchsenlauf. Es wurde eine Gebetsversammlung abgehalten. Ich hörte den Episteln, die ich inzwischen kannte, und den Predigten zu, sang die Lieder mit und stellte mich zum Schuldbekenntnis an. Die Schlange kam nur langsam voran, weil die Menschen so viel auf dem Herzen hatten. Dann kam ich dran und fragte, ob Gott weiß, warum mich meine Mutter nicht mag. Der Prediger musterte mich mit schief gelegtem Kopf und sagte, Gott sieht und weiß alles, aber das musst du trotzdem deine Mutter fragen.

Leichten Mutes trabte ich zur Baracke, doch als ich meine Mutter mit geschlossenen Augen und niedergeschlagen mit Kalle im Arm im Bett liegen sah, verging mir die Lust zu fragen. Kalles Gesicht war bläulich. Ich nahm ihn auf den Arm und spürte, dass seine Windel eiskalt war, er selbst aber glühte. Ich zu meiner Mutter: Schläfst du? Sie antwortete nicht. Ich sah, dass sie nur mühsam atmete. Neben dem Ofen hockten zwei alte Kerle, alle anderen waren noch bei der Versammlung. Der mit dem Lockenbart fingerte an einer Pfeife mit gebogenem Stiel herum. Er versuchte, sie zum Brennen zu bringen. Er nahm sie aus dem

Mund, tastete mit der anderen Hand nach der Flasche unter dem Stuhl, nahm einen Schluck, stellte die Flasche zurück und steckte die Pfeife wieder zwischen die Lippen. Im Mund desjenigen mit der Fellmütze hing eine erloschene Hülsenzigarette. Er schürte mit einem Stock das Feuer im Ofen.

Ich wusste, dass es jetzt schnell gehen musste. Ich wickelte Kalle in eine Wolldecke und rannte zur Krankenstube. Die Tür war abgeschlossen. Ich rannte weiter zu Charlottas Unterkunft. Dort war alles dunkel. Ich rannte zur Baracke zurück. Meine Mutter lag regungslos da. Ich schrie sie an, Kalle ist todkrank. Sie versuchte, sich aufzurappeln, war aber so schlapp, dass sie es nicht schaffte. Als Nächstes versuchte ich, Kalle Wasser zu geben. Er wollte es nicht und weinte nicht. Dann kamen die Leute vom Geist erfüllt von der Versammlung zurück und meinten alle, wenn nicht mal der Kurpfuscher zur Stelle ist, bringen wir Kalle morgen nach unten ins Dorf zum Arzt, und wenn es auf allen vieren ist. Sie halfen meiner Mutter, sich zu setzen. Sie weinte. Ich hatte Kalle auf dem Arm, dann hielt ihn mal diese und mal jene.

Ich dachte, das Leben ist eine einzige Hölle. Mehr dachte ich nicht. Es drehte sich wie ein Kreisel in meinem Kopf. Immer schneller. Das Leben ist die Hölle. Ich ging nach draußen. Im Osten war der Himmel hell, im Süden hielt sich eine Wolke, die aussah wie der Ringelschwanz eines Ebers, und rund um die Sonne, die im Westen unterging, glühte Kälteröte. Auf dem Barackentisch brannte eine Kerze. Ihr gelbes Licht mischte sich mit dem Blau des endenden Tages, das durch das beschlagene Fenster hereinströmte.

Zum Abend hin beruhigte ich mich. Es war bedrückend, auf den Morgen und die Hilfe von Charlotta zu warten. Ich nahm Kalle neben mich und schaute ihm so fest ins Gesicht, dass ich mich nicht einmal traute zu blinzeln. Er atmete mühsam. Die Aikili kam heraus, um sich Kalle anzusehen, und schnupperte an seiner Stirn. Sie lief eine Weile umher, dann ließ sie sich neben ihm nieder. Jemand blies die Kerze aus.

In der Nacht atmete Kalle unregelmäßig. Die Aikili huschte hinter meinen Rücken. Ich wollte schon meine Mutter wecken, aber dann dachte ich, dass ich von ihr ja doch keine Hilfe bekomme. Ein kleiner Atemzug, dann eine lange Unterbrechung. Ich zählte: eins, zwei, drei …

Zuerst konnte ich bis sechs zählen, dann bis zehn, dann bis zwanzig. Ein Krampf, ein schwacher Atemzug, das Herz in Kalles Brust hämmerte noch lange hektisch, bis es erlosch. Eine schmächtiges Rinnsal Blut rann aus einem Nasenloch. Die Wangen wurden blau und violett und schließlich weiß. Das Leben lief aus ihm heraus, und er wurde nach und nach kalt.

Zwei, drei Stunden dauerte es, dann brachte der Tod Kalle ans andere Ufer des Tuonela-Stroms. Seine Seele war nirgends zu sehen. Gerade hat er noch gelebt, jetzt ist er tot, aber ich lebe, dachte ich. Kalles Haut war wie das Fell eines frühzeitig abgegangenen Rentierkalbs. Ich schloss ihm die halb offen gebliebenen Augen und den Mund und legte ihn ans Fußende, weil es mir graute, den Tod im Arm zu halten. Ich sah zu, wie das Außenlicht der Baracke nebenan durch das schmutzige Fenster auf seinen kalten Leib schien, und überlegte, ob ich doch jemanden hätte wecken sollen.

Die anderen standen auf. Ich sagte, dass Kalle nicht mehr ist. Meine Mutter hörte es, war aber so mit ihrer eigenen Krankheit beschäftigt, dass sie nichts sagte. Sie hatte einen schlimmen Blick in den Augen, ihr Gesicht war ganz zusammengeschrumpft. Die Frauen und Mütter kamen, um sich Kalle anzusehen. Es war Gottes Wille, sagte eine. Der ist an der Gotteskrankheit gestorben, weil der Tod so riecht, sagte eine andere und machte die Tür sperrangelweit auf.

Es schien leicht zu schneien. Ich legte Kalle ein weißes Taschentuch aufs Gesicht. Die Wut, die mich am Tag zuvor innerlich zerrissen hatte, war weg. Ich war voller kalter Leere. Charlotta kam erst gegen Mittag in die Baracke, nahm Kalle mit und bestellte ein Auto, das meine Mutter ins Krankenhaus bringen sollte. Sie wurde auf eine Trage gelegt, ihr Arm schwang wie ein dünner Weidenzweig im Winterwind hin und her, als sie in den Ambulanzwagen, der vor der Baracke wartete, getragen wurde.

Ich sah mir alles an und hatte das Gefühl, dass es so gut ist. Meine Mutter wird unter die Lebenden zurückkehren, wenn es nicht an der Zeit zu sterben ist.

Messer-Väinö zimmerte aus einem Brett einen Sarg für Kalle. Dort legte ich den gewickelten Säuglingsleib hinein. Seine Haut glänzte nicht mehr. Es sah aus, als würde sie sich gleich von den Wangen lösen.

An der gesamten Nordfront wurde nach meinem Vater gesucht. Als sie ihn endlich fanden, lag Kalle schon zugeschaufelt in der Grube. Meine Mutter lag weiter südlich im Krankenhaus, auf der geschlossenen Infektionsstation. Mit Diphtherie. Ich hoffte, dass man sie im Lazarett behielt, bis der Krieg zu Ende war. Sie hatte die Krankheit schon lange, und stur, wie sie war, hatte sie bestimmt auch Kalle damit angesteckt.

Hinter der Baracke stand ein halbes Benzinfass, das zum Verbrennen von Müll benutzt wurde. Dort brachte ich Kalles Sachen hin, auch die Wolldecke, in die ich ihn immer gewickelt hatte. Ich riss ein Streichholz an, und dann wartete ich ab, bis alles verbrannt war. Ich betrachtete den Schnee, der im Schein der Flammen rot leuchtete. Dabei hatte ich das Gefühl, dass es Kalle jetzt gut ging.

Messer-Väinö holte im Kontor einen Passierschein für mich, für sich und für Kalles Sarg. Dann stiegen wir auf einen Schlitten, der von Herrn Pattijokis Hengst gezogen wurde. Der Schnee knirschte unter den Kufen, als wir in der knackigen Kälte zu dem kleinen Friedhof am Dorfrand fuhren. Am Tor erwartete uns der Prediger. Gott zum Gruße, sagte er. Er lief immer noch im Wolfspelz herum, unter dem eine schwarze Kutte zu sehen war. Am Schnurrbart und an der Nase von Messer-Väinö hingen dünne Eiszapfen, als er in seinen Lumpen hinter mir herschwankte. Mit Aikili unter den Kleidern ging ich zwischen den beiden Männern. Ich trug Kalles Sarg und stolperte über die vereisten Wurzeln auf dem Weg, der in den steinharten Schnee geschaufelt worden war. Gott schwieg. Ich schaute zum Himmel. Vor Trauer wurde er so schwarz, dass kein einziges Loch am Firmament zu sehen war. Nordwind bewegte die Frostluft. Ich zog mir den Schal vors Gesicht. Der verhüllte zugleich meine Tränen. Etwas abseits stützte sich der Totengräber auf seinen Spaten und rauchte eine.

Ich legte den Sarg in das kleine, nicht besonders tiefe Grab. Die unteren Ränder waren voller kleiner runder Löcher. Da kam mir der Sommer in den Sinn, in dem ich mit Sakke und Jakke die Stadt der Würmer entdeckt hatte. Wir fanden sie in einer Grube mit Roterde am Ende von einem Wall. Die Löcher in der Grubenwand erstreckten sich bis weit in den Wald hinein. Jeden Tag gingen wir uns neue ansehen, und dabei wurde uns klar, dass die Löcher die Behausungen von meterlangen Würmern waren. Bestimmt blieben sie ihr ganzes Leben in den unterirdischen Gängen. Ab und zu schob sich ein Kopf aus einem Loch, schnupperte, schlüpfte zu einem anderen Loch hinein und bald schon wieder heraus. Jakke sagte, die treiben es bestimmt mit der Alten vom Nachbarn. Ich betrachtete die Fichtenzweige, die unter der Schneelast in die Knie gingen. Und ich versuchte, einen Grund zu finden, warum Gott so etwas tut: Uns den Unschuldigsten von allen zu nehmen, denjenigen, der noch gar nicht dazu gekommen ist zu sündigen. Ich fragte mich, warum der Allmächtige uns leiden lässt. Der Prediger warf drei gefrorene Erdklumpen in das Grab. Da unten lag Kalle. Niemand weiß, was nach dem Tod passiert, aber eines weiß der Mensch: Wenn die Erde auftaut, werden sich die Würmer und langsam auch die Erde in seinen Mund schieben. Kalles Leben führte vom warmen Schoß ins kalte Grab. Seine Zeit begann, als er geboren wurde, und endete, als er starb. So ergeht es allen. Der Totengräber, ein großer und dünner Mann, schnickte seine Selbstgedrehte aus dem Mundstück in den Schnee und stach den Spaten in den Erdhaufen, schaufelte die Grube zu und klopfte darüber einen kleinen Hügel aus Schnee und Erde fest. Darunter lag Kalle. Er würde seinem Vater nie helfen können. Er würde nicht zu einem Jungen heranwachsen und nicht lernen, wie man das große A schreibt: Fußbogen, aufsteigende Flamme, Knick, lange Abfahrt, Knick, Spirale und Schlussbogen. Er starb mitten im Leben, obwohl er das gleiche Recht zu leben hatte wie die Sokkeri oder das Blümchen auf dem Feld oder ich selbst. Aber Gott hat ihn und die Sokkeri geholt. So einen Gott kann es nicht geben.

Um den Mond herum hatte sich ein Ring aufgebaut, der Wind wurde stärker und heulte und wimmerte schon, bevor wir auf den Schlitten stiegen. Als wir auf die Straße kamen, die zum Lager führte, bekam der Nordwind starke Wirbel. Es stob, der Treibschnee lief wie eine Stromschnelle über die Straße und ballte sich auf den Feldern zu Wolken. Ich lag unter der Schlittendecke, aber der Schnee drang trotzdem ein. Messer-Väinö fluchte und peitschte das Pferd, das in Panik geriet. Es hatte ebenfalls Angst vor dem heulenden Wind. Ich zog mir die Decke über den Kopf. Nun war es dunkel, aber ich hatte keine Angst mehr. Ich dachte, im Dunkeln gibt es immer ein bisschen Licht.

Wir kamen zum Lager. Der Himmel hatte so viel Schnee auf den Stacheldrahtzaun geschleudert, dass man die Stacheln nicht mehr sah. Ich hielt den Rocksaum fest und rannte zur Baracke. Aikili war die ganze Zeit unter meiner Achsel gewesen und war es immer noch. Ich rollte mich in meinem Bett zusammen und lauschte dem Schneesturm. Die Fenster waren schneebedeckt, und man konnte nicht hindurchsehen. Sie klirrten, das Dach knirschte, und ab und zu hörte man einen lauten Krach, als würde ein Wirbel die Wände der Baracke packen und daran rütteln. Ich hatte Angst, dass gleich ein Fenster von der Kraft des Windes eingeschlagen wird und Schnee in die Baracke eindringt.

Als ich am nächsten Morgen aufwachte, war der Sturm seiner Wege gegangen, und die Sonne präsentierte sich am Himmel. Messer-Väinö schnitzte ein Kreuz. Er lieh sich wieder den Hengst von Herrn Pattijoki aus, und wir fuhren zu zweit im Glitzern zum Friedhof. Messer-Väinö machte mit der Eisenstange ein Loch in die eisige Erde und steckte das Kreuz hinein. Ein Name stand nicht darauf.

Ich saß auf dem Bett meiner Mutter, streichelte die Aikili und lauschte den Wanzen. Sie hielten sich nachts zwischen den Brettern auf. Dabei dachte ich über das Leben nach. Was ist es? Und ist es gut oder schlecht? Als ich einmal mit den Zwillingen bei den Netzen war, erzählte Sakke, wie er mit neun zum Kursuvaara gemusst hatte, um Blöcke aus dem Wald zu holen, zwei skandinavische Meilen weit, weil sich der Vater mit der Axt auf die Hand geschlagen und ins Lazarett gemusst und Jakke mit Fieber im Bett gelegen hatte. Es war ein gewöhnlicher Februarmorgen mit Nebelkälte gewesen, als Sakke die Tamara vor den Schlitten spannte und sich auf den Weg machte. Schon auf der Höhe vom Vahtevaara war er durchgefroren, weil er schlechte Sachen anhatte und seine Handschuhe nicht der Rede wert waren.

Er kam bis zum Kursuvaara, war aber so steif vor Kälte, dass er keinen einzigen Block rollen und auf den Schlitten laden konnte. Kalt wie ihm war, versuchte er, einen Holzklotz anzuzünden, aber der war feucht und brannte nicht. Dann nahm er Tamaras Heusack und verbrannte das Heu. Es war so schnell weg, dass seine Hände und Füße in der

Zeit nicht auftauten. Die Tamara kämpfte mit der Kälte und mit dem Hunger.

Irgendwie gelang es ihm, sie auszuspannen, und die Stute lief nach Hause, um Hilfe zu holen. Auf der Straße kam ihr Bauer Iisakki entgegen, der mit seinem eigenen Pferd unterwegs war. Er kapierte den Ernst der Lage, weil das Pferd ohne Zaumzeug galoppierte. Die Tamara führte ihn zum Kursuvaara. Dort lag Sakke bewusstlos in einem Schneeloch. Bauer Iisakki rieb ihn mit Schnee ab und machte ihn so wieder lebendig, wickelte ihn in die Schlittendecke und brachte ihn und die Tamara heim. Unterwegs erfroren Sakkes Hände und Füße so weit, dass man ihn später erst nicht für den Krieg einziehen wollte.

Ich lag im Bett und las die Geschichte von Juda und Tamar aus dem Alten Testament. Darin verließ Juda seine Brüder und begab sich zu einem Mann, der Hira hieß. Dort erblickte Juda eine Frau namens Schua und wohnte ihr bei. Schua wurde trächtig und gebar den Er. Dann wurde sie wieder trächtig und gebar den Onan.

Ich wollte gerade zum nächsten Vers übergehen, als Kalles Amme rief: Hilfe, Hilfe. Auf dem Gesicht ihres Säuglings, der im Herbst geboren worden war, klebte ein fiebriges Lächeln. Sie legte dem Baby einen kalten Wickel auf die Stirn, damit die Temperatur runterging, aber das Säuglingsgesicht erstarrte bloß.

Dann bekam das nächste Baby Fieber, und von einer Baracke zur anderen verbreiteten sich Aufruhr und Entsetzen.

Die Fieberkrankheit traf auch größere Kinder, und bald

hatten wir sieben kleine Tote im Lager. Ich lief mit Aikili im Ärmel draußen herum, leer wie dichte Finsternis. Ich verfluchte Gott. Die Mütter riefen um Hilfe, aber die gab es nicht. Die Hektik, das Gezappel und Geschrei nahmen solche Ausmaße an, dass Herr Pattijoki sich wunderte, was hier los war. Als wir neun Tote hatten, konnte Herr Pattijoki zusätzlich zu Charlotta eine echte Krankenschwester auftreiben, und es tauchte auch ein junger Arzt im Lager auf. Der nahm Tag und Nacht Leute in Empfang, stand ein paar Tage lang im Mittelpunkt und verschwand dann wieder.

Dann waren es zwölf Tote. Das Lager war voller Wut, wie das unter die Erde geschaffte Herz von Lilith. Charlotta erklärte uns, dass es schwer war, einen Arzt dazu zu bringen, so weit in den Norden zu kommen. Es waren inzwischen siebzehn Tote. Jemand schrie, lasst uns raus aus dieser Hölle. Die Polizisten versuchten, die Leute zu beruhigen. Sie sagten, draußen ist es auch nicht besser. Ein alter Kerl brüllte, lügt nicht, ihr verdammten Handlanger, draußen leben die Menschen wie im Paradies. Dann zerstreuten sich die Leute, weil keiner in den Bau wollte. Jemand sagte, wenn sich die hohen Herren bei uns nicht mit den Deutschen verbündet hätten, gäbe es keinen Krieg, und wenn es keinen Krieg gäbe, wären wir nicht hier und alle Kinder noch am Leben.

Die Sonne schien in voller Himmelsbreite, als Herr Pattijokis Gaul den Arbeitsschlitten zog, auf dem die kleinen Särge gestapelt waren. Die Trauergemeinde trottete hinterher ins Dorf hinunter und von dort zum Friedhof. In ihren

Alltagsklamotten standen die Leute um die große, tiefe Grube herum. Es gab keine Blumen, keine Schleier, keine äußeren Zeichen der Trauer. Die Zeitungsleute und Fotografen aus dem Süden standen weiter weg. Der Prediger fing an, und als er fertig war, las Herr Pattijoki die Beileidsbekundung des Königs vor.

Bald stand das ganze Lager in Flammen. Es herrschte ein solches Gewimmel, dass sich sogar die Zäune bogen und der Stacheldraht zerriss. Ein schwarzes Auto nach dem anderen brauste zum Lagertor herein. Darin saßen Fiskale aus dem Süden, Zeitungsleute und wer weiß wer noch. Mithilfe von Dolmetschern redeten sie mit den Müttern der verstorbenen Kinder. Sie wollten herausfinden, warum die Kinder umgekommen waren.

Aus der Hauptstadt kamen Herren und Gelehrte. Die sahen sich auch unsere Baracke dreimal an, hielten das Thermometer in jede Ecke, von der Decke bis zur Tür, und schrieben Zahlen in ein Heft. Zwischendurch jagten sie alle Bewohner hinaus. Am nächsten Tag dasselbe von vorn. Und was fanden sie heraus? Dass an der Krankheit und am Dahinsiechen der Kinder deren eigene Mütter und Versorger schuld waren. Mir wurde Kalles Tod aufgebürdet, weil ich ihn in einer Ecke schlafen gelegt hatte, in der es zog. Die Mütter wurden zuerst gerügt und dann beschuldigt, weil sie den Kindern nur Tinkturen gegeben und nicht rechtzeitig den Feldscher, geschweige denn einen Arzt geholt hatten. Wie hätten wir die holen sollen, wo es die gar nicht gab, aber laut den Inspektoren war an den Baracken alles in

Ordnung, und die örtlichen Behörden hatten die überraschende Flüchtlingsflut einwandfrei bewältigt.

Als die Fiskalen weg waren, tauchten zwei unsrige Herren aus dem Flüchtlingskontor auf, die uns beschimpften, wir wären den Einheimischen gegenüber undankbar, obwohl sie uns so bereitwillig geholfen hätten. Die Leute verstanden, dass es besser war, die Klappe zu halten und das Leid unter den Teppich zu kehren. Mit der Betriebsamkeit war es vorbei, die Menschen schlossen die Wut in ihrem Inneren ein, und es machte sich erst Trauer und dann Hoffnungslosigkeit breit. Das ganze Lager war wie tot. Ich auch. Ich träumte von Kalle. Mitten an einem klaren Wintertag kurbelte ich bei uns daheim auf dem Hof Wasser aus dem Brunnen. Ich stellte den Eimer auf den Brunnendeckel, aber es war kein Wasser drin, sondern Kalle, in die Wolldecke von meiner Mutter gewickelt.

Ich rappelte mich auf und wäre fast hingefallen, weil mir schwindlig und flau war. Ich spekulierte, dass mich die Trauer ausgezehrt hatte, denn ich hatte vergessen, zu essen und zu trinken. Also trottete ich zur Köchin, um sie um einen Brotkanten anzubetteln. Sie hatte Mitleid mit mir und gab mir ein Wurstbrot. Die Hälfte verschlang ich gleich hinter der nächsten Ecke, damit es die kleinen Kinder nicht sahen, die andere Hälfte steckte ich ein. Im selben Moment fing es in meinem Bauch schrecklich an zu ziehen, und ich hatte das Gefühl, dass gleich ein Schwarm Spatzen losfliegt. Ich rannte zum Abort, aber dort war unter dem Loch ein solcher Haufen gewachsen, dass ich mit erhobenem Arsch hätte scheißen müssen. Ich rannte zum Donnerbalken. In einem Rutsch leerte sich der Darm. Es zog immer noch im Magen, darum wartete ich die zweite Entleerung ab.

Dabei betrachtete ich die alten Fichten am Rand des Moors, wo ein gelbäugiger Habichtskauz einem Marder gegenüber »po-po-po« machte, der ihn von schräg unten anglotzte. Der Himmel ließ leisen Schnee rieseln.

Die Wut ballte in den Menschen Kräfte. Ich sah es daran, dass alle angespannte Gesichter hatten und nachts mit den Zähnen knirschten, dass es einem wehtat. Es war ein Tag mit strenger Kälte, und ich wartete, dass Aikili auf dem Bretterstapel erschien. Da sah ich Messer-Väinö zum Kontor marschieren. Gleichzeitig kam Ove im dicken Mantel zur Kontortür heraus und ging auf Messer-Väinö zu. Ich hörte Messer-Väinö sagen, ihr bringt uns hier um, ihr habt die Kinder umgebracht, und bald werden wir alle verrückt, wenn wir nicht aus dem Lager rauskommen. Ove war mit Abstand stehen geblieben. Er sagte, *hyr så, ni vet att karantenen …* Darauf Messer-Väinö: Ihr verdammten Handlanger lasst uns dahinsiechen, wir dürfen nichts tun, als mit den Händen im Schoß dasitzen, gib uns Arbeit, verdammt, und wenn es Holzhacken ist. Er hatte eine solche Glut in den Augen, dass um ein Haar Oves Augenbrauen angesengt worden wären. Er stand da wie ein Strommast und starrte Ove an. Ove tat so, als wäre nichts, und ging wieder dorthin, woher er gekommen war.

Da zog Messer-Väinö das Messer aus dem Stiefelschaft, machte ein paar Laufschritte hinter Ove her, blieb stehen, bewegte sich ein bisschen zur Seite und stocherte mit dem

Messer in der Luft. Ove drehte sich um und zog vor Schreck eine Grimasse. Messer-Väinös Gesicht verdüsterte sich. Er kniff die Augen zusammen. Ove zog eine Pistole aus der Hosentasche und richtete sie direkt auf die Stelle zwischen Messer-Väinös Augen. Sein Gesicht war rot und ernst. Er machte zwei Schritte auf Messer-Väinö zu und schoss hoch in die Luft. Messer-Väinö rührte sich nicht. Ove machte noch einen Schritt, und da stürzte sich Messer-Väinö wie ein Stier auf ihn, stieß ihm das Messer direkt in den Bauch und die blutige Klinge beim zweiten Mal unter die Rippen. Oves Beine gaben nach. Er hielt sich den Bauch, Blut quoll in den Schnee, und Ove fiel hin. Messer-Väinö warf das Messer in den Schnee und spuckte hinterher.

Inzwischen hatten sich Leute versammelt. Keiner gab einen Laut von sich. Man hörte nur das Knarren der Treppen, auf denen die Menschen herumstanden, und das Quietschen der schlecht aufgestellten Fahnenstange. Aikili wechselte ständig den Platz unter meinen Kleidern, weil sie meinen Herzschlag spürte. Dann kamen zwei Polizisten an. Sie trugen den stillen Ove in die Krankenstube. Den ebenso stillen Messer-Väinö brachten sie in den Bau.

Der zunehmende Mond leuchtete am Himmel, als Herr Pattijoki alle Lagerbewohner in der Kantine zusammenrief. Er räusperte sich, wischte sich mit dem Handrücken über den Mund und sagte, ihr habt alle gesehen, was gestern passiert ist. Der Streit zwischen euch und Ove hat mit der Arbeit angefangen. Ich will euch mitteilen, warum ihr im Lager nicht arbeiten dürft und noch weniger außerhalb des Lagers. Das hat seine Gründe. Im Gesetz wird vorgeschrieben, was ein Land tun muss, wenn es Flüchtlinge aus einem anderen, Krieg führenden Land aufnimmt. Für so einen Fall gibt es Paragrafen, wie man Schritt für Schritt verfährt. Im Lager gibt es keine Arbeit, die ihr tun könnt, und außerhalb des Lagers dürft ihr nicht arbeiten, solange ihr unter Quarantäne steht. Wenn wir euch zum Arbeiten ins Dorf lassen, könnt ihr die Dorfbewohner mit Tuberkeln, Diphtherie, Typhus, Masern oder Keuchhusten anstecken. Und die verbreiten die Krankheiten dann weiter, und dann sitzen wir alle in der Patsche. Wenn ihr alle geröntgt seid und festgestellt worden ist, dass ihr kein TBC oder sonstige Seuchen habt, sorgen wir dafür, dass ihr in den königlichen Wäldern arbeiten dürft. Ihr seid sechzigtausend und ihr müsst begreifen, dass wir außer euch noch insgesamt hunderttausend norwegische, dänische und baltische Flüchtlinge haben. Dazu an die sechstausend Estlandschweden.

Ich half den Frauen, die Polster, Laken und Decken zum Auslüften im Freien auf die Leine zu hängen. Meine eigene Strohmatratze hob ich an, weil ich darunter sauber machen wollte. Aikili bekam einen Schreck und wäre mir fast aus dem Kragen gesprungen, und im selben Moment hörte ich es piepsen. Am Fußende der Matratze sah ich ein kleines Loch. Eine Mäusefamilie hatte sich dort ein Nest gebaut. Schnell schob ich Aikili auf den Rücken und blickte mich um, ob jemand sie oder die Mäuse gesehen hatte. Dann legte ich die Matratze wieder hin, schlüpfte aus der Baracke und setzte mich an die südliche Wand.

Ich ließ Aikili in der frischen Luft auf meinen Schoß kommen und streichelte sie. Sie schaute mich mit ihren Knopfaugen an, wollte auf die Erde, und ich ließ sie frei. Sie verschwand unter der Baracke, und ich machte mich ans Putzen. Am Abend kehrte ich an dieselbe Stelle zurück. Dort wartete Aikili schon auf mich. Sie zitterte, weil sie fror. Ich schaute sie an, und sie mich. Dabei hielt sie das Köpfchen schief. Ich streckte die Hand aus, sie schlüpfte in meinen Ärmel und von dort weiter in die Wärme meiner Achselhöhle.

Bevor ich am nächsten Morgen aufstand, streichelte ich Aikili unter der Decke unterm Kinn. Dann zog ich ihr einen alten Strumpf an, in den ich Löcher für die Beine und den Kopf geschnitten hatte. Ich war vorsichtig und zog mich immer im Bett an, damit niemand mein Schoßtier bemerkte.

Berauscht vom zunehmenden Licht zog ich diesmal aber den Pullover vor dem Bett übers Kleid. Da kam eine Rotznase zu mir und fragte, was sich da unter meinen Kleidern bewegt. Nichts, sagte ich. Der Rotzlöffel ließ nicht locker, und bald umringten mich die Blagen, von wegen was hast du unter der Bluse. Das ist eine Ratte, brüllte die Rotznase. Ich lief ohne Schuhe ins Freie, die Kinderherde hinter mir her. Als ginge es um mein Leben, rannte ich zu Charlottas Baracke. Die Kinder wetzten mir nach und blieben vor der Tür stehen und spotteten, du hast eine Ratte und die Pest. Ich stand in der Tür, und Aikili rannte panisch von einem Arm zum anderen. Charlotta sah mich mit gerunzelter Stirn an. Ich sagte ihr, dass unser Geheimnis entdeckt worden ist.

Den ganzen Tag durfte ich unter Charlottas Obhut bleiben, während Aikilis Angelegenheit geregelt wurde.

Als die Leute das Standgericht über Aikili abhielten, tauchte Herr Pattijoki auf und sagte, dass Ove um sein Leben kämpft. Aikili geriet in Vergessenheit, und die Leute empörten sich. Messer-Väinö ist der Mörder, sagte jemand. Erleichtert machte ich mich aus dem Staub, holte meine Schuhe aus der Baracke und versteckte mich im Brennholzschuppen. Tief sog ich die Spätwinterluft ein und stieß sie wieder aus. Ich spürte sie bis in die Fingerspitzen. Ich wühlte ein bisschen, fand eine Axt und hackte damit auf den gestampften Boden. Mir kam der Tag in den Sinn, an dem ich auf unserem Kartoffelacker einen Stein fand, der wie eine Beilklinge aussah. Der Onkel schickte ihn nach Helsinki. Im Frühling darauf tauchten fünf Inspektoren aus dem Süden bei uns auf. Mit einem Seil sperrten sie ein Stück Land ab und heuerten ein paar Landstreicher zum Schaufeln an. Natürlich ging ich gucken. Nachdem die Männer einen halben Meter Erde ausgehoben hatten, durften sie gehen. Die Inspektoren bückten sich und krochen auf allen vieren und stocherten mit Stöcken im Boden. Mit Pinseln schoben sie den Sand zur Seite. Einer machte Fotos. Ich beobachtete, ob sie etwas finden. Einmal fragte mich einer der Herren, willst du ein bisschen im Boden kratzen. Mit einem kleinen Löffel durfte ich im roten Sand graben. Als ein brauner Flaschenhals aufblitzte, bekam ich einen Pinsel in die Hand und machte damit weiter. Erst im August sagte einer der Inspektoren, jetzt sind wir auf mehrere Anzeichen für eine Wohnstatt aus der Steinzeit gestoßen. Sie hatten Lagerfeuersteine, Knochen von wilden Rentieren und sonstiges Zeug gefunden. Im September packten sie ihre Steinschätze in Kisten und verschwanden.

Ich hackte mit der Axt auf den gefrorenen Boden, und als ich tiefer kam, grub ich wie die Steinzeitsucher. Ich sah etwas Weißes und scharrte weiter. Ich räusperte mich wie der Inspektor. Zuerst wurde die Wirbelsäule eines kleines Vogels sichtbar, dann der Knochenhaufen eines ganzen Vogels, der an das Skelett eines winzigen Dinosauriers erinnerte. Der Onkel hatte mir einmal gesagt, als der erste Dinosaurierknochen gefunden wurde, fiel den Geschichten in der Bibel der Boden weg. In der Bibel heißt es nämlich, dass Gott alle Tiere auf der Erde gleichzeitig erschaffen hat. Das kann nicht wahr sein, denn zuerst waren die kieferlosen Fische da, die Spinnen, dann die Frösche, nach ihnen die Schildkröten, später die Krokodile, die Dinosaurier, die Kriebelmücken, die Fledermäuse, schließlich die Affen, die großen Affen und der Mensch. Die Dinosaurier hatten genauso kleine Gehirne wie die Hühner. Als Kind spielte ich Lehrerin, und die Hühner und der Hahn waren meine Schüler. Ich brachte ihnen bei, Aufgaben zu erfüllen, und wenn sie es richtig machten, belohnte ich sie mit toten Mücken. Die Fanni war mein Liebling. Sie konnte sich erinnern, welchen Stock man zweimal drehen musste, welchen fünfmal. Sie lernte, mit dem Schnabel im Polkatakt auf eine Dose zu hacken. Die Fanni verliebte sich auf ihre alten Tage in den Tirsu und lief ihm über den ganzen Hof nach. Wie ich so das Skelett untersuchte und ausrechnete, dass unsere Zeit als Menschen hier auf dem Erdball kurz ist im Vergleich zur Zeit der Hornissen und Wespen, kam Aikili an. Ich ließ sie schnuppern, und als sie genug hatte, begrub ich die Vogelknochen wieder an derselben Stelle.

Als es dunkel wurde, lief ich über den Schnee in die Baracke. Aikili, Ove und Messer-Väinö waren vergessen, denn meine Mutter saß auf dem Bettrand. Ich war erschrocken, dass sie wieder hier war und mir zur Last fiel. Sie hatte zugelegt und konnte sogar ein bisschen sprechen, wenn auch heiser. Ihre Titten waren gewachsen, und ich log, ich hätte sie vermisst. Sie fasste mich sanft an der Schulter und sagte, sie mich auch. Ich rückte ganz dicht an sie heran und nahm einen starken Geruch wahr. Im meinem Kopf sprühten Funken, und ich bekam eine Gänsehaut. Ich machte die Augen zu, weil mir graute. Ich verstand, dass das der Geruch von Glycerol, Tabletten und Krankenhaus war.

Meine Mutter meinte, dass es ein neues Medikament auf der Welt gibt. Das hat ihre Krankheit ausgelöscht, und jetzt ist ihr Hals gesund. Ich fragte sie, ob mein Vater sie im Krankenhaus besuchen konnte. Ja, sagte sie, das Krankenhaus hatte ihm eine Karte an die Front geschickt, von wegen, wenn du dich von deiner Frau verabschieden willst, dann musst du dich beeilen. Ich rechnete mir gleich aus, dass mein Vater sie wahrscheinlich geschwängert hatte. Das fand ich gleichzeitig gut und schlecht. Schlecht, weil jetzt wieder die Hölle der Erwartung bevorstand. Andererseits dachte ich, dass die neue Leibesfrucht meinem Vater vielleicht den Verlust von Kalle und den Jungs ersetzte. Ich war ihm nicht genug.

Mir kam ein Schultag vor dem Krieg in den Sinn. Wir spielten auf dem Schulhof Rentierzug und Plumpsack, und ich fiel beim Rennen mit dem Pfand hin. Ein Scheißkopf aus einer höheren Klasse rief, kannst du blödsinnige Göre von einer blödsinnigen Mutter nicht mal rennen. Alle lachten. Ich erstarrte. Der Scheißkopf stellte sich vor mich hin und speichelte: blöde Mutter, blödes Kind. Die anderen hängten sich dran und kreischten mit. Da stürzte ich mich auf den Scheißkopf und riss ihn an den Ohren, aber er war größer als ich und bekam mich schnell auf den Boden. Mit seinen nassen Fäustlingen schlug er mir ins Gesicht und sabberte dabei auf mich. Dann läutete es, und wir mussten uns in einer Reihe vor der Treppe aufstellen. Der Lehrer kontrollierte, ob die Reihe gerade war, und sah dabei mein blutiges Gesicht. Er fragte, was passiert ist. Ich sagte, ich bin hingefallen.

Ein Lastauto brachte das Röntgengerät. Es wurde in die Krankenstube gebracht, und eine Baracke nach der anderen wurde geröntgt. Mir blieb nichts anderes übrig, als mich einzureihen, den Oberkörper frei zu machen und mich in den Apparat zu stellen. Die Röntgerin hatte eine Schürze an und sagte, die ist voller Blei. Sie ging hinter eine Tür, rief, die Lungen voll mit Luft, anhalten, und wieder ausatmen. Dann musste ich mich seitlich an die kalte Maschine stellen, den Arm heben und dasselbe noch mal. Das war's.

Obwohl wir dem Licht entgegengingen, hatte es manchmal noch gut dreißig Grad minus. Ich hatte Angst, dass man beim Röntgen TBC-Herde in meiner Lunge sieht und ich ins Krankenhaus gesteckt und am Bett festgebunden werde. Die Menschen blieben in den Baracken, außer denen, die Filzschuhe und Rentierpelze hatten. Ich ging nur raus, wenn es sein musste. Ansonsten lag ich auf meinem Bett und beschäftigte mich damit, mich an alle Menschen zu erinnern, die ich kannte.

Mit meiner Oma fing ich an. Die hatte sämtliche Altersbeschwerden und redete ständig davon, wie es früher war. Sie hielt mich im Arm und beschützte mich, wenn meine Mutter ihre Anfälle bekam, zu gut gelaunt oder trübsinnig war. Meine Oma sagte, mach dir keine Gedanken um deine Mutter, die versteht sich selbst nicht. Meine andere Großmutter sah ich selten. Sie hatte in einem Auge den Star, und Gallensteine hatte sie auch. Sie sagte immer nur »isch, isch, isch«. Dann der Onkel. Der ist trotz Zuckerkrankheit und Herzfehler gelassen und redet mit tiefer Stimme. Er ist ein bisschen so wie die hohen Herren, weil er ja auch im Gemeinderat sitzt. Als ich klein war, nahm er mich auf den Schoß, auch wenn ich mich nicht aufdrängte. Mein Vater hat eine knochige Nase und eine weiche Stimme, obwohl er immer auf der Hut ist. Er hat einen behaarten, verschwitzten Rücken. An sich ist er kein schlechter Mensch, wenn auch eher düster. Meine Mutter wiederum hat einen Hals so lang wie der Teufel, sie ist verbittert und innerlich verdorben. Wäre sie gesund, könnte sie vielleicht anders sein. Auf Jugendbildern sieht sie rund und schön aus. Solange ich mich erinnern kann, ist sie kraftlos, unfähig und mindestens eingebildet krank gewesen, aber jetzt sagte sie, sie ist gesund.

Unsere Stallmagd Anna, die sich vor unserem Aufbruch vor den Deutschen in die Waldhütte geflüchtet hatte, ist groß und kräftig, still, wortkarg, eine gute Arbeiterin, aber biestig. Trotzdem habe ich gelernt, sie zu mögen, weil wir im Krieg zusammen alle Arbeiten machen mussten. Anna war eine große Hilfe für mich, weil sie Kraft hat wie ein Mann. Im Frühling einundvierzig brachte sie ein Kind zur Welt. Es hatte Knopfaugen, dunkle Haut und schwarze Haare. Anna sagte, in dem Kind hätten sich das Blut von Zigeunern, Deutschen, Lappen und von ihr selbst vermischt. Mein Vater sagte, Anna und der Säugling dürfen im Haus bleiben, aber Anna brachte ihre Leibesfrucht zu ihrer Mutter weiter oben am Fluss.

Der Kartoffelbrei von Miila, der Hausmagd, ist voller Klumpen, obwohl sie es sonst beim Kochen ganz genau nimmt. Beim Reden ist ihre Stimme so glatt und leise, dass man nichts versteht. Immer wenn ein fremder Mann ins Haus kommt, versteckt sie sich in der Kammer. Jetzt ist sie wohl in der Hauptstadtgegend, bei ihrer Brieffreundin.

Katri, die nicht zu uns gehörte, die ich aber schrecklich vermisste, ist eine, die sich vom Wind der anderen mitnehmen lässt. Sie freut sich mit denen, die sich freuen, und weint mit den Trauernden.

Ich wollte gerade Aikili vom Bretterstapel holen, als Herr Pattijoki vor der Kontorbaracke rief, kommt raus und hört zu, man hat kein TBC bei euch gefunden, alle haben saubere Lungen, die Quarantäne ist vorbei, ihr könnt frei zum Tor hinaus- und hineingehen, wenn ihr den Passierschein vorzeigt.

Schnell schob ich Aikili in den Ärmel, wo sie in Sicherheit war, und rannte hin, um zuzuhören. Herr Pattijoki rief, dass jeder im Registrierungsbüro einen neuen Pass bekommt. Der Pulverschnee, den es auf die Schneewehen geschneit hatte, glitzerte, dass es in den Augen wehtat. Ich stellte mich in einer aufgeregten Menschenschlange an und bekam, als ich dran war, einen Zettel in die Hand gedrückt. Darauf stand mein Name und die Schule, in die ich ab jetzt gehen durfte. Herr Pattijoki rief, die Männer von der Landwehr, die noch Kraft haben, können zur extra für sie beschafften Waldarbeit gehen. Die jungen Frauen und die ohne Kinder schickte er zur gründlichen Sittlichkeitsprüfung in die Krankenstube, danach durften sie im Dorf als Mägde anfangen. Als Matratze für die Bauern, meinte jemand lachend. Im Magazin bekommt ihr

Äxte, Sägen und sonstiges Werkzeug, rief Herr Pattijoki. In der Baracke herrschte Gewimmel. Ich sagte zu meiner Mutter, dass ich eine Schultasche brauche. Sie sagte, du kannst meine Handtasche haben, die mir dein Vater geschenkt hat.

Ich betrachtete den Himmel und merkte, dass die Sonne vom östlichen Himmel zum südlichen gewandert war. Die Kerle rochen das Frühjahr und rannten zur Forstarbeit in den Wald. Die Stimmung stieg wie ein Hefeteig. Wir Frauen wurden wild, weil uns keine mürrischen Kerle mehr bremsten, belauerten und uns bei jeder Gelegenheit Knüppel zwischen die Beine warfen. Mit hellen Stimmen redeten und lachten die Frauen, holten sich in der Essensbaracke Bohnen und kochten auf dem Ofen Plörre. Eine Mutter spielte auf dem Akkordeon Walzer. Die alten Weiber lachten derart, dass ihr Zahnfleisch aufblitzte.

Ich war wegen der Schule so aufgeregt, dass ich die ganze Nacht nicht schlafen konnte. Wir waren Kinder in unterschiedlichem Alter, warteten vor dem Tor auf Charlotta und marschierten dann hinter ihr her zur Dorfschule.

Das Schulgebäude stand leer. Charlotta sagte, die hiesigen Kinder sind eine Stunde früher nach Hause gegangen, die Klassenräume sind sauber, und wer Arrest hat, ist in die Schulküche gebracht worden, damit auch die uns nicht begegneten.

Wir betraten die Klasse. Die Lehrerin war klein wie eine Elfe und redete mal Reichsschwedisch und mal unsere Sprache. Ich bewunderte die riesige schwarze Tafel, neben der eine Weltkarte hing. Darauf war das Königreich in der Mitte und alle anderen Länder um es herum platziert.

An den Ohren der Lehrerin baumelte Schmuck mit schwarzen Steinen, an der Hand klimperten eine Uhr und ein dicker goldener Armreif. Sie schwieg lange und schaute aus dem Fenster. Dann streckte sie den Rücken durch, verzog die Lippen zu einem straffen Lächeln und sagte, ihre Aufgabe wäre es, uns die richtige Sprache dieses Landes beizubringen und wie man in diesem Land lebt, arbeitet und sich benimmt. Ich war furchtbar stolz und begeistert und dachte, dieses Geschenk gibt man uns zum Ausgleich dafür, dass wir unsere Heimat verlassen mussten.

Als Schulbücher benutzten wir alte Zeitungen. Die Lehrerin gab uns auch Illustrierte aus vergangenen Jahren, in denen vom König und seinem Hof die Rede war. Als die Fiskalen anfingen, eine für uns Flüchtlinge bestimmte Zeitung zu schicken, las ich sie nur, wenn es sein musste. Die Nachrichten aus der Heimat kamen mir so weit weg vor. Ich hatte mich vollkommen von der Welt gelöst, die ich auf der Westseite des Stroms zurückgelassen hatte. Auch nach den Kühen hatte ich erst Sehnsucht, wenn ich mich hinlegte. Mein Herz schlug gleichmäßig, wenn ich mich mit den Aufgaben abmühte. Auch Aikili mochte die Schule. In der Essenspause fütterte ich sie mit Schulessen, danach schnarchte sie mit dickem Bauch. In der Pause ließ ich sie auf die Hand und kitzelte sie hinter den Ohren. Dann ließ ich sie wieder in den Kragen schlüpfen, breitete die Arme aus, und sie huschte von einer Hand zur anderen, immer hin und her. Das kitzelte, und ich kicherte.

Das Ende der Quarantäne war zuerst eine fröhliche Zeit, aber ziemlich bald wurde es zu viel. Die Frauen rannten vom Lager ins Dorf und wieder zurück. Alle waren wie wilde Rentiere. Die kleinen Kinder plärrten, weil sie nicht kapierten, was los war. In einem fort ging die Barackentür. Unbekanntes Volk lief mit schlenkernden Armen über die Lagerstraße.

Ich konnte meine Hausaufgaben nicht machen, weil jeden Abend um mich herum laut geredet, gejohlt und Krach gemacht wurde. Nächtelang konnte ich nicht schlafen, weil die Leute herumtrampelten und immer jemand zwischen Fenster und Ofen hin- und herlief. Die Menschen rannten raus und rein, und irgendwann steckte auch mich die unruhige Stimmung an. Die Kinder prügelten sich, schrien, tobten, als hätten sie haufenweise Zucker gegessen. Herr Pattijoki kam ein paarmal und sagte, liebe Leute, beruhigt euch. Niemand hörte auf ihn. Dann verschwand Herr Pattijoki für einige Tage ins Dorf, sammelte dort Kraft und Mut, und als er ins Lager zurückkam, war er ganz von seiner Macht eingenommen. Durchs Hirtenhorn sprach er streng zu uns, wir sollen uns beherrschen und die Disziplin wahren, sonst stellt er uns wieder unter Quarantäne. Weil niemand zuzuhören und sich nicht um seine Botschaft zu kümmern schien, drohte er zum Schluss: Morgen kommt der Prediger und wird euren harten Schädeln die Gottes- und Höllenfurcht einbläuen.

Der Prediger wurde in einem schwarzen Auto zum Lagertor hereingefahren. Aus dem Lautsprecher kam der Befehl: Alle versammeln, die Andacht fängt an. Meine Mutter blieb in der Baracke, weil es so aussah, als würde sie nicht mehr an Gott glauben.

Die Proviantbaracke war rammelvoll. Alle Sitzplätze waren für die alten Leute reserviert. Ich blieb mit den anderen Kindern an der Wand stehen. Es roch so beißend nach Schweiß, dass mir alles hochkam und ich hinausrennen musste. Die dampfende Kotze bedeckte ich mit Schnee. Ich kam genau in dem Moment wieder hinein, als der Mann Gottes von der Küche aus den Saal betrat. Ihm folgten eine schöne braunhaarige ältere Frau mit prächtigem Dutt und ein noch schöneres Mädchen mit blonden Haaren und Kussmund. Jemand keckerte, dass man als Prediger immer an eine Möse rankommt, auch jetzt hat er wieder zwei Fräuleins im Schlepptau, sprich vier Löcher, die er fegen kann. Der Mann Gottes stampfte mit dem Fuß auf, und die Leute wurden still.

Dann fing er an: Ihr Brüder und Schwestern im Glauben seit wie auch ich vor dem Krieg in ein fremdes Land geflohen, wenngleich dieses Land eigentlich eins ist mit dem, aus dem wir geflüchtet sind. Dies ist das Land des Herrn, und das Land des Herrn ist das Land der Rechtgläubigen, das ihr alle erst im Tod verlassen werdet, wenn ihr in den Himmel kommt, um euch an Gottes Güte zu erfreuen. Die anderen, also diejenigen, die nicht so glauben wie wir, sondern die glauben wie der Teufel, werden im kochenden Pechsee der Hölle landen. In diesem Lager hat sich der Beelzebub eingenistet. Es ist eine Stätte der Brunst geworden. Manche Frauenzimmer sind durch Erbärmlichkeit der Hurerei verfallen und lassen die Hurenböcke des Dorfes, die es nach den breithüftigen und großbusigen Weibern des Stromufers gelüstet, heimlich nachts in ihre Baracke und geben sich der Geilheit hin. Diese vom Satan besessenen Huren lassen sich von den hiesigen Fiskalen mit voller Kraft bumsen und werden dank Lügen und Falschheit auch noch trächtig und behaupten mit dickem Bauch, dass es niemand mit niemandem getrieben hat … Wisst ihr, wo die Lüge anfängt? Sie fängt mit dem Leugnen an, damit, dass etwas vorgefallen ist, man es aber nicht zugeben will. Das ist eine Schande. Gott wird euch Fotzenanbieterinnen auf die strengste Weise bestrafen. Er wird dafür sorgen, dass eure Gehirne voller Darmwürmer sind, und wenn ihr dann lang und inbrünstig ausgetrocknet worden seid, wird er euch in einem Pissbrunnen versenken. Dann dürft ihr in Seiche und Scheiße ersaufen. Und das ist noch nicht alles. Irgendwelche vom Teufel besessene Kerle lassen die Männer aus dem Dorf ins Lager und kaufen ihnen Teufelspisse ab, gluckern sie flaschenweise und benehmen sich dann wie verrückte Hähne. Der eine schläft besoffen im Schnee ein, der andere fällt die Barackentreppe hinunter, wieder ein anderer verheddert sich im Stacheldrahtzaun. Das ist tiefe Schande, und euch Lasterhafte wird ein entsprechendes Schicksal erwarten. Gott wird euch den Bauch durchlöchern, dass euch das Blut aus dem Arsch spritzt, und euch die Speiseröhre verbrennen, dass ihr nie mehr etwas schlucken könnt. Das geschieht euch recht, die ihr die Sünde esst und daraus eure Kraft bezieht, euch, die kein Schuldgefühl plagt, euch, die ich nicht einmal Menschen zu nennen wage. Und dann seid ihr auch noch Sahneärsche, die miserabel die Sprache der Fiskalen radebrechen. Ihr seid in Not hergekommen, aber sobald ihr ein paar Wörter Reichssprache gelernt habt, habt ihr euch Vorrechte und Macht verschafft. Mit Falschheit habt ihr vertrauensvolle Tätigkeiten im Lager bekommen, ihr esst an anderen Tischen als die anderen und Suppe mit mehr Fleisch. Während die hiesigen gottesfürchtigen Menschen Kleider, Werkzeug und für die Kinder Spielsachen gespendet haben, seid ihr Teufel, denen nichts genug ist und die ihr Gott nicht fürchtet, hingegangen und habt säckeweise erstklassige Ware an euch gerafft und sie zu den Männern vom Schwarzmarkt getragen, die euch zum Lohn Silbermünzen gegeben haben. Man wird euch die mit Sahne beschmierten Ärsche mit heißem Teer abspülen, und dann wird man euch im Moor versenken und den tödlichen Kriebelmücken ausliefern. Und dann sind da noch die Hamsterer …

Die Uralten wedelten schon mit den weißen Spitzentaschentüchern, und die Männer trampelten mit den Füßen. Viele schrien laut, was das Zeug hergab, und baten sich gegenseitig mit Umarmung um Vergebung für ihre Blutsünden. Ich schlich mich hinaus, weil ich Seitenstechen hatte und mein Bauch so prall war, als hätte ich einen Ball verschluckt. Ich beeilte mich, auf den Balken zu kommen, und ließ Aikili laufen. Sie rannte auf dem Balken hin und her und blickte mich zwischendurch an. Dann sprang sie auf einen frühjährlichen Grashöcker, und ich sah, wie sie zu einem winzigen Rattenjungen rannte, auf das ein Ast gefallen war. Aikili fing an, an dem Ast zu nagen. Nachdem sie das eine Zeit lang getan hatte, kam die kleine Ratte frei. Sie dankte ihrer Retterin nicht, sondern rannte einfach davon.

Nach der Versammlung pirschte ich mich an den Prediger heran und konnte lediglich sagen, ich hätte mir überlegt, als er auch schon antwortete, du solltest rechtzeitig mit so etwas aufhören, ein besseres Leben wirst du haben, wenn du dich von einer passenden männlichen Hälfte zur Frau nehmen lässt und ihr Kinder in die Welt setzt.

Bald war wieder sternlose Nacht. Das bedeutete wenig Nachtfrost. In der Baracke herrschte Frieden. Ich rollte mich in meinem Bett zusammen und weinte heimlich, weil ich niemandes Frau sein wollte und von toten Kindern genug hatte. Ich weinte den Kühen, meinem Vater und dem Onkel nach, oder einfach so. Dabei drückte ich Aikili so fest an mich, dass sie röchelte. Ich lockerte den Griff und ließ sie davonschlüpfen.

Der knisternde Reif schmolz am warmen Morgen. Ich schlich aus der Baracke, weil alle anderen noch schliefen. Außerhalb des Lagers sprang ich unruhig von einer schneefreien Stelle zur nächsten. Eine Auerhenne präsentierte sich unter einer alten Kiefer, streckte die rostrote Brust heraus und gackelte. Ich dachte, wenn ich die Tiere besser kennen würde, wüsste ich mehr darüber, was in ihnen vorgeht, dann könnte ich das Leben und die Welt verstehen.

Die Sonne machte die feuchte Luft trocken, und ich ging mit den anderen Kindern des Lagers zur Schule. Wir marschierten nicht, sondern rannten wie die Verrückten über die matschige Straße. Unterwegs rangen welche, schlugen sich mit ihren feuchten Handschuhen, bewarfen sich mit nassem Schnee und schubsten die Kleineren herum. In der Schule lernte ich, dass das Zählen die Grammatik des Rechnens ist. Und dass Rechnen bedeutet, die Gedanken in der Sprache der Zahlen und Formeln auszudrücken. Dass man mit Zahlen die Welt beschreibt und beherrscht. Am frühen Abend lief ich zu Charlotta, um die Kunst des Sprachensprechens zu lernen. Ich war ihre einzige Schülerin. Ich wollte lernen, die Welt, das Weltall und mich selbst zu verstehen.

Mit dem Gesicht zur Ecke zog meine Mutter ihr weites Kleid aus, aber als ich von der Seite guckte, sah man die Trächtigkeit, wenn man richtig hinschaute. Ich konnte mich über ihren Zustand nicht freuen. Ich dachte, auch wenn sie jetzt munter ist, liegt sie doch bald wieder im Bett. Und wenn es das Kindbett ist. Wir hängten zu zweit hinter der Baracke Wäsche auf, als ich Aikili auf meine Hand kommen ließ. Meine Mutter winkte freundlich und fragte, wo kommt die denn her? Ich erzählte es ihr. Sie sagte, sie hätte als Kind auch ein Haustier gehabt, eine kleine Schildkröte. Jane. Ihre Tante, die der Hunger und der Mangel nach Amerika getrieben hatten, hatte sie ihr als Mitbringsel aus New York mitgebracht. Die Kinder im Kirchdorf, aber auch erwachsene Menschen waren zu Besuch gekommen, um sie zu bestaunen und zu preisen. Janes Glaskasten hatte in ihrem Zimmer gestanden, und sie hatte die Angewohnheit gehabt, die Schildkröte auf dem Fußboden laufen zu lassen. Eines Tages, als sie Großmutters Lehrerkollegen zum Kaffee dahatten, war Jane ins Wohnzimmer geschlüpft. Der Mathematiklehrer war auf sie getreten, und Jane war tot.

Schneeflocken schwebten auf die Erde, pappten zu Eis zusammen, das an den südlichen Stellen im Nu wieder schmolz. Zuerst bekam es Poren, dann wurde es Matsch. Tagsüber wärmte die Sonne wie im Frühling, dann erinnerte einen der Abendfrost wieder daran, dass es bis zum Sommer noch dauerte. Im Hellen war das Lager eine einzige Pfütze, dazu kam vom Himmel noch mehr herunter. Die nasse Erde konnte solche Mengen nicht mehr aufsaugen. Das Licht machte das Klima erträglicher, weshalb Aikili von Stein zu Stein hüpfte, wenn ich sie freiließ. Ich rannte ihr hinterher, über den Zaun zum Teich und von dort weiter zum Flussufer hinunter. Ich warf kleine Steine zwischen die langsam treibenden Eisschollen und überlegte, wie es wäre, sich die Taschen mit Steinen vollzustopfen und ins eiskalte Wasser zu gehen. Ich musste an die Schwester vom Bauern Iisakki denken, die ihre letzten Schritte auf dem Frühjahrseis gemacht hatte, bis zur ersten offenen Stelle. Aikili kletterte an meinem Bein hoch. Sie wollte ins Warme. Ich ließ sie unter meinen Pullover und spazierte zum Lager zurück.

Als ich die quietschende Barackentür aufmachte, erschrak ich, weil Messer-Väinö gerade Feuerholz in den Ofen steckte. Meine Mutter flüsterte, dass es Ove besser geht und dass er gesagt hat, es soll Gnade vor Recht ergehen und sie sollen Messer-Väinö freilassen, ihm reicht es, dass er am Leben geblieben ist.

Die schneefreien Stellen zogen mich an. Nach der Schule ging ich wieder hin, um in der aufgetauten Erde zu kratzen. An einem nackten Flecken grub ich ein tiefes Loch. Ich fand ein Wespengehäuse, Mistwürmer, Wanzen, Rüsselkäfer, Mistkäfer, Spinnen und Tausendfüßler. Ich fragte mich, warum manche von den länglichen Viechern Füße haben und manche nicht, und ich dachte an Jakke, der den Fliegen die Flügel und den Rüssel und den Ameisen die Beine abriss, mit dem Streichholz fickende Bremsen verbrannte und in einer Schachtel Käfer und Schmetterlinge sammelte. Einmal sah ich, wie er eine Nadel durch einen Schmetterling stach. Dabei spritzte ein Tropfen Blut auf Jakkes Hand. Er wischte sich über den Mund, und das Blut blieb an seinem Mundwinkel hängen. Am Abend wälzte er sich hin und her, und meine Mutter wunderte sich, wo er das Fieber herhatte.

Mit einem Stock grub ich an den Barackenecken und zwischen den Baracken kleine Bäche und beobachtete, wie das Wasser in den Wald und den Hang hinunter plätscherte. Etwas davon verdunstete. Eines Tages kommt dasselbe verdunstete Wasser als Regen aus einer Wolke herunter. Als die Erde entstand, gab es hier kein Wasser und kein Leben. Nur einen kochenden Feuerball. Dann kühlte die Luft ab, und die Erdkruste entstand. Es fing an zu regnen.

Das Wasser sammelte sich in Senken. So entstanden die Meere. In denen entwickelten sich irgendwelche Sporen, und die fingen an, die Luft auszustoßen, die auch meine Lunge einsaugt. Im Lauf von Millionen Jahren bildeten sich aus den Sporen alle möglichen Wimpertierchen und aus denen Beutelteufel und wer weiß was alles.

Herr Pattijoki rief uns zusammen und sagte, der Krieg ist aus. Aber ihr könnt nicht sofort in euer Heimatland zurückkehren, sprach er weiter. Dort liegt alles in Schutt und Asche, und wo man hintritt, gibt es Minen. Ihr müsst in Ruhe abwarten. Zuerst müssen die Minen entschärft, dann muss der Hof aufgeräumt und ein Gebäude errichtet werden, in dem ihr unterkommt. Lebt also weiter wie bisher. Die Lagerbewohner nahmen die Mitteilung kleinlaut entgegen. Ich sah mir Herrn Pattijokis Visage an. Dabei fiel mir ein, wie dem Prediger bei der Versammlung nach seiner donnernden Lektion eingefallen war, dass der Sulo Tuomaanlahti ihm noch zehn Mark, die Kaisu Huhanantti ein Kilo Kaffee und der Kyösti Taivaanjaaran eine Packung gesägten Zucker schuldete. Ich war der Krone mindestens für die Schulhefte, ein paar Kleidungsstücke und das Essen etwas schuldig, und dafür, dass ich vor dem Krieg in Sicherheit war.

Ich fühlte mich komisch. Die Vorstellung, in die Heimat zurückzukehren und dort wieder schuften zu müssen, machte mir Angst, denn ich hatte mich an das müßige Lagerleben gewöhnt. Andererseits munterte mich die Vorstellung auf, Katri und das Vieh wiederzusehen. Mit aller Kraft schob ich die schlechten Erinnerungen zur Seite und zwang mein Gesicht, sich der guten Seite zuzuwenden. Mit offenen Augen träumte ich von der Zeit, in der meine Oma vor dem frisch angeheizten Backofen saß und Kartoffeln schälte, meine Mutter am Küchentisch mit Anna über die Kühe redete, Miila Teller abtrocknete, mein Vater, der Onkel und die Jungen mit der Waldkarte beschäftigt waren und ich neben dem schwarzen Schrank die Feder untersuchte, die ich aus einem Auge meiner Puppe ausgebaut hatte. Ich erinnerte mich an den Juni im Zwischenfrieden. Damals regnete es selten, und die Pfützen waren klein. Ich machte die Regale im Magazin sauber, holte die Einweckgläser aus dem Keller und wusch sie mit heißem Wasser in der Viehküche ab, holte mit Miila die alten Decken aus der Kleiderkammer und lüftete sie aus, setzte Zwiebeln und putzte die Zimmer, bis sie im Mittsommerzustand waren. Ich war gerade dabei, mit der Hausmagd die gewaschenen Vorhänge von der Leine zu nehmen und in den Manilakorb zu legen, als Bauer Iisakki kam und sagte, der Führer hat Russland angegriffen, bald machen wir uns mit den Nazis über die russische Grenze und erobern Land bis an den Ural.

Meine Mutter sah munter und aufgeräumt aus. Sie kämmte sich die Haare, sah mich an und sagte klar und deutlich, endlich ist diese Hölle durchgestanden, bald kommen wir heim, pack du auch deine Kleider zusammen, wir gehen. Ich bremste sie, denn wir mussten abwarten, bis wir die Erlaubnis zur Rückkehr bekamen. Da sank meine

Mutter aufs Bett und starrte mit ernstem Gesicht auf die Wand.

Ich spürte das Warten auf die Rückkehr als Schmerz und Brennen im Hinterkopf, als Stechen im Hals und als Kribbeln in den Füßen. In meinem Kopf knackte und in der Herzgegend hämmerte es. Die Tage krochen auf den Abend zu. Die Nacht schien überhaupt nicht kommen zu wollen. Ich dachte, dass ich daheim alles essen durfte, was mir so lieb war, Salzfisch, Labkäse, Gerstenfladen, Roggenbrot, Dickmilch, Trockenfleischsuppe und Pfannkuchen aus Rentierblut. Aber schmeckte das alles noch so gut, nachdem ich mich im Westen an alles mögliche Süße gewöhnt hatte?

Ich trottete in den nächsten Wald und entdeckte eine schöne Stelle mit Birken. Dort tanzte ich vor mich hin. Anschließend ging ich tief in den Fichtenwald hinein. Dort kam mir ein Elch entgegen. Er war so zahm, dass er mich ganz dicht an sich heranließ. Er hatte die Blutarmut. Ich tröstete ihn: Du musst nicht mehr lange leiden, bald kommt der Tod und erlöst dich von deinen Qualen, ein Fuchs frisst dein Fleisch, und was der Fuchs hinterlässt, das putzen die Kolkraben weg. Danach weiß niemand mehr, dass es dich je gegeben hat. Ich lauschte dem Wind, dem Kreischen der aus dem Süden gekommenen Vögel am Teichufer, dem Kuckucksrufen, das aus dem Osten herüberdrang, und dachte an meine Heimat zurück: an den See, an den alten Wald am Ufer gegenüber, an die Trampelpfade und an die vermoosten Äste des Flieders, den der Opa meines Opas gepflanzt hatte.

Ich stieg zum Dorf hinunter. Dort war niemand zu sehen. Ich schlurfte die breite, schwarze Dorfstraße entlang. Die Häuser im Dorf waren groß, die Gärten wie geleckt. Der Fluss, der mir schon vertraut war, zog mich an, und kurz darauf sah ich auch schon zu, wie das Wasser strömte. Auf der Uferböschung drangen grünes Gras und Löwenzahn unter den faulenden Blättern hervor, das glasbläuliche letzte Eis trieb den Strom hinunter. Ich wanderte flussaufwärts. Es kam mir vor, als wären die Schatten des strömenden Wassers immer noch die gleichen wie zu Anbeginn der Zeiten. Mir ging Sakkes und Jakkes Trauerfeier in der Kirche durch den Kopf. Ihre offenen Särge standen nebeneinander. Der Schmerz hatte Sakkes Mund aufgerissen. Er sah aus, als hätte er nie gelebt. An Jakkes Gesicht konnte ich mich nicht erinnern. Von einem Hügel aus blickte ich wieder nach Süden. Dort lag in einer Senke schon ein grünendes Feld, an dessen Rand Krüppelbirken und Espen standen. Ich ging tief in die Hocke und horchte, wie die Blumen wuchsen.

Als ich ins Lager zurückkehrte, stand Charlotta am Tor und bat mich in die Krankenstube. Ich folgte ihr. Sie schaute mir ein bisschen ängstlich direkt in die Augen und sagte, die Rückkehrerlaubnis für dich und deine Mutter wäre fertig, euer Zuhause steht noch, und dein Onkel ist schon dort, aber wenn du willst, kannst du bei mir bleiben. Warum in ein niedergebranntes, geschändetes und zerstörtes Land zurückkehren, nur um dort im Elend zu leben? Ich sagte, ich weiß nicht. Charlotta gab mir eine Tasche, in das sie ein Kleid in beiger Farbe gepackt hatte, dazu

Kniestrümpfe mit weißer Spitze, eine rote Seidenschleife, schwarze Lackschuhe mit Riemchen um die Knöchel, zwei Bücher, eine vergoldete Schmuckdose mit herzförmigem Deckel, die innen aus rotem Samt war, auf dem ein silbernes Herz lag. Außerdem bekam ich eine Plätzchendose, eine Packung Kakao und eine große Tüte harte, weiß-rote Bonbons.

Charlotta gab mir ihre Anschrift und sagte, dass ich jederzeit zu ihr kommen kann. Ich faltete den Zettel zusammen, steckte ihn ein und dachte, niemals, und gleich darauf, vielleicht doch.

Früh am Morgen weckte ich meine Mutter und sagte, jetzt gehen wir. Die Küchenfrau brachte uns ein großes Essenspaket und einen Hefezopf, den sie in ein Handtuch gewickelt hatte. Dann stiegen wir auf die Ladefläche des Lastautos, das am Tor stand und wimmerte. Wir saßen mitten in einem Mückenschwarm und warteten, bis der Motor endlich ansprang. Der Fahrer machte die Motorhaube auf und steckte den Kopf darunter. Als er wieder zum Vorschein kam, sagte er, ihr müsst auf Schusters Rappen in Richtung Rückkehrlager gehen. Die Bündel und den Korb versprach er nachzubringen, sobald er den Laster in Gang gebracht hatte.

Also nahmen wir den Proviant und zogen auf der trockenen, hellen Straße los. Am Anfang ging ich mit Frauenschritten voraus und meine Mutter hinterher, aber als sie an einer schlummernden Koppel zurückblieb, ließ ich sie vorantrippeln. Ich betrachtete ihren Rücken. Ich hatte Mitleid mit ihr und gleichzeitig eine kleine Wut auf sie.

Bei einem von Gräben durchzogenen Moor wurde die Straße breiter und hatte eine Schicht aus feiner Torferde, die bei jedem Schritt staubte. Ich schaute auf den Bürzel meiner Mutter, und meine Schritte knickten ein. Sie setzte sich auf einen Stein, ich mich auf einen kleinen Stein daneben. Sie schwitzte, hatte rote Ohren, ihr Gesicht war staubig, und sie hielt sich mit beiden Händen den Bauch. Ich schaute der Sonne direkt in die Augen und fragte mich, ob es möglich ist, dass sie eines Tages in sich zusammenfällt und erlischt. Der Onkel hat gesagt, wenn man zu den Sternen fliegt, kommt man an kein Ende, aber wenn man mit einem langen Bohrer in die Erde bohrt, stößt man zuerst auf Wasser und Kohle, dann auf Gas und Öl und darunter auf den brennend heißen Glühofen in der Mitte. Bohrt man dann weiter, kommt man in China heraus, in einem Reisfeld oder unter einem Esstisch oder in einer Vasenfabrik in Peking.

Aus der Ferne hörte ich meine Mutter sagen, dass sie nicht nach Hause will, dass sie sich nicht für das Vieh, die Landarbeit und nicht für das ganze Dorf interessiert. Mir krampfte sich der Magen zusammen, und meine Hände wurden taub. Ich schaute meine Mutter an. Ihre getrocknete Stirn hatte Trauerfurchen, und ihr Gesicht war nicht mehr rot. Warum?, brachte ich heraus. Sie schwieg lange, dann sagte sie, dass sie eher ein Kontormensch ist und größere Orte mag, aber ihr Leben auf einem Bauernhof verbringen muss, auf den sie nie gehört hat.

Ich wollte ihr sagen, warum haust du mit deinem Bauch nicht in dein geliebtes Kirchdorf ab, Papa und ich kommen auch ohne dich und deine unzufriedene Visage aus. Aber ebenso schnell bereute ich meine hässlichen Gedanken und sagte zu ihr und zu mir selbst, dass schon alles werden wird, wenn wir erst einmal daheim sind. Papa kommt zurück, das Baby wird geboren, Anna und ich kümmern uns ums Vieh, und der Onkel kommt uns helfen, so wie früher.

Wir gingen wieder auf die Straße. Die Sonne wärmte das Gesicht, brachte uns aber nicht mehr zum Schwitzen. Bei einer Waldwiese kam uns ein Schwarm Kohlweißlinge entgegen. Sie schwebten wie weiche Schneeflocken.

Stumm wanderten wir einen schmalen, vermoosten Weg entlang. Es sah aus, als würde der Himmel in den Baumwipfeln hängen. Meine Mutter stolperte ständig, mal über die dicken Baumwurzeln, mal über Steine. Die trockenen Fichtenäste zerkratzten ihr das Gesicht, aber sie machte sich nichts daraus.

Ich pflückte am Wegrand Brombeeren vom letzten Jahr und fütterte Aikili damit. Meine Mutter hechelte, und ich sagte, wir machen kurz Halt. Ich hätte ihr am liebsten gesagt, vergessen wir, was war, aber es ging nicht.

Ich hörte das Hacken eines Buntspechts. Sein karottenroter Unterbauch blitzte auf einem Ast im Baum nebenan auf, und während er mit dem Schnabel auf einen Zapfen einhämmerte, stützte er sich mit dem Schwanz am Stamm ab. Meine Mutter sagte, als sie jung war, hätten alle zuerst zum Konfirmationsunterricht gehen müssen und dann erst samstagabends zum Tanz ins Kirchdorf gedurft, und dass es der Sohn des Polizisten und der Sohn des Kantors bei ihr versucht hätten, und … es war Mittsommertanz … und meine Mutter hatte mit dem Sohn des Gemeindevorstehers getanzt, als das Paar, das neben ihnen getanzt hatte, hinfiel. Die anderen tanzten weiter, erzählte meine Mutter, aber der Mann, der später mein Vater wurde, kam angerannt, um der Magd zu helfen, die beim Sturz mit dem Kopf gegen die Ecke einer Bank geschlagen war. Später am Abend stand meine Mutter an der Tür zum Büfett und sah, wie der Held mit einem jüngeren Mann, der einen Sommerhut aufhatte, redete. Sie musterte ihn, und er richtete den Blick auf sie. Das war es gewesen. Später hatte sie herausgefunden, dass der Held Witwer war und dreijährige Zwillinge hatte, aber da war sie schon so verrückt nach ihm, dass diese Tatsache nichts mehr änderte. Bald war sie auch schon trächtig und konnte nicht mehr zurück.

Schon als ich klein war, hatte ich verstanden, dass ich ihr wunderbares Leben verdorben hatte. Sie war sechzehn, als sie mich erwartete. Sie nahm mich als Last, so wie ich sie jetzt. Ich dachte laut, dass der mit dem Sommerhut natürlich der Onkel war. Da guckte sie mich aus dem Augenwinkel an und meinte, du musst nicht alles verstehen, was es auf der Welt gibt. Für den Menschen ist es leichter, wenn er einfach nur lebt. Ich wollte sagen, dafür bist du ja das beste Beispiel, aber ich hielt den Mund.

Die Schatten der düsterblauen Wolken zogen an mir vorüber, und kurz darauf wehte ein kalter Wind. Der Himmel bebte und grollte. Zwischendurch hörte man etwas Metallisches. Der Wind nahm zu und bog die großen Kiefern, dass sie knarrten. Gleichzeitig schnitt ein langes Licht den grauen Himmel auf, und über uns donnerte ein Frühjahrsgewitter los. Wir rannten in Deckung unter eine

Fichte. Die Blitze schossen durch die Wolken und zeichneten gezackte Striche. Die ganze Gegend wurde erleuchtet, als wären außer den elektrischen Lichtern noch eine Milliarde Karbidlampen angezündet worden. Der Donner zog mit so lautem Getöse nach Osten, dass mir die Ohren zugingen.

Dann war es auch schon wieder stockfinster. Licht an, Donner, Licht aus. Schließlich schleuderte der Himmel prasselnden Regen auf die Fichte mit den breiten Ästen und auf uns. Es war ein hastiger Schauer, der plötzlich aufhörte, wie mit der Sichel abgeschnitten. Ich fragte meine Mutter, ob sie sich noch daran erinnerte, dass meine Oma bei Gewitter immer sagte, der Blitz ist der Hammer, mit dem die Ungeheuer des Himmels auf die sündigen Menschen einschlagen. Sie lachte und sagte, deine Oma hat in der alten Zeit gelebt, zum Glück ist sie gestorben, bevor der Krieg anfing. Ich sah meine Mutter an. Ihr Hals war voller roter Flecken. Ich hasste sie. Immerhin hatte meine Oma mich ernährt, mich auf dem Schoß gehalten, mit mir gesprochen und mich schlafen gelegt. Als meine Oma noch lebte, sorgte sie für Ordnung, wenn mein Vater im Wald arbeitete.

Ein neuer Regenschauer peitschte die Erde, und als er nachließ, tanzten lange große Tropfen um die Wurzeln herum. Meine Mutter redete weiter. Auch wenn Oma im Herzen klug gewesen war, hätte sie meine Mutter doch nie leiden können, weil sie sie für zu fein hielt und für zu jung, um Mutter zu sein und dazu Stiefmutter für die Jungs. Sie hatte sofort gesehen, dass meine Mutter sich vor den Kühen fürchtete und sich nicht für den Stall interessierte. Ich wollte dazwischenreden, du bist immer so voll von dir selbst und deiner Bitterkeit gewesen, dass du dir nichts aus dem Vieh und aus den Kindern gemacht hast, aber ich blieb still, weil man mir beigebracht hatte, vor Älteren den Mund zu halten. Meine Mutter sagte, dass sie nicht in den Wald gehörte, sondern ins Kirchdorf, das hätte meine Oma genau gewusst, und dass ihre eigene Mutter ihr nie verziehen hatte, dass sie sich so jung ein Kind von einem Witwer machen ließ, der nach Mist roch und als zusätzliche Last auch noch die Kinder von einem fremden Weib mitbrachte. Sie verzieh auch nicht, dass sie die Schullaufbahn aufgab, weil sie gewollt hätte, dass meine Mutter anständig die Schule besuchte, so wie sie selbst es getan hatte.

Als ich meine Mutter so reden hörte, bekam ich das Gefühl, dass keine von meinen Omas etwas gewollt hatte, das irgendjemandem Freude machte, sondern ausschließlich Sachen, die Schmerz und Leid verursachten. Das aber war eine große Lüge. Ich erinnerte mich, wie meine Oma, also die Mutter meines Vaters, immer gesagt hatte, dass alles seinen Platz hat: die Fliegeneier in der Milch, die Gnitzen hinterm Plumpsklo, das Eichhörnchen auf dem Ast, die Menschenwesen, das Gras und das Rentier auf dem Feld. Der Mensch kommt mit den Kräften der Natur aus, wenn er ihnen gehorcht.

Meine Oma roch nach Kampfer, wenn sie sonntags in der Stube laut im Alten Testament las. Immer im Alten Testament: das Buch Ruth, das Buch Esther und die Klagelieder des Jeremias. Wenn sie aufhörte, durfte ich mir die Bilder betrachten, auf denen Jephtas Tochter mit ihren Spielschwestern weinte, die Benjaminiter die Töchter Zions raubten, die Pest in Ägypten wütete, Jakob mit dem Engel rang und so weiter. Ich blätterte von Bild zu Bild und dachte, dass die uralte Welt der Bibel grausamer war als die Welt, in der ich lebte. Nach den Geschichten aus der Bibel kam mir sogar das Schuften wie eine Belohnung vor. Meine Oma starb im letzten Friedenssommer. Sie bekam Fieber und siechte in drei Tagen in der Schlafkammer dahin. Im selben Bett, in dem sie geboren worden war.

Tief hängende bleigraue Wolken umzingelten den dunkelblauen Himmel, aber vom Gewitter war nur noch ein bisschen Regen übrig. Ich fühlte mich trostlos und nass. Da ließ sich ein Trauermantel auf meinem Arm nieder. Kurz darauf hob er die Flügel und flatterte davon. Schlagartig wurde der Himmel hell, und ich sah die Welt wieder als einen guten Ort.

Unser Weg verlief durch Gras, das im Spätfrühlingswind wuchs, durch tiefgrüne Wälder, vorbei an duftenden Birken, deren mäuseohrengroßen frischen Blätter leuchteten, über Moore, Wildmarken und Sümpfe. Mir kam in den Sinn, dass das Rückkehrerlager vielleicht gar nicht die letzte Station ist, sondern dass wir von dort wieder an einen neuen Ort geführt werden und für den Rest unseres Lebens von einem Lager zum nächsten ziehen müssen. Wir gingen nebeneinanderher. Man hörte Hundegebell. Meine Mutter hatte einen seltsam leichten Schritt, das beschleunigte unser Vorwärtskommen. Ich hörte zu, wie die Kleinvögel auf der Grabenböschung tirilierten und die Wespen um die Trollblumen surrten. Meine Mutter sagte, dass ihre Mutter die Blumenbeete in Ordnung gehalten hatte. Woran ist sie gestorben?, wollte ich wissen. Sie hatte eine drei Kilo schwere Geschwulst im Magen, sagte meine Mutter. Ich wollte wissen, ob sie schlimme Schmerzen gehabt hatte. Darauf antwortete meine Mutter nicht. Ich dachte an die zahnlose Alte in unserer Baracke, die sich am Abend wie üblich hingelegt hatte, aber als wir anderen am nächsten Morgen aufstanden, blieb sie im Bett, weil sie in der Nacht ohne einen Laut von sich zu geben aus der Welt gestolpert war.

Wir stapften einen vom Regen geschlagenen, aber schon wieder trockenen Pfad entlang. Unter den Füßen raschelten die Blätter vom vorigen Jahr. Der Pfad schlängelte sich wie ein Schweineschwanz. Meine Mutter glaubte, wir hätten uns verlaufen.

An einer Waldkoppel, die von einem Holzzaun eingefasst war, machten wir kehrt und kamen wieder an eine Kreuzung von drei schmalen Wegen. Wir müssen nach Osten gehen, sagte ich. Meine Mutter sagte, ja, aber nach Osten führen zwei Wege, oder was das sein soll. Ich setzte Aikili auf die Erde. Sie schnupperte und wählte den Pfad rechter Hand. Sie wetzte eine Weile vor uns her, ich mit meiner Mutter hinterher. Meine Mutter hatte ein Lächeln im Gesicht. Ich konnte mich nicht erinnern, wann ich sie zuletzt so fröhlich gesehen hatte. Was dachte sie? Ich setzte Aikili wieder auf die Schulter.

Bald sahen wir eine verbuschte Pferdekoppel und eine Scheune. Wir gingen hin, um nachzusehen, ob wir darin schlafen konnten. Die Scheune war voller Kram. Ein morsches Boot, eine Öllampe, ein Bogen, ein Kissen, eine verrostete Stopfnadel, eine löchrige Matratze. Ein Holzbett mit zwei Beinen stand herum, eine Kommode und ein Vertiko, Fischnetze lagen da, der Griff von einem Separator, ein verrostetes Schröpfmesser und mehrere Schröpfköpfe, eine halbe Handspindel, der Kadaver eines Spinnrads, Illustrierte, Mäntel und ein paar Pelzmützen.

Ich machte meiner Mutter einen Schlafplatz auf dem Bett und gab ihr einen steifen Mantel als Decke. Sie ruhte sich aus und sagte, wäre sie nicht in jungen Jahren so verrückt gewesen und mit meinem Vater mitgegangen, wäre sie vielleicht ein gesunder Mensch und ganz woanders. Und dass sie selbst nicht versteht, warum ihr Leben so verlaufen ist. Sie hat einem Mann, den sie nicht kennt, Kindern, die eine andere Frau geboren und der Krieg geraubt hat, und einem abgelegenen Kaff, das ihr immer fremd geblieben ist, die Gesundheit geopfert. Als sie von zu Hause weglief, glaubte sie, frei zu werden, stattdessen wurde sie eine Leibeigene und die Gefangene eines Bauernhofs.

Ich dachte, immerhin gibt es mich, ihr einziges eigenes Kind, aber ich sagte nichts.

Und wieso Leibeigene? Meine Mutter arbeitete doch nicht wie eine Sklavin auf dem Feld. Eigentlich arbeitete sie gar nicht. Sie war immer krank.

Sie schwieg und schaute mir in die Augen. Ich wartete ab und hatte gleichzeitig Angst, dass sie weiterredete, weil sie noch nie mit mir über solche Dinge gesprochen hatte.

Sie sagte, es schüttelt sie immer noch, wenn sie daran zurückdenkt, wie sie mich allein im Moor zur Welt bringen musste. Dass sie sich davon noch immer nicht erholt hat und sich auch nie erholen wird.

Ich erschrak. Alle wussten ja, dass meine Mutter vor lauter jugendlicher Verdrehtheit hochschwanger in die Moltebeeren gegangen war und ich dann auf einem Grashügel zur Welt gekommen bin. Früher hatte sie immer gesagt, alles wäre gut gegangen. Als die Geburt eingesetzt hatte, wäre sie einfach auf alle viere gegangen, hätte gepresst, und ich wäre zwischen die Beeren geflutscht. Sie hatte ein Messer dabei, so wie alle Menschen. Damit hatte sie die Nabelschnur durchgeschnitten und war nach Hause gegangen.

Ich sah meine Mutter an. Sie sah mich an und sagte, sie hätte mich zwischen die Titten geschoben und wäre auf allen vieren nach Hause gekrochen. Mein Vater hatte die Tamara eingespannt und uns beide ins Lazarett im Kirchdorf gebracht. Ich war blau wie ein Schönwetterhimmel, und sie hatte hohes Fieber, weil die Nachgeburt dringeblieben war und außerdem eine Lungenentzündung in ihr steckte, auch wenn sie das noch nicht wusste. Sie und ich kämpften im Krankenhaus monatelang gegen den Tod, jede für sich, ohne dass wir uns sahen. Ich wollte sagen, sei endlich still, ich will nichts mehr hören, wagte es aber nicht. Sie redete natürlich weiter. Mein Vater hätte nie verstanden, in was für eine Hölle sie geraten war. Als sie sich in ihn verliebte, glaubte sie ans Leben. Nach meiner Geburt schleppte sie sich nur noch von einem Wimpernschlag zum nächsten, von einem Augenblick zum andern und von einem Moment zum folgenden.

Ich sprang auf und rannte davon. Ich wollte kein einziges Wort mehr hören.

Es lag schon eine ordentliche gelbrote Morgendämmerung über dem Horizont, als meine Mutter aufwachte. Sie fragte sich, ob sie die ganze Nacht wach gewesen war. Eine schweißtreibende Hitze streichelte uns, aber ich fror. Meiner Mutter sagte ich nichts, sondern trippelte bloß barfuß hinter ihr her. Dann wurde der Schweiß klebrig. Ich sagte, ich hätte bestimmt Fieber.

Sie legte mir die Hand auf die Stirn und sagte, wir müssen weiter. Wir marschierten durch hügeliges Land nach Osten. Meine Beine wollten mich nicht mehr tragen. Die matte Sonne zog ihre Bahn, bei ihr holte ich mir Kraft.

Ein Stück abseits der Straße stand ein Haus. Es sah kalt aus, aber als wir den Hof betraten, sah ich, dass die Blumenbeete gejätet, die Alpenrosen geschnitten waren. Die Flieder beugten sich, und ihr Geruch strich über den Hof. Die Tür ging auf, eine weißhaarige Frau schaute uns neugierig an und fragte in Reichssprache, ob sie uns helfen kann. Ich sagte, wir sind Kriegsflüchtlinge, auf dem Weg ins Rückkehrlager und ... Da gingen mir die Wörter aus. Meine Mutter erklärte, *hon är sjuk*. Die Frau bat uns herein, gab uns eine Kammer und sagte, wenn das Fieber nicht nachlässt, bringt sie mich mit dem Auto ihres Mannes ins Krankenhaus. Sie machte uns Fischkartoffeln warm, aber ich konnte nichts essen. Ich lag nur da. Kalte Schauer brannten in meinen Augen und im ganzen Körper. Ich richtete alle Kraft aufs Atmen und schwitzte. Die Frau holte gestärkte Laken und ein zweites Nachthemd aus dem Schrank, damit mir meine Mutter etwas Trockenes anziehen konnte. Sie gab mir ein Pulver und heißen Beerensaft, aber auch den konnte ich nicht trinken. Ich musste brechen, und es hämmerte in meinem Kopf. Es fühlte sich an, als wäre mir eine Mistgabel in den Schädel gerammt worden. Meine Mutter legte mir einen neuen kalten Umschlag auf die Stirn, weil der vorige heiß geworden war. Ich fasste mir unter die Achseln und erschrak. Wo war Aikili? Die Frau sagte, dein Haustier ist in einer Holzkiste in Sicherheit, es hat sich darin ein Nest gemacht.

Ich schlief mehrere Tage. In der Nacht machte ich die Augen auf und sah, dass der Mond zwischen den Sternen leuchtete und zum Fenster hereinschien. Da stand ich auf, um die Welt zu betrachten.

Vor dem Fenster stand eine Eberesche, an der ein gelber Zeisig mit dem Kopf nach unten an einem Ast hing. Schon fühlte ich mich besser, und auch mein Geist schwebte wieder. Ich dachte an meinen Vater, sah ihn als stattlichen Mann, wie er neben meiner Mutter aus der Sauna kommt, sich auf die Treppe setzt und auf den See blickt.

Ich war so weit bei Kräften, dass wir uns wieder auf den Weg machen konnten. Es war ein klarer, hoher Frühsommertag, Aikili saß unter meinem Kleid in dem Nest, das Charlotta ihr genäht hatte. Ich spürte, wie sie schnurrte. Ich fühlte mich sicher, weil wir einen Beutel mit Brot, gekochten Eiern, Kardamomwecken und einer Flasche Himbeerlimo mitbekommen hatten. Die Traubenkirschen blühten weiß und die Flieder violett. Es war ein gutes Gefühl, wieder unterwegs zu sein. Aikili schob den Kopf aus dem Kragen meines Kleids und kletterte mir auf die Schulter. Von dort ließ sie sich am Rücken bis zur Hüfte hinunter und stieg vorne wieder bis zum Hals hoch. Meine Mutter guckte uns an und sagte, du bist ihre Herde. Kurz darauf fragte sie, wann ich Aikili freilasse. Ich sagte, wenn die Zeit dafür da ist.

Wir erreichten den Rand eines Dorfes und wenig später einen Laden. Ich stand auf den trockenen Kiefernnadeln und bestaunte das Schaufenster, in dem Lebensmittelpackungen, Schuhe, Stifte und Farbkreiden, Knöpfe, alle möglichen Sachen lagen. Dazwischen hüpften ein paar Fleischfliegen umher. Meine Mutter betrat den Laden. Sie hielt sich lange darin auf, und als sie wieder herauskam, sagte sie, am Nachmittag fährt ein Auto der Armee in Richtung Rückkehrlager, da können wir mitfahren.

Der Kaufmann hatte meiner Mutter zwei Dosen gegeben. In der einen waren Erbsen, in der anderen Schweinefleisch. Wir setzten uns auf die Eingangstreppe des Ladens und warteten auf das Lastauto. Als sich die sinkende Sonne hinter den Wolken verzog, fuhr das Auto vor. Die Ladefläche war voller Bündel, Kollos und Spanschachteln. Wir setzten uns mitten hinein. Das Auto zockelte über die

Schotterstraße, und ich fand es angenehm, so zu sitzen. Man sah Bäume, aber Menschen sah man nirgendwo.

Die Straße führte durch einen dunklen, feuchten Fichtenwald, und als dieser endete, blieb das Auto stehen. Dort war ein Schild mit der Aufschrift »Rückkehrlager«. Wie ein Hase sprang ich von der Ladefläche und half dann meiner Mutter herunter. Ihre Lippen sahen trocken aus und ihr Mund verbittert. Ich rannte fast, während sie mit ihren geschwollenen Beinen hinterherschlurfte wie ein Mastodon. Ich spürte einen starken Schmerz in der Seite, sagte aber nichts, sondern kämpfte mich weiter. Der Kies raschelte unter meinen Füßen. Meine Mutter rief, das Lager läuft dir nicht davon. Ich wartete auf sie, und als sie mich erreichte, sah ich, dass in ihren Augen ein Licht blitzte.

Vor dem Registrierungskontor stand eine dichte Schlange. Wir stellten uns an. Ein Soldat holte meiner Mutter einen Bierkasten als Hocker. Bis zur Nachmittagsglut standen und saßen wir dort herum. Als wir endlich an der Reihe waren, sagte der Beamte, dass es in den Baracken und Zelten nicht genug Schlafplätze gab, und schickte uns in eine zweite Schlange. Die bewegte sich schneller. Der Arzt sagte, Mund auf, guckte hinein und fragte, Krätze, Fleckfieber oder Typhus, geimpft und geröntgt, gesund oder krank. Ich sagte, ich bin gesund. Darauf füllte uns der Arzt eine Gesundheitskarte aus, die wir immer dabeihaben sollten, weil die Behörden jederzeit und auf beiden Seiten des Stroms danach fragen könnten.

Am Abend konnten wir uns im Schutz einer Eberesche ausruhen. Die Nacht war unruhig. Eine Gruppe Säufer machte Radau. In den frühen Morgenstunden wachte ich durch die Nervenanspannung und die Kälte auf, obwohl es nicht mal unter null war. Ich betrachtete die Trinker. Es waren ganz normale Menschen. Ich dachte an meinen Vater und an den Onkel: Beide waren nicht hinter dem Schnaps her.

Zum Frühstück aßen wir Brei und tranken eine Tasse echten Kaffee. Meine Mutter sagte, solange es nicht Zeit für die Geburt ist, fehlt ihr hier nichts, aber wenn sie das Kind vorzeitig auf die Welt bringen muss, holt der Tod sie beide. Ich sagte nichts, dachte aber, selber schuld, wenn du dich zum zweiten Mal mitten im Krieg schwängern lässt. Sie sagte, sie will das Kind nicht, aber was bleibt einer Frau übrig. Ich sah sie an. Sie hatte keinen von uns gewollt. Da wurde ich wieder ganz leer und wollte fort. Meine Mutter weinte, aber es kam kein Laut heraus. Ich war völlig kalt, hörte mich aber sagen, hier kommst du auf die Entbindungsstation. Sie sagte, wie soll ich mich bis nach Hause schleppen, wo mir die Hüfte so wehtut.

Als ich drankam, erklärte ich dem Schreiber die Lage meiner Mutter. Der Schreiber versprach, dass sie mit dem ersten Lastwagen zum Strom gebracht wird und sich der Chauffeur dann um den Weitertransport bis nach Hause kümmern würde. Meine Mutter beruhigte sich, als ich sie daran erinnerte, dass der Onkel dort war. Ich sagte, ich gehe Katri und die Kühe holen. Sie wandte mir das Gesicht zu. Ihre Augen glänzten, und sie sagte, so ist es am besten.

Es dauerte nicht lange, bis der Lastwagen kam. Ich half meiner Mutter auf die Ladefläche und seufzte so tief, dass ich ins Schwanken geriet. Es war ein gutes Gefühl, aus dem Lager hinaus und weg von meiner Mutter zu kommen. Ich haute sofort ab, zum Vieh, zu Katri, Martta und zu Matti.

Stunde für Stunde stapfte ich nach Norden. Die Luft war klar, und ich atmete frei. Rechts und links der Straße lagen weite Felder. Es dauerte lange, bis ich an ihnen vorbei war. Von vorne näherte sich das dumpfe Dröhnen von Hufen. Ich blieb stehen und horchte. Ein Pferd kam angetrabt. Es blieb vor mir stehen. Ich guckte mir an, wie das silberne Mondlicht den zitternden Pferdeschatten auf die Straße malte. Dann drehte das Pferd den Kopf und galoppierte davon. Ich dachte an die kluge Tamara, an ihren starken Rumpf, ihren gerade Kopf und die kräftigen Hufe. Und an Katri, an ihre schmalen Lippen und langen Beine, an meinen Vater und daran, dass er so viel konnte, an den Onkel, der alles wusste, und daran, wie mein Leben wieder seinen Lauf nehmen wird, wenn ich wieder daheim bin.

Neben der Straße lag ein umgedrehtes morsches Boot. Aus Nadelzweigen machte ich mir darunter ein Nest. Ich mampfte Fichtentriebe und dachte an die Zeit vor dem Krieg, als ich mit meiner Mutter, Miila und meinem Vater in der Stube saß. Mein Vater befahl Miila, die glühenden Kohlen aus dem Backofen zu holen und in einen Eimer zu legen. Miila tat es und sagte zu mir, bring du den Kohleeimer in den Kartoffelkeller. Es war Ende November und so kalt, dass wir alle Angst hatten, die Kartoffeln könnten erfrieren. Vorsichtig trug ich den schweren und fast glühenden Eimer hinaus. Ich stellte ihn kurz ab, der Schnee zischte wütend, und der Eimer schmolz ein tiefes Loch in den Schnee. Die Kellertreppe war vereist. Ich rutschte, passte aber auf, dass die Glut nicht auf den Boden fiel und den ganzen Vorderkeller abbrannte. Unten machte ich zuerst die eine Tür auf, dann die andere und zum Schluss die dritte. Der Erdgeruch berauschte mich, und ich musste lachen. Ich stellte den Eimer auf den gestampften Boden, und da hörte ich Jakke rufen: Im Radio sagen sie, der Russe hat uns angegriffen. Ich erstarrte auf der Stelle, betrachtete die glühenden Brocken im Eimer und dachte, das Ende der Welt kommt gar nicht erst im Himmel, sondern schon hier auf Erden.

Der Wind peitschte mir Regen ins Gesicht. Ich fror an den Händen, und die Beine taten mir weh. Da hörte ich auf einer Nebenstraße ein Auto näher kommen. Ich hob die Hand, und das Auto hielt an. Ich sagte, wo ich hinwollte. Der blatternarbige Mann am Steuer sagte, er fährt in dieselbe Richtung. Im Auto war es warm. Vor einem Genossenschaftsladen hielten wir an. Ich hatte die fünf Kronen vom Onkel in der Tasche, aber ich kaufte nichts. Der Blatternarbige kaufte sich eine Packung Zigaretten. Dann fuhren wir weiter. Er bot mir eine an. Ich sagte, ich rauche nicht. Da musste er lachen.

An der vertrauten Weggabelung stieg ich aus. Ich sah dem Auto nach, und mir wurde schlecht. Ich konnte das Haus nicht betreten, weil mir zum Brechen war und mein Herz nur so hämmerte. Ich fürchtete mich davor, das Vieh und Katri zu sehen. Womöglich hatte Katri inzwischen einen Bräutigam gefunden und wollte hierbleiben. Ich sprang über den Graben, setzte mich hinter einen Ameisenhaufen und weinte zuerst Aikilis Fell und dann meinen Rocksaum nass. Ich weinte immer weiter, und als ich mir die Tränen abwischte, fingen die Sträucher an zu wackeln, die Erde schwankte, und ein Rentierbock brach durchs Weidengebüsch. Er blieb vor mir stehen und guckte mich an. Da waren wir, wir beide, und ich beruhigte mich. Das Rentier schnupperte, seine Nüstern bewegten sich dabei, dann setzte es seinen Weg fort. Ich dachte an unser Vieh, das auf der anderen Seite der Straße schläfrig wiederkäute. An die Ilona mit ihren klugen Augen, die mich so oft getröstet hatten, an den weichen Blick der Liina, wenn ich sie bürstete, an die Kerttu, wenn sie den Kopf schwenkte, an die Sisko, wie sie die Ohren aufstellte, wenn ich sie dahinter kraulte, an die Somma und die Kielo, wie sie immer zusammen schliefen und auch auf der Koppel nebeneinander fraßen.

Ich hatte weiterhin die Winterkleider an, obwohl es warm war. Nun zog ich die einen Strümpfe aus und stopfte sie in den Rucksack. Dann streichelte ich Aikilis tränennasses Fell. Ich ließ sie auf Steine und Äste klettern. Sie lächelte bis über beide Ohren, und ich hatte das Gefühl, dass sie eine von hier war und auf dieser Seite des Stroms leben wollte. Ich ging in die Hocke und hielt ihr die Hand hin. Sie schnupperte kurz daran, dann schlüpfte sie ins Heidekraut. Ich setzte mich auf einen harzigen Baumstumpf und genoss die Sonnenwärme. Irgendwann schlief ich im Sitzen ein, und als ich aufwachte, dämmerte es schon. Ich legte mich aufs Moos, lauschte eine Weile dem Summen des Waldes und dem Quaken der Nachtvögel und schlummerte ein.

Ich wachte erst wieder auf, als der Horizont über dem Wald erkennbar war. Ich rief nach Aikili. Sie zeigte sich nicht. Ich ging die nähere Umgebung ab. Sie war davongelaufen, um ihr eigenes Leben zu leben. Es schien ein warmer, klarer Tag zu werden. Wieder dachte ich über den Onkel, meinen Vater und meine Mutter nach. Ich kannte sie und ihre Geheimnisse nicht. Vielleicht war es gut so. Sie gingen mich ja nichts an.

Zu einer menschlichen Zeit ging ich zum Hof und direkt zur Weide, wo das Vieh ruhte. Marttas Vieh war nicht zu sehen. Die Kühe lagen ganz dicht beieinander, sie schützten sich gegenseitig vor dem schwarzen Fliegenschwarm, der über ihnen surrte, und vor den Mückenmassen. Sie sahen gelassen aus, zufrieden mit ihrem Dasein. Keine Schuldgefühle und keine Scham drückten sie, sie wussten nichts von der Erbsünde und trugen keinen Weltschmerz mit sich herum. Sie nahmen, was kam. Ich wollte sein wie sie. Ich rief die Ilona. Sie hob den Kopf, richtete die Ohren auf, stellte sich auf ihre vier Beine, sah mich und rannte zu mir. Sie leckte mir das Gesicht, und ich verwuschelte ihr die Stirnlocken. Die Kerttu schlug mit dem Schwanz, kam angeschritten, schnaufte mild und leckte mir mit ihrer rauen Zunge über die Hand, als ich ihre Schnauze streichelte. Die Liina guckte erst mal mit Abstand, dann kam sie ruhig zu mir und legte mir ihre samtweiche Schnauze in die Hand. Die Pirkko schien einen Platz als drittes Rad am Wagen nach der Kielo und der Soma gefunden zu haben. Die Sisko stand als Letzte auf. Sie schnupperte die Luft, machte einen Satz und rannte los, drehte eine Runde um die Koppel und hielt auf meiner Höhe an. Sie versuchte, meinen Rocksaum ins Maul zu bekommen, ich streichelte ihre Flanke. Nun hatte ich das ganze Vieh um mich herum. Alle standen gut im Fleisch. Bei der Liina war der Fuß verheilt, und ihr Fell glänzte. Alle hielten die Schnauze in meine Richtung.

In der Stube bot mir die alte Bäuerin Fleischsuppe und Fladenbrot an. Mein Magen knurrte, aber ich aß langsam, damit niemand merkte, wie hungrig ich war. Die alte Bäuerin sagte, im Frühjahr hätten sie mit dem Strom zu kämpfen gehabt. Das Wasser war bis in den Kartoffelkeller gestiegen und auch noch bedrohlich gewesen, als der Sommer kam, hatte aber dann doch beschlossen, sich zurückzuziehen.

Ich wartete darauf, dass sie mich nach meinen Leuten fragte, aber das tat sie nicht. Ich löffelte die Brühe und dachte, wenn der Onkel, mein Vater und meine Mutter die Welt vor mir verlassen, ist die Reihenfolge richtig. Andererseits: Was gab es schon für einen Unterschied zwischen dem Vergangenen, dem Jetzigen und dem Künftigen, wo doch alles immer auf die gleiche Art weiterging.

Da kam Katri zur Tür herein. Wir umarmten uns lange. Sie roch nach Maiglöckchen, war ein bisschen runder geworden, und ihre Wangen glühten. Ich roch bestimmt nach Schmutz und Schweiß und schämte mich. Katri erzählte, gleich nachdem ich gegangen war, hätte Martta im Kirchdorf einen passenden Polizisten gefunden und ihn geheiratet. Sie führte jetzt ihren eigenen Haushalt im Kirchdorf. Katri hatte nur unser Vieh versorgt, Marttas Vieh hatte Matti ins Nachbardorf gebracht, weil Katri es nicht geschafft hatte, sich auch noch darum zu kümmern. Dort gab es ein Haus mit wenig Vieh und zwei guten Melkern.

Ich schnupperte die Luft im Hof. Es würde ein schöner Tag werden. Dann schlich ich zur Koppel, kraulte die Ilona unter der Schnauze und flüsterte, bald gehen wir. Ich hängte ihr eine Glocke um den Hals und öffnete das Gatter der Melkkoppel. Wie auf einen gemeinsamen Entschluss hin folgte das Vieh der Ilona auf die Straße. Daneben ich und Katri, beide mit Rucksäcken voller Sachen zum Anziehen und zum Beißen, die uns die alte Bäuerin mitgegeben hatte.

Die Blätter der Hängebirken leuchteten hellgrün, die Traubenkirschenblüten dufteten, die Grabenböschungen strahlten gelb, und die Trollblumen blühten. Vor uns lag neben Äckern eine Wiese mit Margeriten. Sie wogte, obwohl kein Wind ging. Der Himmel war makellos blau, bloß im Westen hatten es sich eine Ferkelwolke und zwei Blumenkohlwolken bequem gemacht. Aus der Tiefe des Waldes tauchte ein grindiger Bärenhund auf. Er trabte mal vor dem Vieh, mal neben ihm her, bis er nach einer Weile wieder im Wald verschwand. Das Vieh störte sich nicht daran, drückte bloß flüssigen grünen Mist auf die Straßenböschung und stolzierte dahin, als wären wir auf der Landwirtschaftsausstellung. Wir gingen in Richtung Süden und lachten. Ich nahm Katri an der Hand, wir stiegen die schon vertraute Anhöhe hinauf, sahen uns an, und ein Windstoß fuhr uns ins Haar, das wir unter den geblümten Kopftüchern zusammengebunden hatten. Wir lachten nur, und bald rannten wir auch schon und lachten wieder. Wir liefen durch einen pechschwarzen Schwarm Kriebelmücken und streckten die Zungen heraus, schluckten die Beute und lachten wie im Fieberwahn. Auf der Straße hatte ich das Gefühl, in meiner eigenen Welt zu sein. Wenn die Beine sich bewegten, kam einem auch das Leben heller vor. Wir führten das Vieh an einen See. Zuerst tranken wir selbst von der glatten Oberfläche, dann ließen wir die Tiere trinken. Die Kühe und Kälber wateten ins Wasser, auf dem sich blendendes Licht hin und her bewegte. Sie schlugen mit den Schwänzen aufs Wasser, dass es nur so spritzte, schwenkten die Schnauzen und hatten es so eilig weiterzukommen, dass sie nicht mal von dem hohen Gras fressen wollten, das überall wuchs.

Aus einer Nebenstraße kam ein Auto. Der Chauffeur hupte, weil er an uns vorbei wollte. Das Vieh scheute und rannte in den Wald. Ich sagte zu Katri, lass die Kühe gehen, die kommen schon wieder zurück.

Wir setzten uns an den Straßenrand. Katri sagte, im Winter hätte sie gesehen, wie der Mensch lebt, wenn kein Krieg ist. Sie könnte hierherziehen und sich im Kirchdorf niederlassen, so wie Martta, zuerst als Kindermädchen, dann zur Haushaltshilfe aufsteigen und schließlich heiraten und ins eigene Haus wechseln. Ich sagte, ich könnte das

Vieh und die Heimat niemals verlassen, ich wäre hier immer fremd. Katri knuffte mich an der Schulter und sagte, jetzt herrschen andere Zeiten.

Da sprang die Kerttu über den Graben auf die Straße. Nach ihr kamen die Sisko und die Übrigen. Nur auf die Ilona mussten wir lange warten. An ihrem Kopf hing ein langer Ast. Ich befreite sie davon, und sie rannte sogleich an ihren Platz an der Spitze der Herde. Die Sonne rückte auf den Wald zu, der Tag war erlebt und vorbei. Auf einem verlassenen Feld fanden wir einen futterreichen Übernachtungsplatz. Die Kühe sammelten sich in einem Kreis und seufzten sich in den Schlaf. Ich holte Reisig aus dem Wald und machte Feuer. Die Funken knackten, als wir am Feuer unseren fettigen Proviant aßen. Katri erzählte, ihre Mutter und die Kinder wären auf die Ostseite zurückgekehrt und könnten in der Hütte eines Grenzwächters wohnen, nach Karelien konnte aber niemand zurück, das war an den Russen verloren worden.

Erfrischt wanderte das Vieh nach Südosten. Für einen Moment brannte die Sonne direkt von vorne. Der Frühsommerwind kam in kühlen Böen, ergriff die Hornissen und nahm sie mit. Ich schaute Katri an. Sie war so hübsch. Sie sah mich an und zog eine Schnute. Ich fühlte mich so leicht, ich hätte fliegen können. Ich dachte, selbst wenn vom Himmel ein brennender Stein herunterfallen und uns zerquetschen würde, wäre es nicht schlimm, weil wir zusammen waren.

Ein Feldweg vereinigte sich mit der Straße, und in der Ferne sah man ein paar Kühe näher kommen. Das war

Matti mit dem Vieh. Zuerst kreischte ich fast vor Freude, aber dann sah ich, dass er vollkommen fertig war. Er hinkte und zog eine Grimasse. Ich fragte ihn, was passiert war. Mit Mühe brachte er heraus, dass eines von den Kälbern plötzlich mitten auf der Straße hingefallen war, eine Zeit lang gestrampelt und dann die Luft ausgestoßen hatte, und dass er das tote Kalb in den Graben gewälzt hatte, weil ihm nichts anderes eingefallen war, und dass ihn Bauer Iisakki umbringen wird, weil er das Kalb sterben ließ, und außerdem fehlten von dem Vieh die Sylvi, die Tyyra und die Laulu. Nachdem er das gesagt hatte, brach er zusammen. Wir bekamen ihn nicht wach und konnten ihn auch nicht tragen, also beschlossen wir, so lange Pause zu machen, bis Matti aufwachte.

Das Vieh von Bauer Iisakki stand gut im Fleisch, es begrüßte unser Vieh mit den Schnauzen und fing sofort an, frisches Gras vom Straßenrand zu rupfen. Das Licht nahm ab. Aus einer Kurve tauchten ein Mann und ein Pferd auf. Das Pferd hatte zierliche Beine und einen kurzen Rücken, der Mann darauf sah aus wie ein Zwerg. Die beiden kamen auf uns zu, und als sie schon ganz nah waren, standen einige Kühe auf und traten vor dem Pferd auf dic Straßc. Das Pferd blieb stehen, machte ein paar Schritte zurück, gefror aber bald auf der Stelle und schaute über das Vieh hinweg. Seine feuchten Nüstern blähten sich und zogen sich wieder zusammen. Der Mann hatte keinen Sattel. Er starrte mich und Katri lange ohne etwas zu sagen an, berührte dann mit den Beinen die Pferdeflanken und verschwand auf einem Waldweg.

Matti schlief regungslos. Ab und zu kontrollierte ich, ob er atmete. Ich beobachtete, wie die Drosseln in einer Eberesche nebenan herumflatterten, sich scheu hinkauerten und mich mit ihren schwarzen, glänzenden Augen musterten.

Unser Vieh und das vom Bauern Iisakki waren eins, sie verschlangen Gras, wiederkäuten, und Matti schlief. Wir wagten nicht, ihn zu wecken.

Nachdem er einmal um die Uhr herum geschlafen hatte, legte ich ihm die Hand auf die Augen und öffnete sie. Ich bot ihm warme Milch an, Salzfisch von der alten Bäuerin, geräuchertes Schweinerippchen und getrocknetes Brot. Gut genährt und voller Eifer machten wir uns auf den Weg. Der Tag war grau, aber warm. Matti ging neben uns her. Seine Grimasse war durch den langen Schlaf verschwunden. Ich nahm ihn an der Hand. Am Anfang wehrte er sich, gab dann aber nach. Er sagte, wenn er lebend zu seiner Mutter kommt, wird er nie mehr weggehen. Das Vieh hatte ein solches Tempo drauf, dass wir alle Mühe hatten mitzuhalten.

Hinter unserem Rücken erschien der sommerliche wehmütige Mond. Wir hielten nach einer Stelle Ausschau, an der wir uns für die Nacht niederlassen konnten. Eine, wo es für die Kühe etwas zu fressen und zu trinken gab. Am Ende einer Birkenallee tauchte ein zugewachsener Hof mit einem verlassenen Haus auf. Dort durften die Kühe und die Kälber nach dem Melken das kräftige Gras rupfen, Blätter von den Bäumen reißen und im Schatten eines Lagerschuppens einschlafen, und wir schlürften viele Krüge Milch, die nach frischem Heu schmeckte. Dann kletterten wir durch ein kaputtes Fenster in den Flur und gingen weiter ins Haus hinein. Wir schliefen alle nebeneinander ein, Hand in Hand auf einer raschelnden Strohmatratze.

In der Nacht wachte ich von einem brennenden Schmerz auf und guckte durch das schmierige Fenster nach draußen. Die Sonne ruhte hinter einem Hügel. Der Mond war riesengroß. Ich sah deutlich seine Berge, Krater und Täler, und mir wurde schwindlig. Blasse Sterne flogen wie Feuerkäfer über die eine Himmelshälfte. Katri holte Atem. Irgendwo weiter weg hörte man das faule Kläffen eines gelangweilten Hundes.

Die Straße rief. Weidenröschen, Brennnesseln und Wildgräser rochen nach Sommer. Die Ilona ging mitten in der Herde, die Kerttu vorneweg. Dahinter das Vieh vom Bauern Iisakki. Die Kielo, die Soma und die Pirkko als Letzte. Als die Liina am Straßenrand eine gelb gescheckte Katze sah, stieß sie ein grelles Brüllen aus. Wir wanderten den ganzen Tag. Katri redete. Ihrer Meinung nach waren die Lebensumstände im Westen genauso gut wie in Karelien, nur der Geist fehlte. Ich musste lachen. Ich dachte an das Leben im Zentrallager, erzählte Katri aber nichts davon, denn ich wollte ihr den Höhenflug nicht verderben. In der bläulich hellen Abenddämmerung packte mich Matti am Arm und umklammerte ihn so fest, dass es wehtat. Er flüsterte: Wenn meine Mutter tot ist, wo soll ich dann hin?

Ich sagte, dann kommst du zu uns, mein Vater wird dich schon aufnehmen, schon weil Jakke und Sakke im Krieg geblieben sind.

Der Wind nahm zu. Die Wolken wurden vom Nordwind herumgeschubst und drehten sich am Himmel. Ein Spatzenschwarm tanzte im Straßengraben Trepak. Es fing an zu regnen. Tropfen, so groß wie große Tränen, prasselten mir auf die Augen und ins Gesicht. Wir zogen weiter. Die Pirkko stolperte, die Liina ging ganz dicht neben der Kerttu her und blickte flehend in meine Richtung. Ich schüttelte den Kopf. Jetzt war nicht der Moment für eine Rast.

Nach ein paar Werst tauchten zwei lange Ackerstreifen im Blickfeld auf. Dort hörte der Regen auf. Das Wetter wurde wieder schön. Die Sonne kroch hinter einer schwarzen Wolke hervor und trocknete uns, die vom Regen gepeitschte Gegend erblühte wieder zum Leben. Eine Libelle jagte eine Hummel, ein Buchfink schoss in eine Wolke hinein, und eine verirrte Erdkröte quakte mitten auf der Straße. Ihre lose Haut schwabbelte, als sie vor den Kühen davonsprang. Mir kam ein ferner Sommertag in den Sinn, als ich mit Sakke und Jakke zu dem Teich hinter dem Schluchttal ging. Er war von Laich bedeckt, die Frösche machten schrillen Krach und besprangen sich gegenseitig. Jakke nahm einen Glitschbauch in die Hand, schaute ihm aus der Nähe in die Augen, nahm das Messer, schnitt ihm die Hinterbeine ab und warf ihn in den Teich. Ich stürzte mich auf Jakke und schrie, bist du verrückt, du Geisteskranker. Er packte mich an der Nackenwolle und schmiss mich zur Seite. Ich landete mit dem Kopf auf einem spitzen

Stein, ich blutete, eine Gesichtshälfte war aufgeschürft, und von einem Kiefernzweig war die Rippengegend blau. Jakke grinste, als ich mich aufrappelte und nach Hause trottete. Sakke glotzte nur an mir vorbei.

Die Sonne gab ihr Bestes, und der Himmel warf mit fingerkuppengroßen Hagelkörnern, sodass die Straße von grobem Salz übersät war und der Löwenzahn am Rand weiße Punkte bekam. Ich schaute zum Horizont, und für einen Moment sah es so aus, als wäre der Himmel auf der Erde und die Erde im Himmel. Katri hielt mich fest, kurz bevor ich zusammenklappte. Wir machten eine lange Ruhepause, aßen von unserem Proviant und ließen das Vieh das üppige Gras fressen. Katri erzählte, dass die alte Bäuerin vier Stallkatzen hatte: Die Piki hatte nachts zwischen den Vorderbeinen von der Pirkko geschlafen, die Tenna auf dem Tisch, die Rontti zwischen der Kielo und der Soma, und Pekka unter dem Melkschemel.

Die Wärme schmolz den Hagel weg, der Himmel leuchtete blau, und die Bremsen ballten sich zwischen den Weidenröschen.

Mitten in der Nacht kamen wir ans Fährufer, begleitet von den Dorfhunden. Aus dem Norden blies ein feuchter Wind, der mir übers Gesicht wischte und die Kriebelmücken vertrieb. Wir durften uns auf dem nächsten Hof Brühhäcksel für die Kühe holen. Zwei Soldaten kamen dazu. Die Burschen sagten, sie sind aus dem Süden und dazu abkommandiert, nachzusehen, wie die Heimkehr der Vertriebenen abläuft. Sie fragten, ob wir mit ihnen zum Haus gehen.

Ich zu ihnen: Mal sehen. Katri kämmte zuerst mir die Haare, dann sich selbst.

Der Hof vom Tanzlokal war voller Menschen. Wir schoben uns in die Menge und schlüpften nach drinnen. Ich stand da und guckte zu, wie ein grauhaariger Mann mit einem dichten schwarzen Schnurrbart andächtig eine Zigarette rauchte. Nach jedem Zug rückte der rotschwarze Aschenring ein Stück näher auf die dicken Lippen zu. Katri stieß mich an. Vor dem Kantinentresen standen mehrere lange Schlangen. Katri nahm mich an der Hand und ging in den Saal voran. Wir tanzten zusammen eine Polka, dann tauchten die jungen Soldaten auf. Katri tanzte mit dem einen, ich mit dem anderen. Mein Soldat hatte eine starke Kinnlade und lächelte ausreichend schüchtern. Er fragte, ob wir uns abkühlen sollen. Wir gingen hinter den Tanzboden. Dort legte er mir die Hand auf den Arsch und drückte zu, ich legte ihm die Hand in den kräftigen Nacken. Die Lippen suchten die Lippen, die Zungen tanzten Ringelreihen, und bald huschten vor den Augen spitze Fichtenwipfel vorbei, und wir wälzten uns im Gras.

Irgendeine Rotznase rief, kommt her, hier wird gefickt. Da sprang der Soldatenbursche auf, stürzte sich auf den Bengel und zog ihn an der Nackenwolle. Er kreischte, er hätte rangedurft, wenn die Rotznase nicht dazwischengebellt hätte. Trotzdem tanzten wir den ganzen Abend, und Katri tanzte auch.

Nach Mitternacht kamen wir ans Fährufer zurück. Meine Fußsohlen waren taub, aber mein Herz pochte zufrieden. Ich hatte das Gefühl, dass wir Lebenden doch nicht nur zum Leid verurteilt sind. Matti schlief dicht am Bauch von der Ilona. Die Kühe seufzten in der hellen Sommernacht.

Ich hörte dem schweren Plätschern der Kühe beim Morgenpissen zu, während ich selbst lautlos hinter einem Busch pinkelte. Wir ließen das Vieh die Grasbüschel rupfen, die zwischen den Booten wuchsen, bevor wir sie auf die Fähre trieben. Oder eigentlich musste man sie gar nicht treiben. Als der Schrankenwärter die Schranke hob, rannten die Kühe wie aus alter Gewohnheit an Bord. Die anderen, wie die Ilona, schritten würdevoll, aber dennoch leichtfüßig vorwärts. Sogar die Schlaffstiere vom Bauer Iisakki standen Seite an Seite da wie die Zinnsoldaten und schauten auf das strudelnde Wasser.

Die einzige Ausnahme war die Sisko. Als sie sah, dass die anderen auf die Fähre gingen, lief sie davon. Ich ihr hinterher. Ich holte sie ein und schnappte sie am Hals. Da blieb sie stehen und schaute mich an. Sie hatte einen so traurigen Blick in den Augen, dass ich sofort verstand, was sie dachte. Ich strich ihr über die Flanke und sagte, du kriegst bestimmt noch mal ein Kälbchen. Das darfst du dann so lange säugen, wie du willst.

Dann ging ich voran, und die Sisko folgte mir. Ihre Haut zitterte, als sie die Fähre betreten sollte. Ich ließ sie schnuppern, Mut sammeln, und so schwankte sie allmählich an Bord. Katri stellte sich neben sie und kraulte ihr den Rücken. Auf der Fähre gingen zwei junge Leute von den Unsrigen herum und verteilten Trockenfleisch. Ich blickte auf das näher rückende Land. Der Kriegssturm war darüber hinweggefegt.

Messer-Väinö tauchte neben mir auf, kniff die Augen zusammen und murmelte, dein Vater hat alle drei Kriege durchgekämpft, ohne verwundet zu werden, er hat den vollen Einsatz gebracht, zuerst gegen den Russen und dann gegen die Deutschen. Was?, flüsterte ich, weil ich meine Stimme nicht richtig in Gang bekam. Ah, du hast es noch gar nicht gehört, sagte Messer-Väinö. Dein Vater war auf dem Heimweg aus dem Krieg und ging über Nacht in ein Etappenhaus. Dort hatte der Hausherr vor lauter Sparsamkeit die Ofenklappen zu früh zugemacht, und dein Vater ist an Kohlenmonoxid gestorben. Es war ein leichter Abgang, weil er im Schlaf sterben durfte. Ich starrte Messer-Väinös welke Ohren an. Am liebsten hätte ich ihn erwürgt. Meine Augen wurden heiß und trocken und trübten sich, mir schwand das Blut aus den Fingern, und meine Arme wurden taub. Ich brach zusammen, aber Katri fing mich auf. Ich schluckte und betrachtete mich selbst. Ein vaterloses Mädchen. Durch meine Eingeweide fuhr ein eisiger Wind. Ich weinte in Katris Armen, und meine Hände waren so schwer, dass ich nicht fähig war, mir die Tränen abzuwischen. Ich dachte, jetzt kann ich meinen Vater nie mehr etwas fragen, ihm nie mehr sagen, dass er sein Bestes versucht hat, auch wenn es unvollkommen blieb. Katri zitterte und hielt meine Hand, sagte aber nichts.

Die Fähre landete mit einem Ruck am heimischen Ufer, die Schranke ging hoch, und die Kühe stürmten von Bord. Sie rannten an dem Berg von Möbeln vorbei, die Wohltäter aus dem Westen gestiftet hatten, und galoppierten auf ihr Heimatdorf zu. Ich konnte nicht verstehen, dass mein Vater ebenso kalt wie Kalle irgendwo lag. Und wie Sakke und Jakke. Katri und Matti setzten dem Vieh nach, ich musste meinen Vater in den Hintergrund schieben und ihnen folgen. Ein Soldat stand neben der Straße und rief, die Kühe in die Straßenmitte, an den Rändern kann es Minen geben.

Der Verkehr war lebhaft. Da waren Lastautos aus dem Westen mit zwei Anhängern, da waren Busse, Kriegsfahrzeuge und auch mal ein Traktor. Die Motoren knatterten, während sie in beide Richtungen brausten. Rechts und links der Straße standen Schilder, die vor Minen warnten.

Es war Schwerstarbeit, das Vieh in der Mitte der Straße zu halten. Eine Kuh nach der anderen stieg in eine spärlich bewachsene Senke, um dort nach Gras zu haschen. Sie schienen endlos Hunger zu haben. Ich ging auf der Waldseite um sie herum. Unter meinen Füßen knisterte die verbrannte Erde. Mir schlug das Herz im Hals, weil ich Angst hatte, dass gleich was explodiert. Es explodierte nichts. So konnte ich das Vieh wieder auf die Straße treiben. Die Straße führte einen Hügel hinauf. Das Wolkenmeer wich vor der gleißenden Scheibe zurück, und die Aussicht weitete sich. So weit ich sehen konnte, war das Flussufer menschenleer, die Bäume waren verbrannt, die

Landschaft voller Spuren der Zerstörung, die Wiesen, die gepflügten Felder und die steinigen Gemüsebeete geschändet, die Gärten verwüstet, die Schneezäune kaputt geschlagen, die Häuser bloß noch Ruinen. Steinhaufen, Ziegelbruch, Stümpfe von Schornsteinen, schwarzer Dreck und zwischen den Steinen ein einsamer Wacholder. Weiter im Hinterland wuchsen die Wälder dicht. Der Wind trieb mehr oder weniger verbrannte Papierschmetterlinge vor sich her. Ich schnappte mir zwei, setzte sie zusammen und las:

Bekanntmachung

4.10.1944

Die finnischen Truppen haben, unter Verrat an der langjährigen Waffenbrüderschaft, feindliche Handlungen gegen die deutschen Streitkräfte aufgenommen und diese somit gezwungen, Gegenmaßnahmen zu ergreifen.

Um die Ordnung und Sicherheit in den Regionen Nordfinnlands, in denen sich deutsche Verbände aufhalten, zu gewährleisten, erteile ich daher folgende Befehle:

1) Von diesem Tag an geht die Exekutivgewalt auf mich als Oberkommandierenden dieses Gebietes über.
2) Die finnischen Behörden dürfen, als Untergeordnete der deutschen Kriegsbehörden, ihre administrative Tätigkeit fortsetzen.

3) Sofern sie die Anweisungen der deutschen Behörden befolgt, genießt die finnische Zivilbevölkerung den Schutz der deutschen Streitkräfte. Das Eigentum der Bevölkerung wird geschützt. Es unterliegt jedoch weiterhin dem Nutzungsrecht und den Anforderungen der Kriegsführung.
4) Die Währung des finnischen Staates bleibt unter Orientierung am bisherigen Kurs im Verkehr zwischen der Bevölkerung und den deutschen Behörden in Kraft.
5) Sämtliche Schusswaffen, Jagdwaffen eingerechnet, sind bis zum 10. Oktober beim zuständigen Ortspolizeidirektor abzuliefern, der sie den örtlichen deutschen Kommandeuren übergibt. Motorisierte Fahrzeuge sind bis zum selben Tag denselben Behördenvertretern zu melden.
6) Die Überschreitung der Grenze zwischen Schweden und Finnland darf nur an folgenden Stellen erfolgen: Ylitornio, Pello, Kolari, Muonio, Karesuvanto. Eine Person, die an einer anderen Stelle die Grenze überschreitet, riskiert, erschossen zu werden.
7) Personen, die den Anweisungen der deutschen Behörden zuwiderhandeln, werden strengstens bestraft. Jeder, der sich eines Verbrechens gegen die deutschen Streitkräfte schuldig macht, gerät unter das deutsche Kriegsrecht.

Spitzel, Saboteure und Plünderer werden zum Tode verurteilt.

Der Oberkommandierende für Nordfinnland

Kriebelmücken und Bremsen plagten die Kühe, verstopften ihnen Nüstern, Augen und Euter. Die Haut der Tiere zitterte ständig, und sie schlugen mit dem Schwanz, aber das störte das kleine Viehzeug nicht. Gegen Mittag wehte dann aber ein lauer Wind, der sich die Leckereien der Vögel schnappte und mitnahm, und unsere Tiere beruhigten sich. Die Liina haschte nach Weidenblättern, die Sisko schnupperte an einem deutschen Zementsack, der in eine vertrocknete Schlammpfütze gefallen war. Auf dem grünen Wiesenstreifen neben einem Dickicht wuchsen Bombenkrater.

Wir gingen ernst voran und waren still. Jedes Mal, wenn ich an meinen Vater denken musste, schluckte ich es herunter. Hier und da sah man Reste von verbogenen Blechdächern und Scherben von Kaffeetassen und Tellern. Eine trostlose Leere lag über den Ruinen, in denen kleine Buben nach Nägeln suchten. Am Rand einer Naturwiese waren die gleichen Baracken aufgestellt worden wie die, in denen wir im Lager gewohnt hatten. Vor der einen Baracke leuchteten die Nadelzweige auf der Treppe neben der schwarzen Erde. Zu der anderen führte ein Weg aus Stangenholz, und vor der Tür rauchte ein Mann mit krummem Rücken eine Selbstgedrehte. Ich erkannte die Landschaft nicht als diejenige wieder, die ich vor zehn Monaten verlassen hatte.

Die Schwalben suchten die Traufen ihrer alten Häuser und glaubten, sie hätten sich verflogen, weil es die Traufen nicht mehr gab. Ich schaute auf meine Füße, weil sie brannten, und dachte, der Tod meines Vaters ist die widerliche Krönung dieser ganzen Zerstörung.

Das Vieh ging am grasigen Straßenrand, weil es dort angenehmer war. Im Schatten einer alten Traubenkirsche waren drei Grabhügel. Auf den Holzkreuzen stand Karl, Otto und Heinz. Ein Lastauto überholte uns, und der Fahrer rief uns zu, geht nicht an die Gräber, die sind vermint. Im trockenen Gras, auf einem Hügel voller Brennnesseln, steckte ein Schild mit der Aufschrift »Kaufladen«.

Nach dem Hügel tat sich eine von Laubbäumen gesäumte Strecke auf. Hinter alten Birken sah man ein Haus. Umringt von lauter Gnitzen stand es stolz an seinem Platz, obwohl ihm zugesetzt worden war. Die Verandafenster waren zersplittert. Das Vieh blieb stehen, um an der Straßenböschung Klee zwischen den Blumen zu rupfen. Ich ging zum Haus. Die Tür war abgesperrt, aber die Kellertür stand offen. Ich nahm einen Stock und berührte jede Treppenstufe, bevor ich auftrat, falls da eine Mine sein sollte. Im Kellerregal standen Gläser mit Blaubeermarmelade und eingewecktem Fleisch. Ich nahm von beiden ein Glas und verstaute die Beute in Mattis Rucksack.

Stumm zogen wir der Nacht entgegen. Als wir in der Abenddämmerung wieder an ein Haus kamen, bogen die Kühe auf dessen Hof ein. Das Haupthaus und die Nebengebäude waren in Ordnung, sahen aber noch unbewohnt aus. Die Kühe gingen zum Brunnen, weil sie Durst hatten.

Da ging die Haustür auf, und ein junger, aber ausgezehrter Mann trat auf die Eingangstreppe. Katri redete mit ihm. Wir durften bleiben. Der Mann half uns beim Tränken des Viehs und ließ uns Laubbüschel vom Vorjahr aus der Scheune holen, an denen das Vieh knabbern konnte. Der Mann hatte unruhige Bewegungen, seine Hände zitterten, und ich fürchtete mich davor, ihm in die Augen zu schauen. Er lud uns ein hineinzukommen, bot uns Brot, Pökelspeck und eine Tasse aufgewärmtes Kaffeesatzwasser an. Das schmeckte schlecht, aber ich wagte nicht, es stehen zu lassen. Der Mann erzählte, die Deutschen hätten die Netze zerrissen und alle Boote aus dem Dorf an eine Stelle geschafft und angezündet, es würde also ein gutes Mäusejahr werden, und sofort hinterher sagte er, dass er in Weißmeerkarelien gekämpft hatte und dreimal verwundet worden war, insgesamt acht Monate im Lazarett gelegen hatte, immer wieder in die Schlacht zurückgekehrt war, und als er nach dem Ende der Kämpfe nach Hause durfte, hatte er vom Krieg dermaßen die Nase voll, dass er über eine Woche durch die Gegend lief, bevor er nach Hause ging. Er schenkte Matti ein hübsches Beil und das dazugehörige Futteral aus Leder. Wir durften uns in ein richtiges Bett legen und den Kopf auf ein Federkissen. Ich fragte Katri, ob sie sich traut zu schlafen. Sie sagte, sie traut sich.

Das Gras glitzerte in der Sonne, weil es in der Nacht geregnet hatte. Ganz langsam schritten die Kühe nun ihrer Heimat entgegen. Ich ging neben der Pirkko, und als ich mir ihre Schnauze genauer ansah, entdeckte ich, dass Dasselfliegen in ihren Nasenlöchern Eier gelegt hatten.

Wir hielten an und ließen die anderen vorbei. Ich pickte die weißen Eier eins nach dem anderen aus der Schnauze, dann gingen wir weiter. Es herrschte so gut wie kein Verkehr auf der Straße, weil der größte Teil der Menschen und Tiere schon zum heimatlichen Haus und Hof zurückgekehrt waren. Die Räumarbeiten waren noch im Gange. Mal lag eine Fichtenkrone auf der Straße, mal war da ein so großer Granattrichter, dass die Kühe stehen blieben und gafften. Matti sah schon fast wie ein Mann aus, weil er außer dem Beil, das an seinem Gürtel hing, auch ein paar Zentimeter Körperlänge dazubekommen hatte. Es wurde ein heißer Tag, die Sisko hob ihre schwitzende Schnauze zum Himmel und stieß ein Brüllen aus, das bis zum Hang des nächsten Berges flog und von dort zurückprallte. Dann kamen wir an einen Fluss. Sofort rannte das Vieh ans Ufer, um zu trinken. Die Kielo watete am weitesten ins Wasser, probierte zu schwimmen, kapierte aber, dass es besser war, wieder rückwärts ans Ufer zu gehen. Die Brücke über den Fluss war gesprengt worden. An ihre Stelle hatte man eine schmale Hängebrücke knapp über dem Wasser gebaut. Ich führte als Erste die Ilona auf die wackelige Brücke. Sie sträubte sich, vertraute mir dann aber und stakste ganz vorsichtig übers Wasser. Mit den anderen lief es reibungsloser.

Als der Fluss überquert war, wollten die Kühe keine Pause machen, sondern gingen schnurstracks weiter. An den Rändern der grünenden Felder wuchsen Waldkerbel und Kratzdisteln. Ich dachte, in ein paar Jahren wachsen gelbe und blaue Blumen mit zarten Stängeln aus der Leiche meines Vaters, dazu Riedgras und vierblättrige Kleeblätter. Mein Vater ist nicht mehr, aber immerhin habe ich den Onkel, tröstete ich mich.

Im Graben lag ein Auto, das eine Bombe zu schmecken bekommen hatte. Matti rannte gleich hin, um es zu untersuchen. Katri und ich wedelten mit Birkenzweigen die Mücken von den Ohren der Kühe. Katri nahm ihr Kopftuch ab und ließ die Haare frei schwingen. Ich zog die Strickjacke aus, fasste Katri an der Schulter, und dann gingen wir im Takt. Zwischendurch guckten wir uns an, und dann war es, als würde die Trostlosigkeit davonfliegen und stattdessen das Lachen kommen. Lange konnten wir es nicht zurückhalten. Die Soma schnupperte die Luft, sprang über den Straßengraben und schlug sich in ein Fichtenwäldchen. Die anderen sahen sich das eine Zeit lang an, dann folgten sie der Soma, und wir dann ziemlich faul ihnen. Als wir auf der anderen Seite des Wäldchens herauskamen, lag dort ein kleiner See, an dessen Ufer roter Klee wuchs. Die Kühe mampften und guckten zwischendurch, wie Matti sich die Kleider vom Leib riss und ins Wasser rannte. Ich betrachtete den stillen See. Die Sisko und die Liina spiegelten sich darin. Es sah aus, als wäre unter Wasser eine andere Welt. Katri zog sich aus, und ich warf ebenfalls die Kleider ins Gras. Wir rannten in den See und planschten wie die Enten, obwohl es kalt war. Das Wasser fühlte sich weich an, und es kam mir seltsam vor, dass man sich bei demselben Wasser, das Felsen und Steine glatt schleift und Gletschermühlen aushöhlt, wehtut, wenn man mit einem Bauchplatscher hineinspringt. Katri stand auf einem Stein am Ufer und wrang das Wasser aus ihrem dicken Pferdeschwanz. Ich kam von hinten angerannt und schubste sie wieder in den Teich. Wir schwammen nebeneinanderher, und ich hatte das Gefühl, dass mich nichts bedrückt.

Dann machten wir uns wieder auf den Weg. Katri ging neben der Liina her und ich neben der Sisko. Die Ilona wollte weiter hinten gehen. Matti stiefelte mit den Ungehörnten vom Bauern Iisakki vorneweg. Auf einem unbewohnten Abschnitt lag kaputtes Kriegsgerät herum. Matti lief jedes Mal hin, um es zu untersuchen. Er stapfte durch den Graben und fand eine Konservendose. Darauf stand *Pökelfleisch 1942*. Katri sagte, das Fleisch ist schlecht, weil die Dose beschädigt ist, schmeiß es weg. Matti schleuderte die Dose in hohem Bogen aufs Feld, dann gab es einen Knall, und Erdbrocken flogen in die Luft. Die Kühe erschraken und galoppierten die Straße entlang und wir hinterher.

Küstenseeschwalben, die aus dem Süden zurückgekehrt waren, beobachteten unsere Karawane. Ich versuchte mir vorzustellen, was für ein Anblick auf dem heimischen Hof auf uns wartete.

Katri sagte, sie möchte einmal Näherin werden. Es würde Spaß machen, schöne Kleider und Röcke zu nähen, wenn man im Laden Stoff bekommt. Ich sagte, ich möchte einmal mein eigenes Vieh haben, die anderen Hofarbeiten interessieren mich nicht, die können Tagelöhner machen. Ich rief Matti zu, was willst du einmal werden. Zimmermann, antwortete er. Wieder dachte ich an meinen Vater. Er war aus der Zeit in die Ewigkeit übergegangen, wie der Pfarrer immer sagt. Schwebte er jetzt als Geist in den Lichtströmen der Sterne, oder war er als kleines Teilchen tief in der Erde vergraben? Ich trat in ein Loch und fiel hin. Katri und Matti lachten.

Obwohl die Sonne schon die unteren Wolkenränder streifte, brannte sie noch heiß. Die Straße machte eine Kurve, und danach sahen wir einen Teich, um den herum sich eine Naturwiese ausbreitete. Katri sagte, da gehen wir hin, da können die Kühe trinken und ordentlich fressen und die ganze Nacht wiederkäuen, und wir können uns ausruhen. Ich ging zur Ilona, und als wir an einen Elchpfad kamen, der aussah, als würde er zum Teich führen, lenkte ich sie darauf. Die anderen folgten uns. Inmitten von Blumen schlugen wir das Lager auf. Wir lagen auf der Erde, und ich betrachtete abwechselnd die Baumwipfel und die Gräser, die dicht um meinen Kopf herum wuchsen. Aus dem Gras ragten Schlüsselblumen, Gelbe Windröschen und Glockenblumen. Bienen und Hummeln summten um die Ranunkelblüten. Zwei Rapsweißlinge trieben es kurz in der Luft, dann flogen sie beide Katri ins Haar. Mir schoss das Bild in den Sinn, wie ein Schmetterling sich aus seiner Puppe windet, in der Sonne seine zarten, geäderten Flügel trocknet und dann zum Fliegen bereit ist. Katri flocht einen Kranz aus Löwenzahn und setzte ihn der Ilona auf. Die Ilona ging zum Teich und betrachtete verwundert ihr Spiegelbild im stillen Wasser. Ich lag da und sah den Schwalben zu, die angesaust kamen und sich Mistkäfer schnappten.

Ich spürte, wie die Erde unter meinem Rücken pulsierte, und legte die Hand auf Katris Hand. Matti watete durch den Teich. Er versuchte, mit bloßen Händen Barsche zu fangen. Die Kühe legten sich hin. Ich schlief an Katris Seite ein und Matti an meiner.

Katri und ich aßen eingewecktes Fleisch aus dem Glas und tranken Wasser aus dem Teich. Die Blüten der Traubenkirschen wurden jeden Tag größer, und die Luft roch gut. Ich hörte das Sirren der Kriebelmücken. Matti wachte zusammen mit dem Wind auf. Ihm brannten die Fersen umso stärker, je näher er seiner Mutter kam.

Barfuß trottete ich im milden Rückenwind dahin. Katri schwebte nur so voran. Die Laubbäume raschelten, ein dunkler, dichter Streifen Wald rauschte, und die Fichtenwipfel schwankten. Ziemlich dunkle Wolken rieben sich am Himmel aneinander und machten den Tag aschgrau. Vergeblich versuchte ein Lichtstrahl, durch eine Wolke zu dringen. Die Stunden verstrichen langsam, die Bewegungen in meinem Geist ließen nach und hörten fast auf.

Nach einer Kurve wurde die Straße von einem breiten Bach unterbrochen. Von der Brücke waren nur noch zwei Stützpfeiler übrig. Das Vieh machte Halt, und wir überlegten, in welcher Reihenfolge wir die Kühe hinüberführen sollten. Wir beschlossen, dass Katri und die Ilona als Erste gehen. Wir zogen die Schuhe aus, Katri trat ins Wasser, suchte mit der Hand an einem Moorbaum Halt, und die Ilona folgte ihr ergeben. Mit den Hufen betastete sie den Bachboden und setzte sorgfältig jeden Schritt. Ich nahm die Liina am Halfter, und Matti peitschte sie ins Wasser. Im selben Moment rannten alle Kühe in den Bach und stürmten auf die andere Seite. Ich, die Liina und Matti waren die Letzten.

Matti sammelte Reisig und machte am Ufer ein Feuer. Gelbliche Funken schwebten über dem Bach und fielen dann ins Wasser. Wir trockneten unsere nassen Kleider und aßen mit den Fingern Blaubeermarmelade direkt aus dem Glas.

Auf dem Laamanen-Gut standen der Vorratsspeicher und der Erdkeller noch, die anderen Gebäude waren niedergebrannt worden. Tagelöhner schufteten. Die einen bauten eine Sauna, die anderen zimmerten Balken zusammen. Die Bäuerin versprach uns Kartoffelsuppe, bedauerte aber, dass sie uns kein Nachtlager geben konnte. Ich dankte ihr und sagte, wir sind es gewohnt, unter freiem Himmel zu schlafen.

Die Arbeiter, die noch das Feldgrau der Armee trugen, aßen zuerst, die Leute aus dem Haus und wir warteten, bis wir an die Reihe kamen. Es war nicht genügend Essgeschirr da, und Löffel gab es auch bloß zwei. Die Bäuerin erzählte, vor dem Aufbruch nach Westen hätte sie Tassen und Teller in eine Spanschachtel gepackt und an den Straßenrand gebracht, so wie es befohlen worden war. Das Geschirr sollte an einen sicheren Ort kommen, aber nach der Rückkehr wartete es an derselben Stelle, wo sie es hingestellt hatten, bloß in Scherben zersplittert. Einer der Arbeiter sagte, was beschwerst du dich, wo bei dir doch sogar noch der Speicher steht. Er hatte jahrelang gekämpft, erst gegen den Russen, dann gegen den Deutschen, es hatte sich gezogen wie Gummi, und gerade als es ein bisschen leichter wurde, erfuhr er, dass sein Haus abgefackelt worden war, und wenn er die Staatsklamotten auszieht, muss er nackig weitergehen.

Am Abend saßen Katri und ich an der Speicherwand. Ich hörte dem Ruf des Kuckucks zu und beobachtete, wie ein alter Mann einen großen Stein für das Fundament des neuen Hauses wälzte.

Matti kam mit einem kleinen Schlawiner an, an dessen Hals die Adern hervortraten. Der Schlawiner fragte, ob wir jemals einen echten Russen gesehen hätten, und erzählte, sein Patenonkel wäre Lageraufseher in der Knochenmühle an der Bottenwiek gewesen und wäre es immer noch, wenn Deutschland den Krieg gewonnen hätte. Der Patenonkel hatte ihn in die Kontorbaracke der Fabrik geholt, damit er dort aufs Feuer aufpasste. Morgens hatte er durch die Ritzen der Aborttür erspäht, wie die Wächter zerlumpte Russen zum Arbeiten auf die Baustellen im Hafen führten. Abends marschierten sie zurück. Eines Morgens hatte er gesehen, wie Russen diejenigen, die in der Nacht gestorben waren, auf den Mist karrten.

Von Laamanen an war die Straße geräumt, und an ihrem Rand standen Fichten, schlanke Birken und Kiefern. Katri hielt die Hand auf dem Rücken der Ilona, ich kraulte die Kerttu, und Matti ging neben mir her. Manche Mückenschwärme waren so dicht, dass man nicht hindurchsehen konnte. Wir zogen an abgebrannten und nicht abgebrannten Häusern vorbei. Dann machten wir eine Pause. Ich sagte zu Katri, am besten wir wandern den ganzen Tag und die ganze Nacht, dann sind wir morgen früh daheim. Ich hatte Durst, aber es gab kein Wasser. Ich stellte mir vor, einen Schneeball in der Hand zu haben und daran zu knabbern.

Am Morgen erreichten wir den ersten Speicher unseres Dorfs. Die Kühe machten langsamer und blieben schließlich am Straßenrand stehen. Matti wollte sie weitertreiben, aber sie gehorchten nicht. Ich erkannte das Bellen von Jekku. Es kam aus dem Norden. Hupi bellte im Süden und Ukko im Westen. Schließlich schafften wir es, das Vieh wieder in Gang zu bringen. Bald hörte man aus einem Wäldchen das Surren einer Säge, aus dem Mäntylaakso-Tal das Klopfen eines Hammers, und auf dem Hianpää-Hügel tönten die Hiebe einer Axt. Auf dem Feld befand sich eine Koppel, und dort machten sich zu meinem Erstaunen die

Sylvi, die Tyyra und die Laulu einen schönen Tag. Neben der Koppel hatte man eine Sommerkote aufgebaut, aus der warmer Dunst aufstieg. Der Stoff am Eingang der Kote bewegte sich, und Bauer Iisakki kam heraus und nach ihm Mattis Mutter. Als sie uns erblickten, kamen sie auf uns zu, und in dem Moment kapierte das Vieh vom Bauern Iisakki, wer da kommt.

Katri und ich hatten noch ein paar Kurven vor uns, dann aber erreichten wir die heimischen Gefilde. Das Vieh blieb am Straßenrand stehen, es prüfte mit den Schnauzen die Luft. Ich nahm den Geruch von Verbranntem wahr. Die Ilona brüllte kurz auf. Die anderen sahen sie an und traten nervös von einem Huf auf den anderen.

Ich ging langsam, weil ich Angst hatte vor dem, was kam. Die Straße war holprig, die matschigen Böschungen und die abgebrochenen Ebereschen sahen fremd aus. Ich schaute auf den See. Nebel lag darüber. Die kleine Insel fast direkt am anderen Ufer schwebte wie der fliegende Holländer in der Luft. Das Licht am Himmel war weiß. Bei einer Kiefer blieb das Vieh stehen. Dahinter war früher die Sauna gewesen, jetzt lagen da nur noch Ziegelbrocken und Verbranntes. Stumm guckten die Kühe auf den Hof. Das heimische Haus sah fremd aus. Die eine Hälfte war zerstört, vom Ofen in der waldseitigen Kammer stand nur noch der Sockel. Hinter dem Brunnen war aus frischem Holz eine neue Sauna gezimmert worden. Neben ihr stand die Tamara. Sie rupfte Gras, dann bemerkte sie mich, stellte die Ohren auf und schwenkte Mähne und Schweif. Die Magazine, die Ställe, der Vorratsspeicher, der Kuhstall, der Erdkeller, die Scheune und der Holzschuppen waren Asche, der nackte Kamin auf der Sommerseite stand zertrümmert da. Die Scheune für das schlechte Heu war nicht angetastet worden. Vom Kopf bis in die Zehen breitete sich in mir der Kummer aus. Kraftlos versuchte ich, das Vieh auf Tamaras

Koppel zu treiben. Die Kühe kannten die Tamara und die Koppel, blieben aber vor dem Gatter stehen, guckten sich um und hatten eindeutig Angst. Auch die Tamara scharrte jetzt mit den Hufen und schnaubte. Ich erkannte, dass auf der Koppel nebenan hinter der Spreuscheune der Hintern vom Janne aufblitzte. Vor dem hatten die Kühe Angst.

Der Onkel kam vom Ufer, ein Glas an seiner Brille hatte einen Sprung. Er begrüßte Katri, packte mich an den Schultern, schaute mir in die Augen und drückte mich an sich. Er sagte, dass er schon im Frühling gekommen ist, deine Mutter ist auch da, sagte er, sie steht gut im Fleisch, sie ist gesund und wäscht gerade am Ufer die Wäsche. Zu dritt gingen wir uns das Haus ansehen. Um die Fahnenstange herum standen deutsche Benzinfässer, ein hoher Haufen Autoreifen lag daneben. Der Onkel sagte, die Deutschen haben die als Unterschrift hinterlassen. Mir brannten die Ohren. Der Onkel erzählte weiter, die Deutschen hätten ein großes Loch in die Hauswand gesägt, durch das sie die Feldküche hineingeschafft hatten und später, als sie abzogen, wieder hinaus. Die Stube war geputzt, die Wanduhr tickte an ihrem Platz, die Klappe des Truhenstuhls war geschlossen, an der Wand hingen ein Teppich und das Rentiergeschirr, das mein Opa gemacht hatte, an den Fenstern die von meiner Mutter gewebten Vorhänge. Der Onkel sagte, in allen anderen Häusern wurde alles gestohlen, was man zurückgelassen hatte, in unserem Haus nur das Werkzeug und die Netze.

Er faltete die Hände auf dem Rücken und sagte, das Haus wird repariert, und wir lassen moderne Außengebäude machen. Ich schaute ihn an. Er wirkte mit sich zufrieden. Ich fragte ihn, ob er weiß, wo die Mägde sind. Darauf er, die Miila lebt im Süden, von der Anna weiß er nichts.

Katri blieb im Haus, ich ging nach draußen. Meine Mutter saß auf dem Brunnen, sie war rundlicher geworden, ihre Wangen glühten, und sie war am Aufleben. Ihr Bauch ragte immer noch vor. Ich setzte mich neben sie. Ich nahm ihre Wärme wahr und den vertrauten Geruch.

Sie sah mich an und sagte, du hast ganz rote Haut. Du siehst wie ein erwachsener Mensch aus.

Der Onkel und Katri kamen zu uns. Dem Onkel trat das Wasser in die moosgrünen Augen, als er sagte, du hast bestimmt schon unterwegs die Neuigkeit über deinen Vater gehört. Ich nickte, fühlte aber nichts. Dann schaute ich meine Mutter an. Sie weinte nicht. Katri sah mich an und brach in Tränen aus. Ich betrachtete das frische Gras, das unter dem toten hervorkam, hörte, was der Onkel sagte, und verstand, dass er den Platz meines Vaters eingenommen hatte.

Katri ging zum Nachbarhaus, wo sie daheim war, und ich zur Ilona. Erst da fing ich untröstlich an zu weinen.

Der Onkel hatte als Knecht einen manierlich aussehenden Jungspund mit dicker Nase und Pickelgesicht geholt, den ich vorher nicht gesehen hatte. Er fragte mich, ob ich mit ihm in den Wald komme, Schätze suchen.

Er ging vorneweg und ich hinterher. Dabei schaute ich auf seinen ranken Rücken. Wir irrten durch den Wald, und am Nachmittag fanden wir ein Versteck. Wir gruben mit den Händen nach Töpfen, Pfannen, Tassen, Tellern und Gläsern, und im Fluss hoben wir ein Service. Wir sprangen in einen Graben, der vom Torfmoor ausging und in dem mein Vater das Viertelfass versteckt hatte. Da waren Omas Aussteuervasen und Großmutters Verlobungsgeschenke drin: die silberne Kaffeekanne, das Sahnekännchen und die Zuckerdose. Der Jungspund flüsterte: Horch. Ich mit gespitzten Ohren: Da planscht ein Bisam. Der Jungspund schnappte meine Hand. Er hatte Grübchen, und seine Hand fühlte sich gut an. Auf einem Waldweg gingen wir zum See. Das Wasser plätscherte und glitzerte, die Schwalben schossen dicht über die Oberfläche, schnappten mit ihren Schnäbeln nach langen, schmalen Köcherfliegen und flogen im Bogen ins Himmelsblau zurück.

Ich zuckte zusammen, als der Jungspund mir die Hand auf die Schulter legte, fest zudrückte, mich auf den Rücken legte und sich auf mich wälzte. In meinem Bauch schwamm ein Schwarm kleiner Fische, und die wechselten ständig die Richtung. Meine Lunge brannte, das Herz flatterte wie ein Sommervorhang bei offenem Fenster. Ich dachte, jetzt ist die richtige Zeit, und drückte die Lippen auf seine massigen Lippen, leckte ihm übers verschwitzte Gesicht, kitzelte mit der Zunge seine Grübchen und die weißen Zähne, er meine Wangen. Der Flaum auf meinen Händen fühlte die geringelten Haare auf seinen, ich zog meine Hose herunter und machte an seiner Hose die Knöpfe auf. Er schob sich in meine nasse Möse, und in meinen Fingerspitzen und Zehen kribbelte es, und das Leben schwappte nur so im Mund, ich schrie wie ein Schwein. Es war, als würde der Lunge die Luft ausgehen, und ich schwebte wie ein Blatt, das vom Baum fällt. Er spritzte seine Säfte in mich hinein. Ich packte ihn am Kopf und drückte ihn mir zwischen die Beine, und er fing an zu lecken. Meine Haut pochte zufrieden. Wir lagen nebeneinander, kicherten, ließen die Lausfliegen und die Kriebelmücken Blut aus unseren Hälsen saugen und die Waldwanzen über unsere Gesichter krabbeln. Dann waren wir still. Ich schaute auf seinen Mund, seine Stirn und seine hellen Augen. Wir lagen Arm in Arm, Brust an Brust da, ohne Worte, und das Freudengefühl pulsierte bis in die Nägel.

Wir trugen das Geschirr, die Sachen und das Silber auf den Hof. Der Bursche ging zum Schlafen in die Gesindestube und ich in die Sägespäne auf dem Dachboden. Ich betastete meinen Körper. Die Hüften waren runder geworden und die Titten gewachsen. Sie waren klein, aber voller Zeug. Auch der Nabel fühlte sich hübsch und wie mein eigener an. Unter den Achseln wuchsen Büschel und zwischen den Beinen gelockte Wimpern.

Ich hatte mich verändert, so wie meine Heimat sich verändert hatte. Und wir würden uns beide noch mehr verändern.

Meine Mutter war schon am Morgen beim Waschen. Ich brachte den Kühen Wasser, redete mit jeder und sah am Nachmittag zu, wie meine Mutter auf allen vieren durchs Beet kroch. Ich dachte, wenn sie so weitermacht, fuhrwerkt sie wieder nächtelang herum. Das tat weh. Den ganzen Tag putzte ich den Saal, schrubbte den Fußboden mit Wurzelbürste und Sand, aber der Scheißegeruch ging nicht weg. Der Bursche war auf dem Feld, ich sah ihn nicht.

Am Abend war ich erschöpft und stieg auf den Dachboden. Ich schlief ein und rüttelte mich selbst wach, weil sich das Pickelgesicht zu mir geschlichen hatte. Wir waren nackt und ganz leise. Ich durfte mir die raue Stelle unter seiner Nase ansehen, die grauen Fingerknöchel, den Schwanz und die runden Bälle darunter. Er leckte an meinen Nippeln und sagte, du hast ja vier Augen. Ich erlaubte ihm, mich zu besteigen. Als noch der Morgennebel über dem See lag, zog er sich die Hose an und ging angeln. Ich ging ihm später am Ufer entgegen. Er deutete auf den Spankorb, in dem buckelige Barsche zappelten, und ich nannte ihn den besten Angler im Dorf. Er griff mir an die Titten, ich ihm zwischen die Beine, dann machten wir uns ans Tagwerk.

Die Sonne stand schon tief, als der Jungspund Feuer im Räucherofen machte. Plötzlich gab es einen Knall. Ich rannte hin, um nachzusehen. Der Jungspund wälzte sich auf der Erde und brüllte, verstummte und blieb dann lautlos neben dem Ofen liegen. Seine rechte Hand war bis zum Weidengestrüpp geflogen, und seine eisblauen Augen guckten in Todesangst auf die weißen Wolken am Himmel. Ich nahm seine heile Hand in meine und streichelte sie. Der Onkel kam angerannt, befahl mir, meine Mutter zu holen, und ging die Tamara einspannen. Meine Mutter verband den Stumpf des Jungspunds mit ihrer Schürze, dann trugen wir ihn zum Karren. Die Hand legte ich ihm in den Schoß, dann schaute ich, ob sich seine Brust noch hob. Ich war mir nicht sicher. Der Onkel sagte, wenn es nicht an der Zeit ist, dass er stirbt, kommt er einhändig zurück.

Dann setzte sich der Onkel auf den Kutschbock, schnalzte, damit die Tamara sich in Bewegung setzte, und brachte den Jungspund ins Lazarett.

Als es im Dorf still geworden war, ging ich in den Wald. In meinen Adern blubberten der Hass, die Trauer, das Entsetzen und eine sonderbare Hitzigkeit. Am Ufer, an unserem Platz, legte ich mich in den Sand, wälzte mich, als hätte ich den Verstand verloren, und heulte. Ich heulte so sehr, dass mir Bluttränen aus den Augen rannen, und ich dachte, vielleicht soll ich mein Leben wegwerfen. Und gleich darauf dachte ich, dass ich jetzt immerhin weiß, wie man liebt.

Allmählich streckte ich den Rücken wieder gerade und wiegte mich selbst durch die abkühlende Sommernacht. Als der Himmel heller wurde, kam es mir vor, als hätte sich das Wasser von der Erde getrennt. Nebel stieg vom See auf, ballte sich in den Niederungen zu Gebilden, die langsam auf mich zu schwebten. Kurz bevor sie mich erreichten, kam ein lauer Westwind auf, der sie ergriff und mitnahm. Ich fühlte mich frei von Kummer und Sorge. Wenn das Pickelgesicht auch fort war, hatte er doch einen ewigen Abdruck in mir hinterlassen.

Der Prediger kam im Pferdewagen auf den Hof und teilte mit, dass er am nächsten Sonntag den Herrn dieses Hauses zusammen mit anderen Heldentoten einsegnen wird. Die Nachricht schien vor allem meine Mutter zu erleichtern, denn sie hielt den Mann Gottes richtig an der Hand, als sie ihm dankte.

Der Onkel baute unter dem Stubenfenster eine Hütte aus Fichten. Am Begräbnismorgen war es warm, und die Sonne saß gelb wie Gold am Himmel. Der Sarg meines Vaters wurde mit dem Pferdewagen zur Fichtenhütte gebracht. Dort wurde er geöffnet, und der Onkel, meine Mutter und ich verabschiedeten uns. Mein Vater sah genau wie auf den Jugendbildern aus. Todeszeichen hatte er keine. In einem weißen Gewand lag er in dem mit weißem Stoff ausgeschlagenen Brettersarg. Unser Hof war schwarz vor Menschen, und die Weiber weinten. Jemand sang, die anderen waren still. Jemand sagte, es war Gottes Wille, und es ist vergebens, dagegen anzukämpfen. In einer Pferdekolonne fuhren wir durch die Hitze zur Kirche. Die Tamara als Erste. Ich auf ihrem Wagen. Die anderen hinter uns.

Vor der Kirche standen fünfzehn Särge und viele Leute. Alle in Schwarz wie die Käfer, außer dem Apotheker, der einen beigen Popelinemantel anhatte. Der Pastor gab ein paar Worte über Vaterland, Ehre und Blutopfer von sich und zitierte aus Paulus die Stelle, wo steht, dass die Welt besser wäre, wenn es uns nicht gäbe. Zum Schluss sagte er, sucht Trost beim Herrn.

Ich dachte, ich brauche ihn gar nicht erst um Trost anzubetteln, weil es keinen gibt. Es gibt keinen, auch wenn ich mich noch so danach sehne und hoffe, es würde welchen geben.

Rekruten trugen die Särge auf den Heldenfriedhof und ließen sie an einem abgeriebenen Seil in die Grube. Die Erde verschlang einen Sarg nach dem anderen, und die Rekruten schaufelten die Löcher zu. Nach und nach verließen die Leute den Kirchhof. Begräbniskaffee wurde keiner getrunken. Der Onkel lenkte die Tamara, als wir wieder nach Hause fuhren. Außer meiner Mutter und mir saß noch Katri auf dem Wagen. Der Onkel saß zwischen ihr und meiner Mutter, ich hinten. Der Bauch meiner Mutter war schrecklich groß und rund.

Ich fragte den Onkel, was ich jetzt anfangen soll. Er kratzte sich am Hals, spuckte auf die sommerliche Erde und sagte, das Heu blüht, und du wirst gebraucht, du kümmerst dich ums Vieh so wie früher, Katri wird dir helfen.

Das hatte ich erwartet. Dass der Onkel mich bittet zu bleiben.

Ich spazierte am Rübenfeld entlang zum Sommerstall. Ich molk die Kühe, fütterte mit Katri das Vieh und konnte in der Nacht nicht schlafen. Ich dachte an das Pickelgesicht und an meinen Vater. An meinem Vater fangen die Würmer an zu nagen und die Erde selbst, aus der alles Wachstum kommt und mit ihm die Kraft des Lebens. Im Bauch und in der Kehle scharrte die Sehnsucht. Alles kam mir fremd vor, auch die Kühe. Ich stand auf und legte mich wieder hin. Es hämmerte und rumpelte in meinem Kopf, und ich hörte die Barackenbewohner reden. Zwischendurch horchte ich, weil in mir etwas floss, wie Wasser oder Blut, es rauschte, alle möglichen Geräusche waren zu hören: das Schnurren meines Vaters, wenn er die Tamara einspannte, das Summen meiner Mutter, wenn sie eine alte Jacke zu einer neuen umarbeitete, das Keuchen meiner Brüder, wenn sie auf dem

Hof rangen, Marttas Singen, Katris Lachen, das Stöhnen des Burschen mit dem Pickelgesicht, als er seinen Riemen in mich hineinzwängte, der Knall der Hüpfmine und das leise Versiegen von Kalles letzten Zuckungen. Ich hatte Angst, verrückt zu werden.

Die Tamara zog eine Ladung Stangen auf den Hof, und der Onkel ging mit dem Zaumzeug in der Hand neben ihr her. Katri und ich luden die Fuhre ab. Der Onkel spitzte die Stangen an und lehnte sie an eine Kiefer. Die Luft flimmerte und wurde wie auf einen Stich mit der Mistgabel furchtbar heiß. Meine Mutter meinte außer sich, bei der Hitze kommt man ja um. Wir erstarrten auf der Stelle. Die Vögel flogen tief und dicht über den Grashalmen. Ich dachte, jetzt ist der Stein vom Onkel vom Himmel gefallen und das Ende dieser Welt gekommen. Ich legte die Hand auf Katris Hand, um mit ihr zu sterben. Erdschwarze Finsternis breitete sich über der Erde aus. Katri dachte nach, meine Mutter und der Onkel schwiegen. Im Nu löste sich die Hitze auf. Die Tamara röchelte, trat von einem Bein aufs andere, ich blickte auf die Koppel, die Kühe brüllten, das Zwitschern der kleinen Vögel brach ab, der Wind legte sich wie durch einen Schlag mit dem Zauberstab. Ich spürte, wie mir alle Kraft aus den Beinen floss, und sank auf dem Haufen mit den Heustangen zusammen. Katri ging vor mir in die Hocke und sah mich an, als wäre ich des Todes. Ich hielt mir eine Hand wie einen Stopfen auf die Brust, weil ich das Gefühl hatte, dass mein Herz brennt und der Rauch versucht, mir die Brust aufzureißen. Ein schwarzer Vorhang war vor die Sonne geglitten. Der Onkel rief, guckt nicht zum Himmel. Wenn ihr es tut, werdet ihr blind. Das ist eine Sonnenfinsternis. Ich linste durch die Lider. Die Sonne war als Feuerkreis hinter dem Mond zu sehen. Kurz darauf glitt der Vorhang wieder von der Sonne, die Kühe hörten auf zu brüllen, und die übliche Juliwärme kam zurück. Auch meine Kräfte kehrten wieder, und mein Herz beruhigte sich. Wir ruhten uns noch eine Zeit lang aus und verschnauften den Schrecken und die Angst, dann arbeiteten wir weiter.

Am nächsten Morgen sagte der Onkel, geh zum Heumachen nach Vuoma, du kannst Matti mitnehmen, Katri kümmert sich ums Vieh. Nach dem Frühstück stolzierten Matti und ich die staubige Straße entlang. Ich hatte einen Ranzen aus Birkenrinde auf dem Rücken, darin Hartbrot und Salzfleisch, an der Seite hing ein Lägel mit Buttermilch. Aus Mattis Rucksack lugte Saipu, der Hund, heraus. Er war noch ein Welpe und konnte beim Gehen noch nicht mit uns mithalten.

Matti senste, ich rechte, und Saipu sprang in einem schwarzen Mückenschwarm hin und her, bis er müde wurde und sich zum Dösen in den Schatten eines alten Traubenkirschbaums verzog. Wir trugen das Heu mit Tragen in die Scheune, die die Deutschen nicht angesteckt hatten. Am Abend spielten wir im Heu wie die kleinen Kinder, und Matti fragte, weißt du noch, was die Soldatenburschen unter der Fichte mit der Martta gemacht haben? Ich nickte. Willst du, dass ich das auch mit dir mache?, fragte er. Wir schauten uns an, und ich lächelte und sagte, leg du dich nur schlafen, später kannst du dann mal die Möse von deinem Schatz lecken.

Matti schlief zufrieden in meinen Armen ein. Ich lag noch lange wach und lauschte auf das Säuseln im Gras. Das Scheunendach war undicht, durch die Ritzen sah ich einen Stern, der das Firmament aufschnitt.

Bei Sonnenaufgang ging Matti los, um Fische für uns zu angeln. Ich lag im Heu und hörte dem Kreischen der Küstenseeschwalben zu. Ich trank Buttermilch aus dem Lägel und träumte vom Pickelgesicht, davon, wie er mir über die Titten geleckt hatte, mir mit der Hand langsam über das

Rückgrat gefahren war, mit dem Daumen meine trockenen Lippen berührt und an meinem Haar geschnuppert hatte. Mir hüpfte in den Sinn, wie wir als Kinder in der Scheune Geburt spielten. Wir holten uns Wurzelgemüse aus dem Beet, und ich brachte eine Karotte zur Welt, das Nachbarmädchen eine Saatrübe und der Sohn von der Lehrerin eine dicke Steckrübe.

Als wir alles Heu in der Scheune hatten, gingen wir zur Sumpfwiese ein paar Kilometer entfernt. Ich lief barfuß, und die Straße war so heiß, dass ich Brandblasen an den Fußsohlen bekam. Im Möwenmoor, wo meine Oma im Sommer ihr Melkvieh gehalten hatte, fanden wir einen von Fliegen übersäten und von Kriebelmücken zerfressenen Vielfraß. Dieselben Mücken versuchten, uns zu Tode zu beißen, aber als wir uns mit Teer einschmierten, mieden sie uns. Auch Saipu versuchten sie bis zum Wahnsinn zu quälen, aber wir strichen ihm Teer auf die Schwanzspitze, und sie machten einen großen Bogen um ihn.

Abends wurde es nun bereits dunkel. Wir setzten die Ranzen voller Beeren auf und verabschiedeten uns von den wilden Wiesen. Mit krummen Rücken trabten wir in Richtung Dorf. Matti und Saipu gingen zu sich nach Hause weiter, ich bog auf unsere Straße ein.

Das Loch in der Hauswand war zu, und die Grundsteine für den Neubau waren gelegt. Messer-Väinö humpelte mir an der Sauna entgegen und sagte, sie hätten bei sich am Ufer die Leiche eines deutschen Soldaten gefunden, der aussah, als wäre er ertränkt worden.

Der Onkel kam aus dem Haus und erzählte, er hätte einen neuen Knecht und Tagelöhner in Lohn und Brot genommen. Ich stellte mich taub. Er schaute mich sanft an und redete weiter, dass er von einem einarmigen Knecht zwar keinen großen Nutzen hat, dass er ihn aber trotzdem zurücknimmt. Am liebsten hätte ich ihn umarmt, aber da wurde er hart und wirkte irgendwie seltsam. Er blickte an mir vorbei, als würde er sich schämen, als er dazusagte, deine Mutter gießt gerade die Blumen.

Eine Zeit lang beobachtete ich die Kohlweißlinge. Sie flogen über dem alten Gemüsegarten um einen Kaisermantel herum. Ich schwieg, als meine Mutter damit anfing, dass sie Haus und Hof an den Onkel verkauft hatte. In mir verrenkten sich die Gedärme. Dem Onkel?, brachte ich heraus. Sie seufzte. Auch das Vieh? Sie holte Luft und tönte, der Onkel wird hier wohnen, er lässt einen neuen Stall bauen, bringt die alten Viecher zum Schlachten und kauft stattdessen in Amerika veredeltes Melkvieh, solche Milchmaschinen, von denen eine Kuh mehr gibt als alle unseren jetzigen zusammen, und in die Sümpfe zieht er Gräben, legt sie trocken und macht Felder daraus, vom Wald wird so viel gefällt, dass wir alles bezahlen können, und er fängt noch einmal von vorne an, sucht sich in der Stadt eine Arbeit und eine Unterkunft. Mir liefen die Tränen über die Wangen. Der Onkel kam hinzu, schaute an meinen Augen vorbei und brummte, dass das hier auch sein Elternhaus wäre. Ich fragte ihn, wer die Wunderkühe melken soll. Er darauf, dass er in Schweden eine Melkmaschine bestellt hat, der letzte Schrei.

Ich drehte mich um und ging zum Brunnen. Dort setzte ich mich auf die Erde, um mich nicht zu verlieren, und betrachtete die einbrechende Augustnacht. Als ich schon fast wieder so weit war, ein paar Gedanken zu sammeln, tauchte Katri auf. Sie hatte rote Flecken im Gesicht, und auf ihrer Nasenwurzel blinkten Schweißtropfen. Sie kurbelte den Zinkeimer aus dem Brunnen, in dem zwei hübsche Butterpäckchen neben dem Sahnekännchen lagen, und schaute mich irgendwie barsch von unten her an. Ich sagte, was ist, und Katri darauf, dass sie auf diesem Hof die Bäuerin wird. Du wirst die Melkmaschine bedienen?, fragte ich. Sie versuchte zu lächeln. Dazu konnte ich nichts mehr sagen. Es kam mir vor, als würde auch noch der Boden unter mir schwinden. Ich spürte Stiche im Herzen, und in meiner Kehle steckte ein steinharter Kloß. Augen und Mund wurden mir trocken, und meine Zunge war taub. Ich konzentrierte mich darauf, Luft zu holen, und als ich eingeatmet hatte, löste sich meine Nervenspannung. Es kam mir vor, als wäre ich geschlagen worden. Katri setzte sich neben mich ins Gras. Eine Weile schwiegen wir. Dann versuchten wir über den zurückliegenden Sommer zu sprechen, aber ich fand nichts, was ich hätte sagen können. Auch Katri war niedergeschlagen. Sie stand auf, ging davon und schwenkte dabei auf neue Art die Hüften.

Ich rechnete alles zusammen und verstand, dass mir der Aufbruch bevorstand. Ich hatte immer gedacht, der Onkel hat ein kluges Herz, aber jetzt entpuppte er sich als Barbar. Nur ein völlig herzloser Mensch bringt es fertig, unsere Kühe schlachten zu lassen.

Ich hängte gerade die Wäsche auf, als der Onkel hereinkam und fragte, ob ich in der Nacht mit ihm kommen will, das Firmament betrachten, so wie früher. Für einen kurzen Moment kam es mir vor, als hätte mir jemand das Messer über den Hals gezogen. Mein Herz zuckte richtig zusammen. Vor Traurigkeit und Freude. Ich wollte schon was über das Haus, die Kühe und Katri sagen, aber ich schluckte es herunter. Mit bloßem Auge oder mit dem Fernrohr?, brachte ich bloß über die Lippen.

Der Onkel stand auf, holte das Fernrohr hinter der Kommode hervor und sagte, das habe ich im Torfmoor versteckt und geholt, als ich zurückkam. Hat sich gut gehalten.

Als die anderen schliefen, schlichen wir heimlich in die Herbstnacht hinaus, wie wir es vor den Kriegen getan hatten. Wir stiegen den Selenevaara hinauf. Ich betrachtete den schon ein bisschen krummen Rücken des Onkels und dachte, unerforschlich sind die Wege des Menschen. Je höher wir stiegen, desto heller wölbte sich der Sternenhimmel über uns. Meine tiefe Enttäuschung über den Onkel legte sich ein bisschen. Er hatte mir zuerst das Blättern in Büchern beigebracht und dann das Lesen, er hatte mir die

Sternzeichen am Himmel gezeigt und mich als Mensch betrachtet, obwohl ich ein verrücktes Gör war. Auf dem Berg hatte ich das Gefühl, die Sterne einsammeln zu können, so tief standen sie. Der Onkel schaute ins Universum und erzählte, die Astronomen hätten einen neuen Schweifstern entdeckt. Dann ließ er mich gucken. Ich suchte den Großen Bären und fragte mich, ob der schon an derselben Stelle gehockt hatte, als es den Menschen noch nicht gab. Ich fand Orion, unter seinem Gürtel Sirius, und als ich am Gürtel entlang nach rechts oben ging, sah ich die Plejaden. Ich hatte das Gefühl, der Gasnebel würde sich in meine Richtung hin ausdehnen und ich wie ein Ball im Weltall schweben. Ich fragte den Onkel, warum er meine Mutter am Fährufer zurückgelassen hatte und mit den Deutschen mitgegangen war. Er sagte, man darf nicht nach allem fragen.

Ich beobachtete einen beweglichen Stern. Er bewegte sich nach Osten. Das Leben saust dahin wie eine Sternschnuppe, dachte ich, und nur das Universum selbst ist ewig. Jeder Stern kocht wie ein Milchtopf und ist einzigartig, so wie jede Schneeflocke auch. Das hatte ich schon als Kind mit eigenen Augen gesehen, und auch, dass ein Stern flackert wie Kerzenlicht und schließlich erlischt.

Ich ging in den Pferdestall und verabschiedete mich von der Tamara. Sie guckte mich von unten herauf an, stöhnte und mampfte weiter Heu. Im Kuhstall roch es nach frischem Holz. Ich stand am Kopfende der Tafel und verkündete den Kühen, den Färsen, den neuen Kälbern und Janne, dem Stier, allen zusammen, dass ich weggehe und dass Katri sich gut um sie kümmern wird. Die Ilona schaute mich zweifelnd an. Ich tätschelte sie und flüsterte, ich muss los. Die Kerttu guckte nur kurz, die Liina hob nicht einmal den Kopf, die Sisko schaute weg. Draußen lief mir das Wasser über die Wangen. Ich wischte es mit dem Ärmel ab und trat mit der Schuhspitze in die vom Regen aufgeweichte Erde.

In der Kammer packte ich eine Garnitur Unterwäsche, das birkenblätterfarbene Kleid, die Glanzlederschuhe mit den Riemchen um die Knöchel, einen Pullover und ein Nachthemd in die Schwedentasche. Die Schmuckdose und das silberne Herz, das ich von Charlotta bekommen hatte, legte ich ganz unten hinein. Den Fünf-Kronen-Schein vom Onkel und Charlottas Adresse schob ich in den Tittenhalter. Katri stützte sich in der Stube auf den Tisch, schaute mich an und flüsterte: Nimm mich mit. Ich umarmte sie, trat aus der Tür und spürte, dass ich auf mich gestellt war. Ich merkte es an den Stichen in den Fußsohlen und an dem Rauschen in den Ohren.

Der Spätseptemberregen schlug mir ins Gesicht, zwischendurch flogen eisige Tropfen, die den mit dünnem Schnee überzogenen Wald wieder grün wischten. An der Moorquelle mit dem braunen Wasser ging der Regen in kräftigen Hagel über und anschließend in spärlichen Nieselregen. Ab und zu hielt ich an, um die frische Luft einzuatmen und den Morgenhimmel zu betrachten. Der Vollmond versuchte, durch den dicken Wolkenvorhang auf mich zu schauen. Mir schoss in den Kopf, dass derselbe Regen jetzt das kleine Kreuz auf Kalles Grab malträtiert. Aber im Nu huschte der Gedanke wieder davon. Ich erinnerte mich an eine Augustnacht, in der Katri gesagt hatte, lass uns schwimmen gehen. Wir gingen zum See, zogen uns aus und wateten ins kühle Wasser. Dabei ging die rotgelbe Käsescheibe des Mondes so groß hinter dem Selenevaara auf, dass sie den halben Himmel einnahm. Wir schwammen ganz leise. Als wir wieder ans Ufer kamen, spreizte Katri die Beine und guckte sich den Mond durch die Beine hindurch an. Ich machte es ihr nach, und der Mond bekam wieder seine ganz gewöhnliche Größe.

Vor dem Laden stand derselbe Kerl, der vor aller Ohren getönt hatte, deine Mutter ist verrückt. Er schaute mich gemein an und sagte, ich hab deine verrückte Mutter im Bus sitzen gesehen. Hat anscheinend einen dicken Bauch. Hat sich wahrscheinlich von deinem Nazi-Onkel besteigen lassen.

Ich starrte in eine Pfütze, und in meinem Kopf dröhnte es nur so. Ich wusste nicht, ob ich weinen oder lachen sollte.

Ich hörte das Bimmeln von Geschirrglöckchen. Angewirbelt kamen eine junge Stute, ein Wagen und Messer-Väinö, der rief: Spring auf! Die Stute hatte mittellange Beine, eine Blesse auf der Stirn und einen Schnauzenfleck, Lederzaumzeug und daran Schellen. Ich stieg auf die knarrende Chaise. Messer-Väinö schnalzte, und das Pferd stürmte los. Im frischen feuchten Herbstmorgen sausten wir über die lehmige Landstraße, die von nassen Kiefern beschattet wurde. Als wir den Heidewald erreichten, hellte sich der Himmel auf, und die ganze Gegend wurde erleuchtet.

Ich musste fast lachen, als das Pferd ans Ufer sprengte. Ich sprang von der Chaise und ging auf die Fähre. Sie legte ab und fuhr in Richtung Westen.

Danke für eure Erinnerungen

Pauli Kantomaa
Ulla Kautto
Marjatta Nenander

Dank

Anita Seppä
und
Jonni Aromaa
Mika Kukkonen
Jorma Ylävaara

Die Originalausgabe erschien 2021
unter dem Titel *Väylä*
bei Like, Helsinki.

Der Penguin Verlag dankt FILI – Finnish Literature Exchange –
für die finanzielle Unterstützung der Übersetzung.

MIX
Papier | Fördert
gute Waldnutzung
FSC® C014889

Penguin Random House Verlagsgruppe FSC® N001967

1. Auflage

Umschlaggestaltung: Sabine Kwauka
Umschlagabbildung: © DEEPOL by plainpicture / Mikael Svensson
Satz: GGP Media GmbH, Pößneck
Druck und Bindung: Friedrich Pustet GmbH & Co. KG, Regensburg
Printed in Germany
ISBN 978-3-328-60263-7
www.penguin-verlag.de